罗保华 著

漓江出版社
·桂林·

图书在版编目（CIP）数据

逐梦奋行 /罗保华著. —桂林：漓江出版社，2018.3（2023.3 重印）
ISBN 978-7-5407-8421-8

Ⅰ.①逐… Ⅱ.①罗… Ⅲ.①随笔—作品集—中国—当代 Ⅳ.①I267.1

中国版本图书馆 CIP 数据核字（2018）第 042305 号

逐梦奋行

ZHUMENG FENXING

出 版 人 刘迪才
作　　者： 罗保华
责任编辑： 杨海涛　苏子新
特约编辑： 陶　杰　袁　烽
组　　稿： 何　伟
美术编辑： 谭惠方
出版发行： 漓江出版社
社　　址： 广西桂林市南环路 22 号
邮　　编： 541002
发行电话： 0773-2583322　　0771-5825315
传　　真： 0773-2582200　　0771-5824817
电子信箱： ljcbs@163. com
网　　址： http：//www. lijiangbook. com

印　　刷： 三河市天润建兴印务有限公司
开　　本： 787 mm×1092 mm　1/16
印　　张： 16
字　　数： 230 千
版　　次： 2018 年 3 月第 1 版
印　　次： 2023 年 3 月第 3 次印刷
书　　号： ISBN 978-7-5407-8421-8
定　　价： 48.00 元

拼搏和自信的人生

郑 义

香港大公报广西办事处原主任、高级记者罗保华编著的自传《逐梦奋行》即将由漓江出版社出版发行。这是他人生中的一件大事、一次总结，也是读者对他的一次检验。他经历独特、视野开阔、经验丰富，因此，本书颇有正能量和可读性，相信出版发行后一定会在读者中产生较强的共鸣，在此首先表示祝贺！

我和保华同志是广西宁明同乡，但因我们不在一个地方，不在一条战线上，所以见面不多。1992年，他组织编写大型人物通讯集《花山儿女》一书时，我正担任中国驻朝鲜大使，很少在国内，所以他没采访到我。2004年，他又组织编写《花山之子》。那时我刚从国外回到北京，就收到他以《花山之子》编辑委员会名义给我寄来的入编通知函件。我给他打电话，问他截稿日期已过，是否还来得及？他说，来得及，即请记者通过长途电话采访我一个小时左右，并很快写成我的专访《笑看风云——访全国人大外事委员会副主任委员、外交家郑义》。初稿传真过来给我审阅，我觉得还不错，稍做修改后让秘书回传过去。后来这篇专访刊登在由广西民族出版社出版的《花山之子》一书上，许多广西读者就是通过此书了解了我的。那次成功的合作，使我对素未谋面的保华同志产生了较好的印象。通过阅读《花山之子》，我对保华同志也有了初步了解。后来，宁明籍著名科学家、中科院高能物理研究所原所长、研究员郑志鹏多次和我提到保华，又让我增加了对他的了解和信任。前几年我回南宁，我们在明园饭店见过一面，他给我的印象是诚实、厚道且很有智慧。近日他通过郑志鹏请我为他的自传《逐梦奋行》写序，我觉得是件很有意义的事情，于是答应了。

我长期在党政、外事、外交部门工作，和不少记者打过交道。我认为，一名出色的外交官和一名出色的记者是有共性的，两者都要有过硬的政治觉悟和思想素质；要有较高的学识和超强的语言学习能力；要有正直、甘于吃苦、勇于拼搏的精神；要有较好的口才、文采、亲和力和较强的交际能力以及敏捷的反应能力，保华同志具备上述条件，加上他特有的人格魅力，一路前行得到许多挚友的帮助，成就了他的精彩人生。

保华同志从事新闻工作近40年来，屡创佳绩，特别是在香港《文汇报》《大公报》发表了大量正面、客观报道广西的新闻稿件，对外不遗余力地宣传广西，为广西与香港的交流合作架设了桥梁，受到广西各级党政领导和广大读者的好评；他为广西政府赴广州、深圳、香港、澳门推介广西而设计的画册《美丽广西》，体现了广西的山美、水美、人美和良好的投资环境及无限商机，受到社会各界的赞誉；他主编的特刊《百年大公看广西》第一辑、第二辑，视角独特，亮点纷呈，气势磅礴，颇有震撼力，得到了广西党政主要领导的批示肯定和感谢；“香港角度、国际视野、广西情怀”是广西政界、商界人士和新闻界同行对他的高度评价。2008年，四川汶川大地震后不久，他发动和组织郑军里等10位广西知名画家各捐一幅作品，然后送到香港参加大公报等机构举办的“大爱无疆——名家书画义卖”活动，以筹集善款支援汶川震后重建，这个义举体现了他的高度社会责任感；他组织编写的大型人物通讯集《花山儿女》《花山之子》系列丛书，为花山文化增添了厚重的人文色彩，为花山申报世界文化遗产锦上添花；更难能可贵的是，他从1992年至今28年间，坚持力所能及地为家乡宁明做好事、做实事，赢得了家乡人民的称赞。他的这些成功案例，远远超过了一个职业记者所承载的能力，因此赢得了人们的尊敬。

保华同志出生在中越边境宁明县一个小镇的普通干部家庭，少年时随母下放农村。母亲去世后，他的户口好不容易刚刚农转非，又上山下乡到农村当知青去了。在艰苦环境，保华同志始终没有放弃对理想和信仰的追求。在劳动之余，他积极坚持学习写新闻报道，并脱颖而出，以优异成绩考上广西人民广播电台成为一名记者。后来又考上暨南大学新闻系，学习新闻专业。再后来就是到港媒工作奋斗近20年，并取得许多显著的成绩。

从农民（知青）通讯员到国际大报——香港《大公报》《文汇报》高级记者；从中学生到百年暨大（暨南大学）的大学毕业生；从青涩懵懂的边陲少年成长为有一定影响力的社会活动家，这些巨大的跨越，是他人生的高度升华。保华同志取得的成功，靠的是努力付出，靠的是坚持不懈，靠的是远大的志向和宽阔的胸怀！从他的这本自传中，大家可以获得很多有益的人生启迪。

现在保华同志快奔六了，从大公报广西办事处领导岗位退下来后，又接受了新的时代使命：参与创办了广西桂粤港澳合作交流促进会，努力促进广西与广东、香港、澳门的经贸、文化交流合作；同时，他还在广西积极弘扬中华优秀传统文化。不忘初心，牢记使命，我觉得这种精神难能可贵。保华同志正有着这样的文化自信，希望他不负重托、不辱使命，在促进桂粤港澳合作交流，在弘扬中华优秀传统文化的征程上继续奋行，再立新功！

（郑义：全国人大常委会原副秘书长，曾任广西壮族自治区副主席兼桂林市市长、中国驻朝鲜大使、香港特别行政区筹备委员会委员、预备工作委员会副主任等职务）

自 序

2017年于我的人生、事业都有特别的意义。受命于父母，不觉快到60之年，投身新闻工作，也近40个春秋，我从挚爱的母校——暨南大学毕业也有30年了。人生甲子一回头，虽仍不觉老之将至，然而，这30、40、60年间的许多人、许多事都与家乡宁明、与壮美的八桂大地、与对外宣传广西、与桂粤港澳交流、与传播中华优秀传统文化紧密交织在一起，于是，我2016年初就萌生要写一本自传的念头。

我选择的港媒之路，在新闻界里可谓是一条最难走的路。本书开篇的《无悔选择》中就讲述了走这条道路的艰难曲折，但我终于走过来了，而且沿途看到了不同的风景，才有了与众不同的人生感悟。因此，我觉得很有必要把我的独特经历写出来，与大家一起探讨和分享做人做事之道。特别是在本书的酝酿和写作过程中，受到了习近平总书记在党的十八大、十九大中强调的“文化自信”的鼓舞和鞭策，更坚定了我出这本自传的信心。

由于工作较忙，我直到2016年8月才开始动笔写第一篇回忆文章。辛勤笔耕一年多时间，2017年10月写完正文的61篇回忆文章，并交给漓江出版社编排。本自传无高谈阔论，非为立传树碑，只是谈谈历练、聊聊人生，以飨亲友知己，也想给广大年轻读者带来一些人生启迪。

我的经历是非常独特的。1977年，我开始记者生涯。1978年，党的十一届三中全会召开，从此拉开中国改革开放的序幕，我也因此而有幸见证和报道了改革开放30多年。特别是1997年香港回归以来，我先后创办了香港《文汇报》《大公报》在广西的办事处，而且摸爬滚打一干就是近20年，其间不负重托，不辱使命，全力以赴对外宣传广西，完成了为广西与香港的交流合作架设桥梁的使命。人生能有几个二十年？再回首，在港媒驻桂办事处中，我干的时间最长、成果最多、体会最深。为此，本自传以写我的经历、心路为主，作品选登为辅。全书内容分《港媒逐梦》《花山寻梦》《逐梦回眸》和《作品选登》四个篇章，前三个篇章通过以“梦”为主线把我人生中最有闪光点的内容有机地串联起来，犹如把一颗颗珍珠串成项链一样，向读者充分展示。其中《港媒逐梦》就写了32篇，由此可见，我人生中最出彩的篇章还是在港媒奋斗这20年。

记者生涯近40年，我在报纸、电台发表过大量新闻稿件。考虑到篇幅有限，只选登了十几篇不同新闻体裁的代表作，请同行及读者赐教。

我从港媒退下来后，这两年又接受了新的使命：参与创办广西桂粤港澳合作交流促进会，促进广西与广东、香港、澳门的经贸、文化交流合作；促进中华优秀传统文化在广西的传播。按照我的人生规划，即使退休了，只要身体健康允许，再干他个十年八年，力所能及地为国家、为人民多做些贡献。著名记者、大公报前辈范长江有句名言：“记者永远在路上。”生命不息、战斗不止，一个人在有生之年能够肩负和完成一些与国家及人民紧密相关的重要使命，可谓足矣！我期望在继续奋行中得到更多亲朋好友和读者的支持！是以为序。

罗保华

2020年10月（再版）

目 录

CONTENTS

一 港媒逐梦

二 花山寻梦

三 逐梦回眸

四 作品选登

一

港媒逐梦

无悔选择

2017年7月1日是香港回归祖国20周年纪念日，习近平主席赴香港出席庆祝活动，并看望香港各界人士代表；辽宁舰也如约访港。维多利亚港畔，国歌雄壮，国旗飘扬，回归20年，主权的神圣只有在今日华夏强盛之时，才能让国人深切体会到其中意义。

电视镜头中，看着习主席访港的帧帧画面，让我这位在港媒奋斗了20年的老记者感到无比激动。此时，让我不禁联想起了自己所走过的这段难忘历程。

孔子曰："三十而立，四十不惑。"人近四十，能力、履历和精力都将达到人生的巅峰，对自己的志向、前途、抉择都应该有明晰的把握，不再是莽撞、懵懂的青葱少年了。

1996年，我从广东回到广西工作，这一年，我快满40岁。这不惑之年，组织上却委派给我一个有些意外的任务。广西壮族自治区党委对外宣传办公室（简称外宣办）领导找我，对我说，香港《文汇报》以往在广西的宣传报道业务都是委托外宣办帮忙开展的，因为没有专人负责，工作力度不大。鉴于我从事媒体工作多年，经验较为丰富，又刚从改革开放的前沿广东回来，传播思维、理念比较先进，觉得我比较容易适应与香港媒体的对接工作，希望我挑起这个担子，专职负责开展香港《文汇报》的在桂业务，待时机成熟可以筹建其分支机构。

这一新的任务刚开始还是令我有些错愕。对香港《文汇报》的大名，我早有耳闻，但只知道她是一份进步的名报，具体情况并不十分了解。当时，中英双方关于香港前途的谈判早已定调，香港回归近在眼前。然而，一直以来，香港媒体的传播手段、观念都与内地有很大差别，能否很好适应新的环境，我起初并不是很有把握，为此，我通过各种渠道了解到香港《文汇报》是一份面向香港社会各界的综合性主流大报，创办于1948年9月9日。她以爱国爱港为宗旨，坚持“文以载道、汇则兴邦”的理念和“包容、合作、创新、拓展”的准则，得到香港社会各界的肯定和认同。香港《文汇报》见证了中华人民共和国诞生和发展的历史，是香港与内地之间企业及民众信息交流、互相了解的重要桥梁，其对中央政府方针政策的权威解读，对港澳台时政及民生的深入报道，广受读者关注。从覆盖面上讲，香港《文汇报》立足香港、背靠祖国、面向世界，每日出版约60版，除在香港、内地出版发行外，还同步在美国、加拿大、法国、俄罗斯、南非、马来西亚、印尼、菲律宾、韩国、澳大利亚等国家和地区发行32个海（境）外版。每日总销量超过200万份，读者遍及五大洲，是覆盖全球华人社会、极具影响力和公信力的华文媒体旗舰。

这样重量级的媒体绝对是一个更大的舞台！承担这样的使命，可以极大地发挥自己的潜能，为广西与香港搭建沟通的桥梁，向世界推介广西，闯出一片事业的新天地。于是，我义无反顾地接下了这个任务。1997年5月，我到香港文汇报做记者，开始了港媒记者的生涯。

然而，长期习惯了内地媒体的思维模式和工作方式，刚开始我还是有些不习惯港媒在体制上、运作上的组织方式。港媒竞争激烈，优胜劣汰，机会与挑战并存，风险与成功同在，要做好这份工作确实不容易。

由于内地与香港的长期隔阂，广西大多数人对香港《文汇报》很陌生，即使是公务人员也知之甚少。除了广西壮族自治区党委外宣办的几位领导外，广西各厅局、各市县区的领导对香港《文汇报》都不太了解。加之相当一部分人还是思想保守，刚开展工作时，我还是遇到不少困难和挫折，其中的滋味也只有自己知道。而那时，我已经把它当作一份崇高的长久的事业来经营。

我先是到香港文汇报担任记者和驻广西首席代表两年，由于当时成立广西分支机构时机不够成熟，不便开展工作，我就转到香港大公报广州办事处工作，担任大公报驻广西首席记者。正当我在工作上有起色的时候，大公报广州办事处主任陈华突然英年早逝，后因内部人事关系极为复杂，人才大多流失，我经广西壮族自治区外宣办主任张红伟力荐，又到香港文汇报担任高级记者、高级业务代表。后来经广西壮族自治区党委书记曹伯纯同意、广西壮族自治区党委常委、宣传部部长潘琦发话，让广西壮族自治区党委外宣办主任张红伟办理批复，终于成立了香港文汇报广西联络处，报社任命我为驻广西联络处主任。几年后，因为特殊情况，我经时任香港大公报董事长、社长王国华批准同意又回到香港大公报工作，任香港大公报广西办事处主任。经历“两进两出”香港文汇报、大公报，我才走完了20年艰辛的港媒之路，才完成了这个时期的使命。当时我想，既然已选择了这条道路，再怎么艰难，也要坚持走下去。坚持往前走，属于你的风景终会出现。只是这一坚持，就是将近20年。

20年来，我不辱使命，不忘初心，全力拼搏，屡创辉煌，成为广西政、商、媒体等各界公认的香港驻桂媒体领军人物。

记得1997年7月1日，香港回归祖国。当晚，维多利亚港灯光璀璨。全球的目光都在关注中英隆重举行香港交接仪式的盛典。从此香港开启了新的纪元。亿万国人期盼祖国更强大，香港明天更好！

此刻，我与祖国和人民一同扬眉吐气。作为港媒工作者，我有幸以一种特殊的身份见证和记录了香港回归祖国的精彩过程。香港《文汇报》当天报道香港回归祖国的版面多达116个，另加2个号外。身为香港《文汇报》记者，无上光荣之中，我更感到责任重大！因此，我特地珍藏这套非常有纪念意义的报纸版面。20年过去了，每当工作遇到困难，我还会自觉不自觉地翻看这份报纸，当时的决心和激动历历在目。再回首，尽管一路走来充满了曲折和风险，我仍然坚信这不惑之年做出的抉择是正确的！人的一生总有得失，不经风雨怎么见彩虹！

感谢生活的多姿，感念生命的精彩！更感恩家人和一路关心帮助过我的所有人。港媒之路，风雨兼程；奋斗之路，无怨无悔！

结缘品牌

在人生的道路上，我们往往会碰到一些巧合的事情，但能与两个都是百年品牌的机构结下不解之缘的概率就很小了。

我20世纪80年代考上暨南大学（简称暨大）读书，20世纪90年代有幸到大公报工作，前者于1906年创办，后者于1902年创刊，创建时间只相隔几年，历程和命运如此惊人地相似，都是百年沧桑，薪火相传的名校、名报。它们始终与民族的命运共浮沉，与时代的脉搏同起伏，都是历经磨难，自强不息，屡创辉煌，名扬中外，人才辈出。能到百年暨大读书，到百年大公报工作，是一种巧合，更是一种福分。

百年品牌，百年荣光。前人栽树，后人乘凉。我1986年还在暨大读书时就有幸参加母校80周年校庆活动，2006年又专程从南宁回母校为暨大百年祝福，与老师和来自全世界的校友们共同分享了母校百年庆典的喜悦。

为了感谢暨大的培养，我毕业30年来，努力为社会服务，为人民服务，追逐梦想，而且严格自律，遵纪守法，没有给暨大抹黑。

为了《大公报》这个百年品牌，加强大公报与广西的对外宣传合作，2007年我在大公报报社编委会的支持下，策划于南宁红林大酒店举行了《大公报》创刊105周年暨“百年大公看广西”座谈会。2012年又在南宁国际会展中心策划举行《大公报》创刊110周年暨“百年大公看广西”座谈会和报史展览等重要宣传活动。主编了两辑《百年大公看广西》特刊。在大公报先后工作10年，我在《大公报》上刊发了无数的正面宣传广西的新闻稿件，为《大公报》在广西赢得了良好的声誉。

我到百年暨大读书，到百年大公报工作，至少有以下几方面收获：

一、学到了知识，增长了见识，开阔了视野，放大了格局，提升了自身的综合素质。

二、树立了正确的世界观、人生观、价值观，培养了热爱祖国、热爱民族的精神，敢于为国家、为民族的事业发展承担重要使命，敢于为社会承担应尽的责任，热情地为人民服务。

三、增强了自信心，培养了正直无私、坚韧不拔、自强不息、永不放弃的精神。

这些收获对我走好后半生的每一步，成就更多的事业，都是至关重要的。

高端访谈

2000年3月，我有幸采访了时任广西壮族自治区主席李兆焯。

李兆焯讲普通话有明显的壮话口音，又称“夹壮”，因此，有的人在电视上听了他的讲话，误认为他口才不行，水平不高。当我有机会采访他，跟他接触几次后，感到他平易近人，有很高的政治素质和文化素养，表达能力也很强。

2000年初，国务院刚提出实施西部大开发的战略。为了及时报道西部各省（区）对实施西部大开发的认识和举措，《大公报》编辑部要求我务必要采访李兆焯。广西壮族自治区政府新闻办接到我采访李兆焯的提纲后，积极帮助协调。李兆焯从北京参加全国人大会议回来不久，尽管工作很忙，但还是同意接受我的采访。

当时，大公报驻桂记者就我一个人，条件还是有限的，我只好请本报特约记者、南宁日报摄影记者梁汉昌帮忙拍照，一起到广西壮族自治区政府主席楼采访李兆焯。

这是我当记者23年来首次采访广西壮族自治区主席，因此在采访前我必须要做足“功课”。

我从李兆焯公开的简历中了解到，他毕业于广西大学（简称西大）土木系农田水利工程专业，于是我开头就套近乎地说：我是宁明人，我的老乡郑建宣是你们西大的常务副校长，留英回来；还有一位是留美回来的西大土木工程系主任甘怀义教授，我曾采访过他。李兆焯接话说，他们都是我尊敬的德高望重的校领导和导师啊！接着我说，从电视上看到李主席在全国“两会”上很受香港记者的关注。李兆焯说，是啊，凤凰卫视的吴小莉还来这里采访过我呢。看到采访的序曲较和谐，我就直奔主题，请李主席谈谈广西将如何采取举措实施西部大开发。

当时国务院虽然还没出台西部大开发很明细的做法，但李兆焯胸有成竹，思路很开阔，滔滔不绝地谈了他的设想。他兴奋地和我谈了两个多小时，有时我也插话向他请教些问题。采访结束时，我征求李兆焯主席意见，一是与他合影，他乐意地接受了；二是专访他的稿件总社急用，是否还要审阅？他谦虚地说："最好让我看看。"

我回到家，突击整理两个多小时的采访录音，从中发现李兆焯反复强调这句话："西部大开发对广西来说，不仅是一种机遇，而且是一种责任，因为广西是西南的出海通道。"我觉得这是李兆焯主席对本次采访内容的高度概括，于是引用他这句话，将此次专访的稿件标题拟为《不仅是机遇更是一种责任——广西壮族自治区主席李兆焯谈西部大开发》。全文分三大优势及不可替代、把握开发重点、扩大对外开放、依靠科教兴桂四个小标题和内容展开介绍，共1800多字。完稿后，我即通过李兆焯的秘书送审。经李兆焯修改，稿件有的地方表述更准确、更精练了。此稿于2000年4月6日在《大公报》A4版刊登，与陕西省省长、宁夏回族自治区主席、西藏自治区党委书记的采访报道安排在同一个版面。由于是独家报道，人民网、中国经济网、大洋网等重要网站转载了我采写李兆焯主席的专访。因为这次采访特别珍贵，经李兆焯主席修改过的送审稿我至今仍珍藏着。

次年，因工作需要，我再次到香港文汇报工作，被总社任命为高级记者、驻广西首席代表。为了尽快正式建立香港文汇报广西联络处，2002年11月，香港文汇报社社长张国良在香港文汇报驻深圳办事处主任吴建芳的陪同下，前来分别拜访时任广西壮族自治区党委书记曹伯纯和广西壮族自治区主席李兆焯，得到了这两位广西党政主官的亲切接见。我也有幸陪同。

李兆焯主席当着张国良社长的面夸我是"广西壮族的优秀人才"，我听到这话受到极大鼓励，心存感激。在曹伯纯、李兆焯的关心和支持下，香港文汇报如愿在广西正式成立了联络处，并让我担任负责人。2002年夏天，李兆焯率广西代表团赴香港招商推介，我也赴港配合。无论是广西在香港举行的新闻发布会，还是招商推介会，包括广西各市在香港举行的推介会，我都全力以赴给予报道。可以说那次活动是李兆焯代表广西该届政府在香港做的最后一次推介，取得了丰硕的成果。

采访敬之

云中的神啊，雾中的仙，
神姿仙态桂林的山！
情一样深啊，梦一样美，
如情似梦漓江的水！
水几重啊，山几重？
水绕山环桂林城……
是山城啊，是水城？
都在青山绿水中……

——节选自贺敬之《桂林山水歌》

2000年中秋，世界华文诗人笔会在桂林举行。几十位来自海内外的知名诗人、作家聚首漓江交流创作体会，研讨华文诗歌发展新路。著名诗人、作家、国家文化部原代理部长贺敬之和夫人柯岩专程从北京前来出席。

香港大公报编辑部派我到桂林采访本次笔会活动。坦率地说，我不会写诗，但喜欢诗朗诵。好在本次活动组委会安排我和香港知名诗人、作家春华同住酒店一间房，我们聊得来，让我从中了解到世界华人诗歌的发展和香港的文学创作一些情况。

看到出席笔会的名单后，我考虑要报道好这次笔会，必须要采访几位重要的名人，而贺敬之就是最重要的采访对象。

贺敬之是海内外享有盛名的诗人、作家，是中国文化界的泰斗，其歌剧《白毛女》、歌词《南泥湾》等文艺作品可谓家喻户晓、耳熟能详。他是我非常崇拜的偶像之一，因为我多次看过他编剧的电影《白毛女》，会唱《南泥湾》。

笔会议程内容安排较紧凑，开始两天，我都没有机会采访贺敬之。第三天，组委会安排与会全体人员游漓江，我终于找到了采访他的合适时机。

贺敬之不管是在延安时期，还是1949年以后，都创作了大量的文艺作品，其诗歌作品在读者中影响广泛。其中，他于1961年创作的长诗《桂林山水歌》早已在桂林人中广为流传。因此，他在桂林期间享受到了很高的礼遇，只要在场的桂林人认出贺敬之，都主动要求签名或合影，而他也没摆什么“官架”“腕架”，总是尽量满足大家的要求。

在游艇的船舱里，我采访了贺敬之。他很谦虚，和我细谈了对华文诗歌发展的期望和想法，很少谈及个人的辉煌经历和成果。他的谈话很真实，很权威，为我这次采访笔会定了一个重要的基调。贺老的夫人柯岩也是一位著名的诗人、作家，她创作的长诗《周总理，你在哪里？》不知感动了多少国人和海外华人。采访结束后，我和贺敬之夫妇一起合影留念。

接着，我又在船上采访了来自美国、英国、新加坡、菲律宾的华文诗人、作家，使我后来发表在《大公报》的这次笔会活动报道内容更加丰满，更加有可读性了。

由于那次采访贺敬之的缘分和难忘的记忆，擅长朗诵的我至今仍喜欢朗诵他的诗歌《桂林山水歌》，多次在重要的场合或朋友聚会的饭局上即兴表演，并受到大家的一致好评。

扶贫状元

陈开枝是“全国扶贫状元”，曾任广州市常务副市长、广州市政协主席。他的名字与百色扶贫、全国扶贫紧紧连在一起，他生命不息，扶贫不止的事迹多年来一直在两广大地广为传颂。

1996年秋，党中央和国务院做出决定，由东部经济较发达的省市对口帮扶西部省区。广东省和广州市共同对口帮扶百色地区。广东省、广州市领导高度重视对口帮扶百色的工作，主要领导都曾亲临广西扶贫攻坚第一线。根据广州市委的工作安排，负责帮扶百色的具体任务落在了时任广州市委常委、常务副市长陈开枝的肩上。从此，陈开枝带着使命，满腔热情走上了百色扶贫攻坚之路。

2000年，陈开枝又率队到百色扶贫，这次扶贫内容主要是为百色建一所民族中学，给少数民族贫困中学生捐资助学。他带来了广州市政协委员、广州碧桂园房地产公司一位高管，还有香港和广州的多家主流媒体记者等。我代表香港大公报随陈开枝一行赴百色采访。

当时，南宁至百色的公路未通高速，路窄弯多，时有交通事故发生。此前不久，二十几名中央驻桂媒体和广西媒体记者参加由柳州铁路局组织的赴百色采访活动，因雨天路滑，车速太快，出了特大交通事故，当场死亡4名女记者，受伤的记者也有多名。这对我们同行来说，事隔不久去百色采访还是心有余悸的。一位港媒驻桂记者同行建议我们由南宁市乘火车去百色，这样安全些，但班次少，还是不方便。后来，我与百色市政府的联系人沟通，对方让我们到南宁饭店等候，他们到南宁机场接到陈开枝和随行人员后，就带上我们和车队一起赴百色。

陈开枝到百色后受到热情欢迎。时任百色地委书记刘咸岳主持欢迎会，并高度称赞陈开枝为百色群众脱贫致富所做出的突出贡献。

陈开枝在讲话中表达了对百色扶贫的信心，饱含对百色群众的真挚感情。他这次带来了两位港商的捐款一千多万元人民币，除碧桂园这位高管外，另一位玩具制造公司老板因特殊情况不能亲自前来百色，但也捐了巨款，表达了爱心。

第二天上午，陈开枝一行在百色市和田东县领导的陪同下，到田东县考察一间危房小学和几家山区贫困农户。我也随同采访。在那里，我被陈开枝的人格魅力和大爱无疆精神所感动，

仅几年时间，广东省、港澳社会各界已无偿援助百色地区2.5亿元人民币，其中经陈开枝发动和牵线的捐赠超过亿元。百色地区提前两年完成了“八七”扶贫攻坚任务。但他和考察的同志们却常常在连续工作十几个小时后吃份快餐盒饭。

除了发动各界捐赠，陈开枝还节衣缩食资助了8名特困大学生和中学生。

1998年，陈开枝由常务副市长升任广州市政协主席，不再分管扶贫工作。百色的同志曾担心地问他：“你升了官，换了岗位，年纪也大了，以后还来不来？”陈开枝坚定地说：“来！”

履新不到两个月，陈开枝又筹集250万元赶到百色。他说：“我是一名共产党员，为人民服务的责任没变，扶贫的义务没变，即使退休了，我还可以为扶贫尽绵薄之力。”

百色12个贫困县市的壮乡瑶寨、苗岭彝村都留下了陈开枝扶贫济困的足迹。他共到百色扶贫几十次，且大都是利用节假日时间。他每次清晨5点钟起床，乘7点多的飞机赶到南宁，下飞机坐汽车颠簸300多公里赶到扶贫点。常常下午2点钟以后才吃午饭，晚上8点以后才吃晚饭，乘最晚的航班回广州，每天工作16个小时以上。

在百色，广大干部、群众都知道陈开枝的名字，在他们心目中，陈开枝不仅是扶贫状元，更是一位英雄。

干部、群众说，如果我们有千千万万个陈开枝这样的干部，有陈开枝这样对待群众，特别是对待贫困群众的深厚感情，我们就一定会摆脱贫困，走上富裕的道路。

陈开枝给我的印象是高大魁梧，嗓音洪亮，正直善良，平易近人。活动期间，我和他交流过，他给我一张名片，后来他也许忘了，第二次见面又给

我发了名片。可想而知，他作为在位的省级领导干部确实没有什么官架子。

通过这次采访，我在思想上很有收获，心灵上受到了强烈的震撼。陈开枝全心全意为人民服务的崇高精神，心系百姓、无私忘我的人格魅力，生命不息、战斗不止、永不言倦的革命气魄，一直让我铭记在心，一直鼓舞着我不断进取。

后记：自从那次到百色采访陈开枝后，至今我没有机会再见过他，但他的英名已镶刻在我的心中。据媒体2017年最近报道，自1991年至今26年来，陈开枝已到百色扶贫100多次，已超额完成当年他自定要到百色扶贫100次的目标。他虽然现在已有76岁高龄，但仍时刻关心百色扶贫的事业，他那种“生命不息，扶贫不止”的精神，不知感动了全国多少干部群众。2012年12月8日，习近平总书记上深圳莲花山向邓小平同志塑像敬献花篮时握住陈开枝的手说：“你为改革开放做出重大贡献，退下来之后发挥余热，扶贫工作也卓有成效。”总书记的话给了陈开枝极大的鼓舞和力量，他甘当永不言倦的百色人民的好“义工”，继续为扶贫济困做出突出贡献。

频访玉林

玉林，是我到香港媒体工作最先采访的城市，也是采访最多的城市。

我首选采访玉林，主要考虑玉林不仅毗邻粤港澳，生活习俗彼此相通，便于交流，而且玉林是广西最大的侨乡，玉林发生的新闻更受到香港和海外读者的关注。特别是玉林人敢为天下先，乡镇企业蓬勃发展正当时，更容易出新闻。

巧妙打开“城门”

当时我的香港《文汇报》记者证还没办理下来，直接去玉林采访，当地有关部门不一定接受，毕竟他们对境外媒体还比较陌生，比较敏感。

怎么办呢？我采取了一个巧妙的办法。玉林市兴业县刚挂牌成立不久，是一块热土，我决定把该县作为报道玉林的“突破口”。我先打电话到兴业县委宣传部了解情况，得知该部黎德胜部长还在广西区党校学习。于是有一天晚上我到该校找到了黎德胜部长。他很热情，也很健谈，当场表示欢迎我抽空到兴业采访。

为了表示我的诚意和让黎德胜部长更加信任，过后我约他到我办公室做客。我的办公室设在南宁邕江宾馆一楼。当时，南宁市的大宾馆屈指可数。是时任南宁市副市长罗龙出面和该宾馆的陈总说了，通过《文汇报》和该宾馆资源置换才得以在那里办公的。有一天晚上，黎德胜部长应约到我办公室来做客，看了我的工作环境，翻阅了本报对香港回归的精彩报道版面，又在宾馆内的阳光城一起吃了饭，他对我有了进一步了解，更加信任我了。

黎德胜部长学习结束回兴业不久，我就去了兴业。当时南宁至兴业没通高速公路，我一个人乘火车到石南镇，然后搭三轮车到兴业县委宣传部，受到黎德胜部长等人的热情接待。由于兴业是新建县，各方面基础设施还没跟上，干部们的工作、生活条件还比较艰苦，但他们创业的热情很高，劲头很足，让我深受感动和敬佩。经过一天的采访，我收获很大。

第二天，黎德胜部长派一位副部长用车送我到玉林市委宣传部接洽采访玉林其他事宜。时任市委宣传部外宣办主任陈杰接待了我，还带我到容县黑五类公司采访，受到了公司董事长韦清文的热情接待。接着，我又到北流市采访。我的首篇综合报道《玉林首七月出口六成，及时开拓欧美市场，一批非国有企业绩佳》就刊登于1998年9月11日香港《文汇报》经贸信息版上。

采访玉林的“老三届”

陈杰主任后来坦率地对我说，当初如果不是兴业县委宣传部的领导带我来与她接洽，她是不敢接待我的。一回生，二回熟。从此，玉林市的“宣传大门”向我敞开了，我去玉林采访的机会也越来越多了。特别是李纪恒任玉林市委书记期间，非常重视玉林市的新闻报道工作，连续三年，每年都让玉林市委宣传部邀请粤港主流媒体记者到玉林集体采访一周，为玉林市代表团到广州参加广交会推介玉林造势。我和新华社广东分社、《南方日报》、广东电视台、《广州日报》、广州电视台等几位连续三年来玉林参加集体采访活动的记者，被戏称为采访玉林的“老三届”。

我走遍了玉林市的市县区，做了大量的报道，但最有力度的还是在时任玉林市委书记李纪恒、副书记韦克玉，玉林市委常委、宣传部部长庞汉生的大力支持下，由我和玉林市委外宣办策划的《玉林新闻》专刊在香港《大公报》连续推出几个整版，影响较大，让海内外读者从多角度加深了对玉林的了解。2002年和后来玉林市政府几次到香港进行招商和旅游推介，我都赴港跟进采访报道，尽最大的努力为玉林市在港招商推介营造良好的舆论氛围。

我对玉林的报道热情从1998年至2012年，持续了13年，得到了玉林市领导和同行的好评。庞汉生部长有一次在玉林市当着众媒体记者的面说：这些年来玉林采访的记者中，对玉林贡献最大的有两个人，一个是中央媒体的×××，一个是香港《大公报》的罗保华。

我在玉林的采访，还得到了高雄、金湘军、韩元利、凌志勇、伍科雄、罗维鸿等市领导的大力支持。得到了时任兴业县委书记沈强，市旅游局局长、现任广西区直机关工委副书记倪萍的大力支持，得到了时任玉林市委宣传部副部长杨腾彪、韦永健、覃展西，外宣办主任卢瑞群、余春莲和新闻科科长张流、赖春林及潘发炎的热情帮助，使我每次到玉林采访都是高兴而去，满意而归，在我的记者生涯中留下了美好和难忘的记忆。

激情桂林

桂林，是著名的国际旅游城市和历史文化名城，是令中外游客神往和流连忘返的地方，也是媒体经常关注的城市。

借力推开桂林“城门”

1999年至2012年这13年间我多次到桂林采访。可以说，桂林是我到港媒后采访的第二站。我之所以能顺利打开桂林采访工作的局面，首先得益于桂林市原市长黎明智的热情帮助。

我是20世纪90年代初借调到东莞工作时认识黎明智的，他当时从北京空降到东莞任副市长，分管东莞市工业等工作，因政绩突出，1994年升任桂林市市长。后来我受香港媒体派驻广西工作。因为两广之缘，都是性情中人，我们成了好朋友。因组织需要，后来他又到广西壮族自治区工作。我们都回到南宁工作，见面的机会自然也就多了。

1999年秋季的一天，我打电话给黎明智，希望他帮忙介绍一些桂林市的名人。他觉得我这是为桂林做好事，应当支持，并告诉我到桂林找他原来的秘书刘涛就行了。

我到桂林找到了时任桂林市旅游局副局长刘涛。他安排我住桂林榕湖饭店。然后帮我联系了几个采访单位，其中有桂林市旅游局、桂林市高新区、桂林市园林局、桂林五星级饭店帝苑饭店等。这些单位先后派人到榕湖饭店接我去采访。当时，我还隶属香港大公报广州办事处，由于该办主任陈华给力，我采访上述单位的稿件均刊登在香港《大公报》上。桂林市委对外宣传办公室主任麻跃红女士得知此事甚为高兴。从此，我们的工作联系越来越密切了，凡是桂林市有什么重要的活动她都邀请我去采访。

亮点新闻多

桂林市此前主要以旅游和高新技术产业为支柱产业，因此新闻亮点主要是出自这两大领域。我曾专访时任桂林市高新区主任陈建军，并将专访文章发表在香港《大公报》上。后来他任桂林市副市长时到香港推介桂林，我又到现场采访报道。他很谦虚、很随和，即便后来任广西壮族自治区旅游局局长、广西壮族自治区国土资源厅厅长，偶尔见面他仍称我为“老罗”。我在桂林采访，还多次得到时任桂林市高新区副主任、现任桂林市旅游专科学校党组书记林业江的热情帮助。

2000年，桂林市大搞城市改造和建设，又多一个出亮点新闻的领域。无论是桂林市“两江四湖”建设的设计国际招标会，还是桂林城建发生的“厕所革命”，我都到场采访并在香港《大公报》上做了报道。

此外，桂林市政府每年举办桂林国际山水文化旅游节及承办的许多国际性重要会议，我也到场采访。

特别是2002年11月18日在桂林市举行的博鳌亚洲旅游论坛，由中国国家旅游局、博鳌亚洲论坛和亚洲对话合作组织联合主办，桂林市人民政府承办。来自33个国家和地区、10个国际组织的500多位政要、旅游业主管官员、企业界人士和学者出席了开幕式。

此次大会中外记者云集，我带实习记者江敏连参加，不但采访大会盛况，还采访了与会的几位旅游专家、学者，连续在香港《文汇报》刊登《博鳌亚洲旅游论坛开幕》《亚洲旅游界聚桂林商合作》两篇报道。2003年2月，我又带江敏连参加在桂林举办的中国·东盟自贸区高层论坛，并在2月26日香港《文汇报》刊登了综合报道《香港与东盟比较优势发展》。此外，我们还在桂林参加了首届中国优秀旅游城市表彰大会等重要活动采访。

为了对外宣传报道桂林市的历史文化，我和实习记者刘佳通过采访桂林市图书馆、博物馆、靖江王陵、桂林碑林等文化单位和景区景点，在香港《大公报》推出了《高山流水遇知音，桂林梅瓶甲华夏》等专题报道。在媒体记者中，我们是较早关注和报道桂林历史文化的。

同行与“友仔”

我去桂林采访多次，与桂林的同行相处不错。除了因为我是香港《大公报》记者，对桂林的采访和宣传有成效，还因为大公报曾在抗战期间从香港迁到桂林几年，有历史上的渊源，所以他们比较认可和尊重我，有什么采访信息互相通气，有些报道的文字或图片资料可以共享，我有时传送图片到香港总社不方便时，拿到桂林日报社或桂林晚报社传，他们都提供帮助。

除了工作上的支持，我还经常受到桂林同行的热情款待。特别是得到了时任桂林日报广告部主任卢养成的多次盛情招待。

由于那几年桂林亮点新闻多，我平均一个月要去桂林一趟。除了市委外宣办的接待安排，麻烦媒体朋友自然不少，但他们始终热情接待。过去，南宁到桂林没通动车，我有时在桂林完成采访任务吃了晚饭，才自己搭班车回南宁，凌晨到达也不觉得累，毕竟那时我还处于壮年期。在桂林采访，还得到刘满华、袁玉兴、甘永辉、黄朝东、林之源、韦冰冰等朋友的热情接待，让我在桂林采访感到很顺利、很充实、很快乐！

感悟：人生三借，成就事业。一、借势，时势造英雄，读懂趋势、把握趋势，才能赢在未来，人生最大的智慧是选择。二、借智，聪明人不断摸索、总结经验，智慧的人以别人撞得头破血流的经验为经验。节约人生成本、缩短成功时间。三、借力，没有完美的个人，只有完美的团队，小成功靠个人，大成功靠团队。善用“借”字，成就一生辉煌！

海阔钦州

钦州，是广西3个沿海地级市中我去采访最多的地方。1997年，我刚到港媒工作就到钦州采访，一直延续到2012年，共15年。在这15年里，我多次报道钦州，让香港乃至海外读者加深了对这座沿海城市的了解，与此同时，钦州的发展和人文都给我留下了难忘的印象。

钦州拥有一片广阔的海域，自然条件优越，区位优势明显，但由于诸多历史原因，2005年以前的钦州经济发展滞后，城市面貌陈旧。当时，钦州涉外报道题材，仅局限于钦州港经济开发区的初级阶段建设方面，我多次深入钦州港经济开发区采访，并将采访文章发表在香港《文汇报》上，引来了香港等地客商的关注，对钦州市的招商引资工作起到了一定的促进作用。

有一次，钦州市委、市政府在钦州海关门口的一片露天开阔地举行全市干部大会，主席台共有十排，钦州市领导和市有关部门负责人认为我对外宣传钦州做得比较好，就安排我代表港媒坐在第二排，参加大会的媒体领导和记者，只有我和新华社总社来的一位领导享受这样高的礼遇。我当时有这样的感受：一是钦州干部群众非常渴望扩大对外宣传；二是我对外宣传钦州的责任更大了。由于钦州市历届党政领导重视对外宣传，市有关部门热情接待，我去钦州采访的机会也越来越多了。

2008年，钦州市迎来了3个重要的历史机遇：国家正式批准实施《广西北部湾经济区发展规划》；国务院批准设立广西钦州港保税区；国家商务部将钦州列为全国第二批加工贸易产业转移重点承接基地。钦州市抢抓机遇，加快发展。

时任钦州市委书记汤世保、钦州市市长张晓钦多次接受我的采访，他们对钦州市的发展充满信心，提出把钦州建设成为北部湾临海核心工业区，面向中国—东盟的区域性国际航运中心，具有岭南风格、东盟风情、滨海风光的宜商宜居城市的战略目标，全面实施“千百亿产业崛起工程”，石化产业、造纸产业、电子产业、能源产业、粮油食品产业、冶金产业、物流产业等千百亿产业在钦州港工业区、县区工业集中区纷纷崛起，产业发展的势头如火如荼，精彩纷呈。后来张晓钦任钦州市委书记、肖莺子任市长，再后来王革冰任钦州市市委书记、黄海昆任市长，他们同样配合默契，又把钦州市的各项事业向前推进，迈上了新的台阶。现任钦州市委书记许永锞、市长谭丕创接棒后，又把钦州继续推向前进。

钦州的发展是大手笔的，而钦州的干部更是有宽阔的胸怀。交流来钦州的领导在钦州获得了事业的成就，仕途的进步；本土干部也在各项事业建设中得到了成长。时任钦州市政府副秘书长、市招商局局长黄毅等领导，在接受我采访时，既谈成绩，也讲存在问题，这让我感到惊讶。因为在我此前采访的许多领导干部中，他们对“报喜不报忧”已习以为常。所以接受记者采访都不谈存在的问题。我想，也许是钦州的领导干部长期与海相伴，养成了博大的胸襟吧。

今天的钦州已真正成为广西北部湾经济区的排头兵，明天的钦州会更加美好！

甜蜜崇左

崇左，是南宁地区撤地建市后新成立的地级市，我的家乡宁明县属于崇左市管辖，因此，无论是以前的南宁地区，还是今天的崇左市，我都与它们有很深的情结，都有我成长的美好记忆，更有我留下的许多难忘的采访足迹。

崇左是环北部湾城市群城市，位于广西西南部，西与越南接壤，是广西边境线陆路最长的地级市。崇左还是中国通往东盟最便捷的陆路大通道，是中越两廊一圈和南宁—新加坡经济走廊的重要节点城市、广西北部湾经济区城市之一，设有国家一类口岸3个、二类口岸4个、边民互市点13个，是中国边境口岸最多的城市。因此，崇左的独特区位优势、边境贸易及崇左与东盟合作的内容，都是我很关注的新闻题材。

崇左最有代表性的产业是锰业和蔗糖业，俗称“一黑一白”产业，被誉为中国的锰都和糖都。崇左的甘蔗种植、蔗糖生产基地属于中国最大，全市所辖7个县（市、区）分别被农业部划定为甘蔗“双高”（高产高糖）基地优势产区之一；扶绥县、江州区、宁明县、大新县、龙州县5县（区）被国家发改委定为甘蔗生产基地县（区）；全市甘蔗种植面积稳定在400万亩以上，原料蔗和产糖量连续13个榨季位居全国首位，约占全国1/5、广西1/3。

崇左还是全国亚热带名优水果生产基地，许多农民靠种甘蔗和种水果过上了好日子，因此他们所从事的甘蔗、水果种植工作被誉为“甜蜜的事业”。我曾深入崇左大新县的锰企和宁明等县的糖厂采访。

崇左为壮族先民骆越民族聚居之地。广西壮族自治区党委书记彭清华考察花山岩画后，欣然写下“花山岩画、骆越根祖”八个大字。随着“左江花山岩画文化景观”申遗的成功，山水崇左的旅游将越来越旺。多年来我一直关注和报道崇左的人文及旅游的发展。对崇左的对外开放我更是不遗余力地报道。比如，崇左市政府在北京、香港、南宁举办的招商推介会，我接到邀请后无论多忙，都抽时间到现场采访报道，使香港的读者加深了对崇左的了解。

情注桂中

来宾，位于广西中部，是柳州地区撤地后设立的一座新城市，享有“世界瑶都”“中国观赏石之城”“广西煤都”等美称。

张秀隆、杨和荣主政来宾时期。他们善用媒体，善待记者，特别是时任来宾市委常委、宣传部部长、副市长曾艳（现任广西壮族自治区党委组织部副部长、自治区老干部局局长）善于和媒体打交道。来宾的经济社会建设和发展一有什么亮点，就以市委宣传部的名义邀请媒体进行集体采访，而且待记者热情、真诚，相处融洽。我连续两三年参加这样的记者集体采访活动，有时，自己也策划选题，带领我们大公报广西办事处的年轻记者或实习记者到来宾采访。市内一些有代表性的企业以及兴宾区、象州县、武宣县、忻城县、金秀瑶族自治县、合山市都留下我们的采访足迹。

当时，来宾市委、市政府提出积极打造桂中新兴城市的战略目标。为加快实现既定的发展目标，来宾市加快新型工业化进程，构建具有特色的现代化工业体系，全面提升来宾工业在广西的地位，打造全国重要的制糖基地、锰工业基地、广西乃至全国一流的铝精深加工基地和广西能源基地、蚕丝绸生产基地。全市的现代农业、交通物流、循环经济、城市基础设施、生态文明、民族文化建设都得到了大发展。

上述这些产业的发展给来宾市带来了强大活力和显著变化，但最吸引记者和受众眼球的还是来宾市实施的“三求”文化惠民工程。它就是“求乐、求知、求技”的“民心工程”。该项目计划利用3年时间，在每个行政村建设一个灯光篮球场、一个文艺舞台、一个科技文化卫生综合活动室，组建一支农民文艺队、一支农民篮球队，以满足广大农村群众对文化公共服务的强烈需求。

说起这项“民心工程”的建设，里面还有个小插曲。张秀隆到任来宾市委书记后，在调研工作中，发现这里的农民有爱好文艺和打篮球的传统，但他们苦于演出找不到舞台，打篮球没有像样的球场，一些农村青年无所事事，赌博、打架斗殴的现象时有发生。张秀隆也爱好打篮球，多次与有共同爱好的农民骨干谈心，了解他们的苦衷后，果断地提出了要在全市实施上述“三求”“民心工程”的想法。这一想法在市委常委会上获得了常委们的全票通过，并很快形成了市委、市政府的一项重要决策。

由于从上到下都重视，这项“民心工程”推进很快，我们去集体采访时，许多行政村已初见成效，后来，个个行政村都完成这项工程，农村精神面貌发生了可喜的变化。农民求乐、求知、求技有了好去处，团结互助的风气好了，赌博、打架斗殴的现象极少了，治安案件直线下降，农村社会和谐安康。

我不仅多次深入来宾市采访，来宾市委、市政府在北京、南宁、香港举办的推介活动，我再忙也去参加。我连续5年去北京采访全国人大、政协会议。每年这个时候，我总找机会采访全国人大代表张秀隆，请他谈谈来宾新的发展思路，他都尽量满足我的采访要求，我还参加了来宾市在北京的推介活动和在清华大学举办的揽才座谈会……张秀隆现在已升任广西壮族自治区副主席，但只要有机会见面，他还是像过去那样谦虚地称我为“罗大哥”，他的亲和力和人格魅力让我非常敬佩。

孝严祭母

2003年7月26日，国民党前秘书长章孝严携家人完成浙江奉化认祖归宗后到桂林祭母，我有幸以香港《大公报》记者的身份参加了这次活动的采访。

章孝严到桂林时，官方低调对待此事，没请中央媒体参与采访，到场采访的只有台湾、香港和桂林的一些媒体记者。亲眼见证章孝严祭母后，我写的报道刊发于2003年7月29日香港《大公报》上。现将原稿回放如下：

章孝严桂林祭母墓前禀告已完成认祖归宗心愿

【本报记者罗保华桂林二十九日专电】国民党前秘书长章孝严在赴浙江溪口认祖归宗完成了五十余年心愿和上海的行程后，昨天晚上乘机抵桂林。今天上午八时，章孝严携妻子黄美伦和三个儿女来到桂林市东郊凤凰岭下母亲章亚若墓前祭拜。

记者在现场看到章孝严在祭拜中激动不已，泪流满面，几次摘下眼镜擦泪，一度失声痛哭。祭拜仪式虽很简短，但章孝严之真情令在场的陪同人员无不动容。章孝严1994年11月18日曾只身匆匆来到桂林为母亲扫墓，今天他是带家人一起来向母亲报告已完成认祖归宗的大事，心情有些不一样。再说，1993年9月5日，章孝严的弟弟章孝慈辞去一切公职回到桂林祭母，可惜章孝严不能同行。今天，章孝严如愿以偿，弟弟章孝慈已病故不能同行，他感到遗憾。可见，章氏兄弟认祖归宗道途确实曲折坎坷。

章祭母仪式在《友谊地久天长》的乐曲声中圆满结束，让人联想到蒋经国与章亚若的那段短暂的、真诚的、浪漫的恋情。离开母坟时，章握住几位当地群众的手，用纯正的桂林话说，“我也是桂林人”，心情似乎轻松许多。

随后，章与家人一起游漓江，下午还到桂林兴安参观台商投资的一项旅游大项目——“乐满地”森林度假村，并与桂林的台商代表叙谈。

后记：章孝严是在桂林出生的，可以说是广西人，特别是他的母亲安葬在桂林，使他与桂林，与广西结下了深厚的情缘。

事隔三年，即2006年，两岸关系有所好转，桂台合作也比过去增多了，双方高层人士互访逐步频繁，合作领域主要集中在旅游、农业方面。

这一年10月24日下午，由广西壮族自治区政协主办的第五期“同心讲座”在南宁举行，章孝严（后改姓蒋）以台湾知名人士、中国台商发展促进协会理事长的身份应邀出席，并做了《两岸经贸关系》的精彩演讲。演讲中，蒋孝严由远及近，举了身边大量生动的例子来阐明演讲的主题——两岸经贸关系，演讲中充满了对两岸的期待、友情和发展的前瞻。演讲结束后，广西壮族自治区政协副主席张文学给蒋孝严赠送了广西政协“同心讲座”纪念牌匾。

10月23日，广西壮族自治区党委书记刘奇葆会见了蒋孝严先生。

10月24日，台湾农产品交易区正式“落户”南宁金桥农产品批发市场，蒋孝严应邀出席并发表了热情洋溢的讲话。

此后，连续几年，广西党政主官都轮流率团赴台访问，桂台关系逐步升温并进入了“蜜月期”。据了解，每当广西代表团赴台，蒋孝严总是热情接待，尽心尽力。

蒋孝严还力促两岸通航，从民间春节、中秋包机的方式开始推动。通过常态化的影响，逐步实现通航，为两岸和平统一做出了突出的贡献。

另外，蒋孝严出版的《蒋家门外的孩子》受到海内外读者的关注。据悉，他花了两年半到三年的时间，利用下班和空闲时间写作完成了这本书。他觉得姓氏是一份责任，并不是要强留“蒋”姓的权利或光环。没有人非得要他改姓蒋，他只是觉得改姓是他该做的，不去理会有些人的政治联想。

东博盛会

中国—东盟博览会（简称东博会）由中国和东盟10国经贸主管部门及东盟秘书处共同主办，广西壮族自治区人民政府承办的国家级、国际性经贸交流盛会。首届东博会于2004年10月在广西首府南宁市举行，自此，南宁成为东博会的永久举办地，每年举办一届，与东博会同时举行的还有中国—东盟投资与商务峰会。

东博会自举办以来，以展览为中心，同时开展多领域、多层次的交流活动，搭建了中国与东盟各国交流合作的平台。它对建立中国—东盟自由贸易区的建设和发展，对中国与东盟都有着积极的意义：一方面，它有利于巩固和加强中国与东盟之间的友好合作关系，强化了我国与东盟各国家的睦邻友好关系，也有利于东盟在国际事务上提高地位、发挥作用；另一方面，它进一步促进了中国和东盟各自的经济发展，扩大双方贸易和投资规模，促进区域内各国之间的物流、资金流和信息流，促进区域市场的发展，创造更多的财富，提高本地区的整体竞争能力，为区域内各国人民谋求福利。随着中国—东盟自贸区的建立，东博会对推动东盟经济一体化、拉动世界经济增长也起到了积极作用。

至2017年，东博会在南宁市已成功举办了十四届，习近平、李克强、温家宝等我国党和国家领导人作为主宾，都曾出席过东博会。每一届盛会，中国和东盟各国的政要、专家、学者、客商云集，其规格之高、规模之大、影响之远，可想而知。东博会已经成为广西对外开放的窗口。为办好每年一届的东博会，广西政府要求举全区之力，力求做到常办常新。

作为香港大公报广西办事处负责人，我见证了数届东博会的举办景况，并全力抓好宣传报道，向海内外读者充分展示广西乃中国与东盟合作的成果。

特别是2011年，由我策划和组织的香港《大公报》的“中国东盟合作”系列报道，得到了广西壮族自治区党委、政府和部分市县区党委、政府及企业的大力支持。广西壮族自治区党委外宣办、南宁市委、防城港市委还在《大公报》头版破例做了彩色整版专版。那届东博会，《大公报》共推出十几个彩色整版报道广西的优势、广西与东盟的合作，是参与报道的200多家海内外媒体中推出专版最多的媒体之一。

东博会这样的国际级盛会同时也是南宁市近年来一跃成为区域内重要城市的重要支点。2004年以前，凡是在广西举行国际性重要会议或活动，一般都安排在桂林市。自从确定2004年要办东博会，南宁大搞基础设施建设，城市功能和接待能力得到了提升，城市面貌发生了巨大的变化。

深入北部湾

广西拥有沿边、沿海、沿江等独特优势。为加快广西的发展，2007年至2012年，广西壮族自治区党委、政府强调，加快北部湾（广西）经济区的开放和开发，致力将北部湾（广西）经济区打造成泛北部湾经济合作的重要基点和前沿。

北部湾（广西）经济区指南宁市、北海市、钦州市、防城港市所辖区域范围，同时包括玉林市、崇左市的交通和物流，人口1255万，面积4.25万平方公里。

北部湾潜力巨大，商机无限，充满活力和魅力。我和香港大公报广州办事处首席记者黄裕勇较早就介入北部湾（广西）经济区的采访和报道。通过采访广西有关部门及北部湾（广西）经济区城市，于2007年1月26日在香港《大公报》推出了《北部湾蓄势待发》的彩色整版新闻专题报道，向海内外读者及时解读北部湾（广西）经济区的交通优势、产业布局、桂港物流合作等内容。当年2月，广西人大、政协两会期间，广西壮族自治区人大常委会办公厅还将这个新闻专版放在广西人民会堂的宣传橱窗供与会的代表阅览。后来，我又多次到北部湾几个城市采访，并发表了大量的新闻报道。

2008年1月19日，广西壮族自治区主席马飚在广西壮族自治区第十一届人民代表大会第一次会议开幕式做政府工作报告时说，国家已批准实施《广西北部湾经济区发展规划》，这标志着广西北部湾经济区进入了一个新的发展阶段、广西北部湾经济区的历史将掀开崭新的篇章。

马飚还指出，广西要立足北部湾、服务西南华南中南、沟通东中西、面向东南亚，充分发挥连接多区域的重要通道、交流桥梁和合作平台作用，以开放合作促开发建设，努力把广西北部湾经济区建设成为中国—东盟开放合作的物流基地、商贸基地、加工制造基地和信息交流中心。我当时也参加广西“两会”的采访，在大会上听了马飚主席的讲话后，我觉得这对广西来说是非常重大的利好消息，于是我马上写成新闻稿传给报社编辑部，第二天题为《广西加快开发北部湾经济区》的消息刊登在香港《大公报》的《中国新闻》版上。后来，我多次深入广西北部湾经济区的南宁、北海、钦州、防城港、玉林、崇左六座城市采访，充分报道广西北部湾经济区的发展过程。

多年来，我见证和记录北部湾从风生水起、扬帆起航到破浪前进的巨变，实在是一件幸事。

放眼大西江

多年来，西江一直静静地流淌着，提起她，人们只知道她的流域主要在广西的贵港、梧州，注入珠江，流向大海，是广西最大的内河航运水道，其他就知之甚少了。直到2008年，广西壮族自治区党委、政府制定打造西江黄金水道，建设西江经济带的重大决策，西江才开始沸腾起来，才备受外界关注。

这一科学地反映了区域经济发展的宏观趋势和广西经济社会发展的客观要求的重大决策，得到了党中央、国务院的充分肯定和大力支持。

西江，是我国仅次于长江的第二大内河航运水道，是珠江水系的重要组成部分。她西接大西南，东连珠三角，横贯两广并直达港澳，与国际海运网直接对接，不仅是两广水上交通大动脉，也是构筑珠三角区域经济体系和建设中国—东盟自由贸易区的一个重要出口通道，自古就有“黄金水道”的美誉。

西江连着粤港澳。打造西江黄金水道不仅是广西加快发展的战略，而且是与粤港澳密切联系的伟大“工程”。广西把承接东部产业转移的重点放在这些沿江城市，东部产业在这里落户后要依赖西江黄金水道解决低成本物流问题。另外，打造西江黄金水道还涉及珠三角的饮水环保问题，因此，我把采访的触角延伸到了西江沿江的南宁、贵港、梧州、柳州、来宾、崇左几个城市。我还先后参加了两次在贵港、梧州举行的西江论坛。贵港市是广西打造西江黄金水道的重点城市，2008—2012年，我多次到该市采访报道。贵港市所辖的桂平、平南、港北、港南、覃塘市县区，都留下了令我难忘的采访足迹。我还走访了在贵港的香港华润水泥集团、台湾水泥集团、印尼爱凯尔集团、中国电力贵港公司、广西源安堂药业有限公司等知名企业。

由于得到时任贵港市委副书记李鸣（现任广西壮族自治区党委巡视组组长）、贵港市委宣传部副部长罗荣爱（现任中国贸易促进会贵港支会会长）的大力支持，我每次到贵港采访都很顺利。因为合作愉快和有缘分，我们至今仍保持较好的朋友关系。我三访广西源安堂药业有限公司，深深为该公司董事长莫兆钦的艰苦创业、带动当地村民脱贫致富和热心公益的精神所感动，并在港媒做了报道。

专题推介

在全世界的报纸中，香港报纸的版面设计被公认是最活、最漂亮的，其版面设计讲究“浓眉大眼”，即粗标题、大图片。同时对新闻专题的包装也是颇有水平，只要一线的记者有好的新闻稿件和图片传回，报社编辑部的编辑准能包装出图文并茂的新闻专题来。

一般来说，香港媒体喜欢对新闻热点和颇有民族或地方特色的新闻进行包装宣传。我采写新闻专题有所长进，主要得益于跟随香港文汇报社社长张国良的一次采访学习。2002年夏天，张国良社长来广西拜访自治区党委书记曹伯纯、自治区主席李兆焯，同时在防城港市、东兴市领导的陪同下，深入当地港口、口岸考察，掌握丰富的第一手资料，然后根据国家实施的西部大开发政策进行梳理和提炼，最后做了很有前瞻性的新闻专题《东兴、凭祥拟建自贸试验区》。内容包括自贸试验区将如何执行西部政策、税费贸易签证等优惠政策以及东盟自贸区十年建成路，东兴：经东南亚最便捷通道、试验区实行封闭式管理；凭祥：往东南亚最大陆路等几部分展开介绍，并于2002年12月17日刊登于香港《文汇报》财经热点版上。后来，张国良社长还结合广西壮族自治区两位主要官员的讲话精神，针对广西要加快沿海城市发展的设想，指导我们做了《广西拟建沿海城市群》的新闻专题。

通过这两次新闻专题采访报道活动，我学会了如何选定新闻专题的题材，如何制订新闻专题的实施方案等技巧。后来，我采写的《广西主动融入泛珠三角》《产业转移更多国际空间》《花山岩画濒临消逝》《宜州打刘三姐品牌促旅游》《龙洲美女轻拨天琴奏天籁》《广西黑衣壮　世人啧称奇》《亚洲飞人——田玉梅》及《高山流水遇知音　桂林梅瓶甲华夏》（与刘佳合作）等新闻专题分别在《文汇报》《大公报》发表后，均受到读者的关注。

名士访桂

2003年11月中旬，由第十届全国政协常委、中央人民政府驻香港联络办公室副主任邹哲开，全国工商联副主席、香港恒通资源集团有限公司董事局主席施子清等人率领的香港知名人士广西访问团一行60余人到广西考察。广西壮族自治区领导曹伯纯、陆兵等分别会见访问团一行，宾主纵论合作前景。经过一个星期的考察，香港客人们敏锐地感觉到，经过改革开放20多年的发展，广西基础设施、城市建设、工业发展等各方面都取得了很大的成就；广西还拥有很多独特的优势，而且正处于经济迅速发展的新时期，港桂交流与合作前景非常广阔，到广西投资发展是最佳时期。

这次访桂的香港知名人士主要来自香港工商界和专业界。我作为香港文汇报记者随团采访。访问团先后访问了南宁、北海、柳州、桂林四个市，重点考察南宁国际会展中心、南宁三中、北海银河科技、柳钢、漓江等单位和景点。

一路的考察，港商们议论最多的是广西的发展机遇和投资环境。他们由衷地感叹：广西无论是硬环境还是软环境都变得越来越好，投资广西，是时候了。粤港澳资本西进广西，是顺应潮流之举。

访桂结束后，我采写的新闻稿件和拍摄的图片，均刊登在香港《文汇报》上。同时，在时任广西日报记者部主任钟桂发的热情支持下，我和广西日报记者周文涛合作采写的题为《到广西投资发展是最佳时期——香港知名人士在广西考察纪实》，共2500字左右，刊登于2003年12月20日《广西日报》头版头条显眼位置上。通过桂港两地媒体的报道，扩大了这次香港知名人士访桂活动的影响，同时让更多海内外读者了解广西的发展。

访桂的香港知名人士后来有的下决心来广西投资，有的则宣传和介绍自己的商界朋友来广西考察或投资，为港企入桂发挥了积极的作用。

香港大律师何志强返港后，几次来电问我是否熟悉广西壮族自治区司法厅领导，他打算到南宁拜访并与广西同行交流。我和时任广西壮族自治区司法厅厅长蔡江生联系，他认为这是桂港合作的一件好事，当即表示欢迎。经过双方的紧密沟通，几天后，何志强以香港律师会内地法律事务委员会主席的身份率几位香港律师到访南宁。

蔡江生和司法厅副厅长卫福喜在欢迎座谈会上向何志强一行介绍了广西律师业的发展情况，并表示要加强桂港律师界的交流与合作，为广西的经济健康和快速发展，为广西走向东盟、走向世界提供良好的法制环境。双方还就桂港律师队伍的培训、互访、信息交流等方面达成了合作意向。当晚，蔡江生在南宁饭店宴请了何志强一行，我应邀作陪。

此外，何志强一行还参观了广西中司律师事务所并进行交流，受到该所主任彭志鸿和律师们的欢迎。

我采写的报道《律师会何志强一行访广西》和拍摄的图片刊登在香港《文汇报》港闻版上。

一想起自己作为牵线人、见证人和记录者，促成香港和广西两地律师首次正式接触交流活动并取得圆满成功，我心里就充满成就感，感到无比欣慰。

本次香港知名人士访问广西，得到了广西壮族自治区党委统战部的大力支持，使本次活动取得了圆满成功。

京访“两会”

全国人大政协会议（简称全国“两会”）每年3月都如期在北京隆重举行。会期一般在10天左右。来自各地的全国人大代表、政协委员都前来出席，共商国家发展大计。与此同时，中外记者云集这里“跑”新闻，向世界报道中国发展的亮点。

2008年至2012年，我连续5年以香港《大公报》记者的身份赴京参加全国“两会”采访报道。报社每到这个时候都在北京成立有全国“两会”报道组，负责采访全国“两会”的重要活动。作为报社派驻各省区直辖市的负责人，我们主要是跟进采访报道自己所在地来出席全国“两会”的代表团。由于时间紧、人手少，我每次都是主要采访全国人大广西代表团。该团的代表驻地在北京广西大厦。全国“两会”期间，这里有多名武警战士把守，安保极为严格。按照有关部门规定，内地记者凭全国“两会”新闻中心发的记者证可随时进入代表驻地采访，而香港媒体记者就是有此证也不能进入代表驻地采访，确实需要进入驻地的必须要有全国人大广西代表团的代表或工作人员出来接，才能进入代表驻地。记得我要采访的对象，如全国人大代表、时任来宾市委书记张秀隆，时任钦州市委书记汤世保等市领导和广西壮族自治区人大宣传处领导等工作人员，就曾到大厦门卫处接过我。

你看，这多麻烦啊！唯独代表团在会议期间举行的半天中外记者开放日，才是我们采访的良机。先是安排我们旁听广西代表团的大会发言，然后再让我们参加中外记者新闻发布会。

我每次都是提前坐在发布会的前排，抢占有利位置，这样容易被主持人看到，获得提问的机会。提问时力求高质量，采访做到高效。

记得有一次，广西壮族自治区党委常委、南宁市委书记陈武等8位全国人大代表在台上坐着回答中外记者提问。我抢着举手提问，当主持人允许我提问时，我就问："温家宝总理昨天在《政府工作报告》中指出，要继续加大对港澳的支持力度，保持和维护港澳的繁荣稳定。据了解，广西这几年去香港推介少了，作为香港记者，我们担心这样是否会弱化桂港合作。请问广西将如何加强与香港的合作？"陈武首先回答："香港至今为止还是广西'外资'的最大来源地，这几年广西还是去香港推介，只是推介的方式有所改变，主要是专业化或小规模地进行，力求更有实效。广西政府将不断总结和完善赴港招商推介的办法，努力深化桂港合作。"

我的提问好像是在批评广西政府，实际上是想引起广西高层领导对桂港合作的重视。因为那几年，广西去台湾推介多了，去香港推介相对少了。同时，使我的提问更有深度和代表性。作为一份在海内外有影响力的香港主流媒体，我的提问必须有香港的角度和国际的视野。当时也有三四位广西的地级市主官，当然，我代表的是香港的媒体，就不能如一般地方媒体全程照顾地方性的问题了。

还有一年在同样的中外记者开放日上，我的提问是："广西如何加大扶贫工作力度，让贫困地区更多的农民脱贫？"主持人让全国人大代表、广西壮族自治区扶贫办副主任莫雁诗来回答我的问题。会议期间，我将这次提问的新闻和图片刊登在香港《大公报》全国"两会"新闻专刊上，引起了读者的关注。

在港媒驻桂机构负责人中，唯独我是连续5年赴京采访全国"两会"的，而且在每年的全国人大广西代表团中外记者开放日上都有抢眼的表现，人民日报广西分社、广西日报社、广西电视台的记者都在现场采访过我，请我这位港记谈谈对广西发展的看法或印象。

每年的全国"两会"期间，广西壮族自治区党委、人大、政府、政协四大班子主官和各地级市党政主官都集中在北京开会。按惯例，他们除了参加会议的各项议程活动，还要挤出时间拜会国家相关部门领导，有的地级市还借机在北京举行推介或招贤纳士活动。这个时候，他们会尽量"抢"记者去捧场。我曾参加过崇左市在京的推介活动，还参加了来宾市的推介活动和在清华大学举办的揽才座谈会……

每次参加全国"两会"采访都非常忙碌，我没时间拜访北京的任何一位朋友，相反，桂林籍的中央民族歌舞团歌队队长、歌唱家雷章华偕夫人，带上好友秦援，到北京广西大厦附近的酒店请我吃饭。北京刘明曦老总也请我和国家民委赵副司长及中央民族大学的几位教授聚了一下。曾在香港《大公报》广西办事处做过见习记者的中央民族大学新闻与传播学院的俸雨霞，毕业后留在北京工作，有一次也出来协助我采访和写稿子。正因为有了这些好友的厚爱与支持，让我这位港记在北京采访仍感到很温暖。

连续五年赴京采访全国“两会”，无论是精力上还是经费上都付出不少，但让我见识了很多，收获了很多，充分体现了我做记者的人生价值。

主编特刊

2009年、2012年我先后主编了两期大型特刊《百年大公看广西》，出版发行后得到了时任广西壮族自治区党委书记郭声琨、广西壮族自治区主席马飚批示感谢，受到了各界高端读者的广泛好评。

大家普遍认为，这两期《百年大公看广西》特刊的成功之处主要有四点：一是具有香港角度、国际视野和广西情怀；二是设计新颖、大气；三是内容客观、真实地报道了广西各地的经济发展亮点和民族特色；四是印刷精美。

作为主编，我策划和编辑《百年大公看广西》特刊，主要基于以下几方面的考虑。2008年是广西壮族自治区成立50周年，我想借助《大公报》百年品牌的影响力和公信力宣传广西更有成效，于是初拟特刊名为《百年大公看广西——献给广西壮族自治区成立50周年》。

为增加特刊的权威性，我向广西壮族自治区党委对外宣传办公室的有关领导汇报，拟以大公报社和该办或广西壮族自治区政府新闻办的名义合作出版，开始他们已同意，这两部门是两块牌子一套人马，后来有的领导认为由《大公报》自己看广西会更客观些；有的领导则认为，国内其他几个自治区成立区庆活动在前，也没出这样的特刊，我们参与不太好。

有一天，广西壮族自治区党委办公厅的一位官员还给我来电话说，已收到广西壮族自治区党委外宣办送来的关于和你们大公报社合作出特刊的报告，我们厅领导的意见是，广西壮族自治区党委外宣办不宜参与合作出这本特刊，你们要求郭声琨书记写序也改为主管宣传的部门领导写序，且口气还带有些“官腔”。最后这样定调对我的信心开始打击不小。因为党委部门不参与，意味着要坚持出这期特刊，必须由我自己筹集经费；编辑的文稿和图片也都由我自己去找。

“开弓没有回头箭”，自己认准的目标就要坚持走下去。我的一位好友，一家投资公司的董事长蒋少虹在经费上给予了大力资助，不足部分我先从其他方面垫资，待出版后再从发行的收益中补回来。特刊用的图片较多，大多由广西各地级市委宣传部和广西国际博览事务局等广西壮族自治区有关厅局提供，文字主要由我和助手们编写。

高度决定影响力。在内容设计上，我力求本刊的内容要有高度、广度、深度，有广西的亮点和特色。版面设计上做到新颖大气，图文并茂。首先，特刊《百年大公看广西》，用在海内外有影响力和公信力的百年品牌《大公报》来看广西，本身就很厚重，很大气。

其次，在刊号上，我选择用大公报出版有限公司国际刊号，这样更有品牌的影响力，更有说服力。我在向大公报总社申请国际刊号时，得到了时任大公报社总经理盛一平的批准，同意免费使用。

再次，特刊规格采用255 mm×360 mm，相当于一份都市类报纸这么大，图文编排起来更醒目，更有冲击力。第一期特刊的封面、封底采用淡黄色彩，显得有历史厚重感，突出了在南宁永久举办的中国—东盟博览会的会标图案，还突出了甲天下的桂林山水。第二期的封面则采用枣红色，突出广西壮族重要文化元素——铜鼓。每个版块之间采用跨页（两页相连）设计，这样显得更加宽广、大气。

从次，在版面设计上，我们保持香港报纸“浓眉大眼”的风格，即大标题、大图片。如郭声琨书记、马飚主席分别与时任香港特首的合影，我就用一个跨版（两页相连），一幅照片就占满一个版面。特刊还用到广西籍著名体操王子李宁腾空点燃北京奥运会圣火的照片，这张珍贵的图片是经同行朋友介绍，我花300元人民币从新华社总社图片室购买的，同样放大占一个版面。这样设计的版面，具有强烈的震撼力。第二期特刊，我设计的第一个版块《世界看广西》，收集和刊登了36位国际政要、经济学家对广西的正面评价，并配上相关图片，增加了本刊的国际视野。

最后，这两期特刊全都是彩印，为了保证彩印的质量，我舍近求远，拿到深圳印刷。联系时，得到了深圳广电集团徐华燕的大力支持。

第一期《百年大公看广西》特刊共分六大板块：《中国沿海发展新一极》《千里桂港一水连》《改革创新彰显活力》《科学发展　跨越发展》《八桂风情天下倾倒》《大公精神　薪火相传》，刊登广西内容文字稿89篇，图片380幅。

这一期主要突出了桂港合作、广西的科学发展亮点和民族元素。在采编工作上，得到了苏胜、王刚、罗汉等助手的热情帮助。

第二期《百年大公看广西》分“世界看广西”“科学发展　富民强桂”“多姿多彩　美丽广西”“〈大公报〉——忘己之为大，无私之谓公”四大版块，刊登广西内容文字稿105篇，图片258幅。这一期主要突出了世界看广西、富民强桂，突出了广西精神：团结和谐、爱国奉献、开放包容、创新争先。这一期在经费上得到了南宁手表厂厂长张建平的大力支持；采编上得到了谢寿球、陶杰、康恋、兰玉秀、向玉萍等助手的有力支持。这一期由广州出版社出版，并得到了时任广州市委外宣办主任欧彩群的鼎力支持。

由于两期特刊发行的对象都是高端读者，作为主编，我对每个版块、每篇文章、每幅图片的编辑和设计，都要过目，不允许有任何差错的地方，让读者看得出，特刊的每一页，我们都是用心做的。

《百年大公看广西》特刊一、二期出版时间间隔两年多，但由于都坚持上述的独特风格，均受到各界高端读者的好评。除得到时任广西壮族自治区党委书记郭声琨、广西壮族自治区主席马飚的批示感谢外，时任广西壮族自治区人大常委会副主任莫永清收到我先后邮赠的两期《百年大公看广西》特刊后，都亲自打来电话表示感谢与赞扬，并提出了中肯的意见，给予我很大的鼓舞。时任广西壮族自治区经委主任冯祖华提出了宝贵的意见。时任人民日报社广西分社社长郑盛丰称赞《百年大公看广西》成功在大气，有震撼力。时任巴马瑶族自治县委书记覃英武虽未和我见过面，他也来电称赞《百年大公看广西》特刊编得好，世界长寿之乡的巴马期待与《百年大公看广西》进行合作……

为了让广西壮族自治区政府的各位领导也看到和读到《百年大公看广西》第一期，时任广西壮族自治区政府秘书长王跃飞批示同意购买100册，钦州市委宣传部也订购100册发给市委领导干部阅读和收藏。

特刊在广西的发行范围，涵盖了在任的广西壮族自治区省级领导、广西壮族自治区各部委厅局领导、全区14个地级市市委书记、市长，全区109个市县区党政一把手等，还有香港特区政府官员、媒体领导、广西和香港的大型企业负责人。在发行上，我的助手、香港大公报广西办事处副主任覃庆阳也非常给力。

通过编辑出版两期《百年大公看广西》特刊，既拓宽了广西对外宣传的渠道，又扩大了《大公报》这份百年老报在广西的影响，我本人和办事处全体人员也从中得到了很好的锻炼。

感悟：格局就是指一个人的眼光、胸襟、胆识等心理要素的内在布局。谋大事者必要布大局，对于人生这盘棋来说，我们首先要学习的不是技巧，而是布局。大格局，即以大视角切入人生，力求站得更高、看得更远、做得更大。

花山申遗

2016年7月10日，在土耳其伊斯坦布尔举行的第四十届联合国教科文组织世界遗产委员会会议（世界遗产大会）上，中国申报的“左江花山岩画文化景观”获准列入世界遗产名录，成为中国第49处世界遗产，填补了中国岩画类世界遗产的空白，也实现了广西世界文化遗产“零的突破”，被称为“崖壁画的自然博物馆”“断崖上的敦煌”。

广西崇左左江一带分布有不少岩画，但面积最大、最集中的是在宁明的花山。花山位于宁明县明江河畔，海拔345米。临江一面的陡壁上有许多岩画。在多姿多彩的岩画中，有成群的人、马、鹿、犬、蛙等图像，有刀、剑、矛等武器，还有日月、铜鼓、舟船等。画面全用赭红色颜料涂绘而成，线条粗犷，气势恢宏，雄伟壮观。人像或佩长剑，或拴环首刀；或亢奋起舞，欢庆丰收，或双手膜拜，祈求平安。据考究，花山岩画为壮族先民——古骆越人于战国至东汉时期创作。花山岩画，是国内外罕见的千古文化奇观，是岩画创作艺术的千古之谜，是中华民族文化的“千古绝唱”。

“花山申遗”得到了国家有关部门及广西壮族自治区、崇左市、宁明县政府的高度重视，并投入了大量的人力、物力、财力，使这项活动得以顺利开展。作为宁明人，我为花山申遗成功感到骄傲！感到自豪！

花山，在我心目中很神圣、很伟大。也许是花山情结，或许是记者的职业习惯，多年来，我一直热爱花山、关注花山，努力为增添花山文化内涵，为花山申遗做些力所能及的工作。

一是编写《花山儿女》《花山之子》两本书，为花山人文添彩。20世纪80年代，已沉睡千年的花山岩画经我国考古专家考证，并经媒体的广泛宣传，人们才知道它的历史文化地位和价值。从那以后，文艺工作者通过各种形式对花山进行了赞美，使花山名扬四海，令人神往。作为从花山走出来的新闻工作者，宣传花山我责无旁贷。我除了对花山多次做新闻报道外，还策划出书专门写从花山走向广西、走向全国、走向世界的宁明籍或非宁明籍成功人士，用他们的先进事迹激励更多的年轻人奋进，同时也为花山文化增加了新的内涵，让人们知道：一方水土养一方人，是花山的历史文化底蕴造就了许许多多的花山英才。

二是通过新闻报道向海内外呼吁抢救和保护花山岩画。2003年12月，我深入花山采访，发现花山最大面积的岩画，因受几千年的风雨侵袭，多处风化剥落，很像痛苦流泪的样子，仿佛在向后人诉说她的沧桑和痛楚，期待抢救和保护。

我通过多方了解情况，掌握大量素材后，在香港《文汇报》发表了题为《花山岩画濒临消逝》的半版专题报道，引起了国家有关部门的高度重视和海内外读者的关注。

三是组织艺术家和演员回宁明演出，配合宁明县打造花山文化品牌，促进当地群众性文化活动的开展。1991年春节，我组织宁明在邕的艺术家和演员回宁明县城连续演出两场，在当地引起轰动。干部群众除夕晚上看央视春晚，初一、初二晚上就看我们这台文艺晚会。我们的阵容强大，由著名壮族音乐家范西姆领队，成员有广西艺术学院音乐系主任、教授何文友，歌唱家翁葵，作曲家农礼生，戏曲表演艺术家张永兰，广西师范学院青年声乐教师黄卡旋，广西京剧团歌唱演员刘艳玲、广西歌坛新秀何梦苓等，他们和宁明县文工团联袂演出，为宁明县有史以来规格最高的文艺盛会，影响深远。我也参加了一个歌颂宁明变化的表演唱节目和男女声对唱节目的表演，受到家乡父老乡亲的欢迎。

事隔22年后，即2014年7月，我兼任广西壮锦艺术团团长的时候，又率全团30多名演职人员到宁明县参加主题为《红旗颂　花山情》的交流演出晚会。我们这个团虽然是业余的艺术团，但演职人员主要来自南宁的区直单位、高校和媒体的领导干部、专家、教授、记者，也有省级剧团的青年尖子演员和广西艺术学院的大学生，层次较高，颇有特色。通过交流演出，促进了当地群众业余文艺活动的开展。

本次活动由宁明县文体局、宁明县花山申遗办、广西壮锦艺术团主办，宁明在邕各界人士联谊会协办。宁明在邕的商界成功人士农福珠、王泽能、王俊达、韦瑞环、严达章对本次演出活动给予了赞助。

2016年7月，宁明县举行庆祝花山申遗成功晚会活动，我从南宁组织三个节目回去参加表演。我也登台独唱，站在明江河畔的舞台，放声歌唱花山的神韵，热情赞颂家乡的美好，和家乡父老乡亲一起分享了花山申遗成功的喜悦。

四是举办联谊活动，祝花山申遗成功。2015年12月12日，我们以宁明在邕各界人士联谊会的名义，在南宁举行了“共圆一个梦——宁明在邕各界人士联谊活动”，内容既有座谈交流，又有文艺节目表演，大家对花山申遗成功充满了期待和信心。2017年1月8日，我们又在南宁举行“梦圆花山　继续前行——宁明在邕各界人士联谊活动”，热烈祝贺花山申遗成功！

五是花山申遗成功后，我继续为打造花山文化品牌服务。花山申遗成功后，我和许多宁明有识之士都有一个共同的心愿，就是继续为打造花山文化品牌做贡献。

2016年，我开始担任全国青少年优秀传统文化教育示范基地广西分基地秘书长。2017年1月18日，由中国廉政法治研究会、中国国学中心、中国教育电视台联合主办，由全国青少年优秀传统文化教育示范基地承办的《国风和畅——首届国学春晚》，在崇左市委、市政府的大力支持下，我们广西分基地选送的歌舞《花山恋》上了本届春晚，通过歌舞的形式，艺术地展示了花山的神韵，受到了主办方和广大观众的好评。

宁明县委老干部局田力营、甘春鸿等老领导同志为抢救宁明孤本古籍倾尽心血。翻印4本古籍，他们缺乏经费，又不好向县财政申请，只好找宁明籍商界成功人士赞助。在他们的努力和我的支持下，促成了这件好事。宁明籍商界骄子王俊达赞助了近20万元人民币，使这几本宁明古籍能够如期出版。

一位宁明籍诗人、作家拟出两本歌颂花山的诗集，也是没有经费，在我的力促下，宁明籍商界骄子邓国璋、律师黄爱各赞助了2万元人民币。

我的自传《逐梦奋行》也是和花山人文分不开的，得到了商界成功人士的热心赞助。

作为宁明人，作为世界文化遗产地的受益者，我更有文化自信了，我将在“一带一路”的建设洪流中，努力做好中华优秀传统文化在宁明花山这片热土上的传承发展，为花山文化品牌的打造尽一份绵力。

花山申遗成功，让中国继续保持“世界遗产”数居全球第二的地位，同时有力促进广西的经济、社会、文化的发展。花山这朵穿越千年风雨的岩画奇葩，将会绽放得更加艳丽灿烂，其蕴含的文化将会闪烁着更加迷人的光华。

花山岩画，骆越根祖；花山岩画，世界名片。我永远爱你，永远为你歌唱。

采访广角

做港媒驻桂记者近20年，我的采访足迹遍及了广西14个地级市及多数市县区。除了前面提到的玉林、桂林、钦州、贵港、崇左、来宾六市去得较多外，其他还有不少地方也留下了我的采访足迹。

南宁，是广西壮族自治区首府。2004年前，很少有国内国际重要活动在这里举行，知名度不高，加上工业“短腿”，第三产业欠发达，城市基础设施比较落后，南宁市值得对外宣传的内容不多。在这之前，我对南宁的报道局限在南宁高新区、南宁经济开发区等几个园区。

2004年，首届中国—东盟博览会、中国—东盟商务与投资峰会在南宁举行，南宁成为中国—东盟博览会的永久举办地，同时举行的还有已唱响的南宁国际民歌艺术节，从此，南宁吸引世界的目光，知名度越来越高，城市面貌焕然一新，社会经济也发生了巨大的变化。

除了上述“两会一节”外，许多国内国际重大活动也纷纷在南宁举行，为了让南宁走向世界，让世界了解南宁，南宁市历届党政主要领导、宣传部部长对驻邕主要媒体都很重视，对驻桂港媒也比过去重视多了。除了平时有什么重要采访活动，南宁市委宣传部、外宣办邀请我们派记者参加外，对我们策划的外宣选题也积极参与。2012年第九届中国—东盟博览会期间，由我策划的《大公报》“中国东盟合作”系列专题报道，得到南宁市委宣传部的大力支持，破例在《大公报》头版做了一个彩色整版的报道，题目是《南宁阔步走在中国东盟合作发展的前沿》，引起了海内外读者的广泛关注。此文在本书《作品选登》上刊有，详细介绍了南宁当时的发展和亮点，在此不再复述。除此之外，我还把报道的触角延伸到了南宁市的各个县区。

2001年7月1日，龙滩水电站开工仪式在广西天峨县举行，我赶去参加，并于第二天在香港《文汇报》刊发了《中国第二大水电站开工　位于广西龙滩　投资240亿　列西部开发十大工程》的重要新闻，报社编辑还帮配了图表，让读者印象更深。除了位于天峨的龙滩水电站外，河池下辖的金城江、宜州、南丹、罗城、巴马我也曾到过采访。那里的民族风情多姿多彩，如刘三姐故乡旅游文化、白裤瑶等我都做了报道。

百色是广西革命老区，也是新闻的“富矿区”，为了向海内外读者报道百色的发展和变化，我多次到平果县、平果铝、右江区、田阳、田东、德保、靖西、田林等县区采访，对百色的红色旅游业及那坡黑衣壮等民族风情也做了突出的推介。

柳州是广西的工业重镇，我多次采访和报道该市工业的发展和环境保护，特别是突出报道了柳州钢铁厂、柳州工程机械厂等大型骨干企业的事迹，让香港和海外读者加深了对柳州这座工业城市的了解。

毗邻粤港澳的梧州，是个百年商埠，过去一直是广西轻工业较发达的城市，后来的宝石等新兴产业崛起，让这座古城焕发了青春活力，增添了魅力。我曾参加过几届梧州宝石节的报道，还深入梧州下辖的岑溪、苍梧、藤县、蒙山等市县采访。

值得一提的是，蒙山县是武侠文坛宗师梁羽生的故乡。梁羽生是《大公报》的老前辈。考虑香港读者会对梁羽生故乡的变化感兴趣，我几次到蒙山采访，在县委领导及蒙山南宁同乡会会长梁新庆等帮助下，我对蒙山县近年来的经济社会发展和人文风貌等做了多角度、全方位的报道。有一次，我还和助手覃庆阳代表《大公报》去慰问了梁羽生在蒙山乡下的姐姐，她很受感动。

北海，是一座很有特色的滨海城市，在广西的旅游城市地位中，仅次于桂林。它不仅有“天下第一滩”银滩，还有非常悠久的历史。1984年北海和其他13个沿海城市一起，作为中国第一批沿海开放的城市对外开放，但由于种种原因，北海没有真正地发展起来。2008年1月，国家正式批准实施广西北部湾经济发展规划，北海在北部湾经济开放开发中加快发展。我多次到北海采访报道该市的旅游业、高新技术产业、珍珠产业、渔业安全管理等。

防城港有着“中国西部第一大港”的美誉，防城港市地处北部湾经济区的核心区域和华南经济圈、西南经济圈与东盟经济圈的结合部，是中国内陆腹地进入东盟最便捷的主门户、大通道。在中国—东盟自由贸易区建设和泛北部湾区域合作中具有得天独厚的优势。

防城港还实施了以港立市、以开放兴市、以工贸强市、以文化旅游旺市的发展战略。以东兴国家重点开发开放试验区建设为龙头，以先进制造业和现代服务业“双轮驱动”，加快打造新兴港口工业城市、重要门户城市和海洋文化名市三张城市名片，奋力追赶全国沿海开放先进城市。我多次深入防城港港务局、港口区、防城区、东兴市、上思县等地采访，为对外宣传防城港尽了一份绵薄之力。

突击报道

看罢前述篇章，也许会有朋友疑问，这位老记真是转岗不转作风，转战了港媒还是保留着浓厚的内地文风，老是追踪些官样题材，写的报道总是少了点“港味”。诚然，香港媒体在意识形态、价值尺度、行业节奏、组织操守等各方面与内地媒体有着很大差别，然而，无论是我供职的香港大公报，还是香港文汇报，都是香港的主流媒体，其立场是爱国爱港的，都是在海内外具有深远影响力和广泛公信力的国际大报，因此，新闻报道除了要求真实客观外，还特别讲究权威。所以，多年来，我们一贯坚持这个采编原则——贴近权威，才使我们的报道更加具有权威性和真实性，从而在纷繁复杂的媒体环境中秉持客观和理性。

但是，作为香港的报纸，我们往往考虑香港读者的信息“口味”，而突发新闻往往是香港读者最关注的。为此，每逢香港、内地、澳门、台湾发生重大的突发新闻，香港的媒体都会不惜成本，全力以赴去采访报道，使报纸或电视更加吸引读者或观众。

我在香港文汇报工作那几年，深深体验到了追踪突发新闻报道的“港式”作风，几次较为成功、印象比较深刻的经历，至今自己也不时回味。

靳如超北海落网

2001年3月16日，石家庄发生爆炸案，致108人死亡，38人受伤。这一爆炸案发生后在海内外引起广泛关注，同时一些传媒对作案人动机做了种种猜测。香港《文汇报》北京办事处闻讯后立即派记者到石家庄追踪报道。石家庄市网民称赞《文汇报》的爆炸案报道不但反应快速领先，而且信息全面准确。那段时间，海内外许多网民都是通过浏览香港《文汇报》网站关注爆炸案最新进展的，曾多次导致网络拥堵。

为抓住爆炸案嫌疑犯，公安部发出了A级紧急通缉令。正当人们的视线集中在石家庄，海内外媒体聚焦石家庄爆炸现场的时候，有一天中午，我接到香港《文汇报》副总编辑张建华的电话，说经与国家公安部证实，石家庄爆炸案嫌疑犯靳如超已在广西北海落网，海内外的各路记者都将去追踪这条线索，报社要求你马上去北海采访，当晚务必发稿回来，第二天在香港“出街”（即见报发行）。

我是当记者多年后第一次采访报道突发新闻，过去在内地媒体做记者因受“禁区”所限，没有涉及过这方面的新闻报道。

我接到上级的指令后，先向广西公安厅和南宁市公安局的朋友了解情况。他们回答是，听说有这么回事，但其他情况不了解，你到北海那边了解吧。我又问个别广西媒体驻北海记者站的记者，他们也不了解情况，也许是公安部门有意封锁消息，避开媒体眼线办案。既然如此，我轻装上阵，先从南宁坐车赶到北海市合浦县，找到我的一位商界朋友相助。这是我第一次到合浦找他，他很热情，在合浦较高档的酒楼请我聚餐。然而，我重任在肩，此刻哪有时间和心思吃饭呢？多番拜托，这位朋友总算通过当地内线了解到一个重要而简单的消息：靳如超过去曾在海南三亚打过工，此行逃到北海，正是想经北海逃往海南躲避！为了进一步了解情况，我在合浦就和北海市一家大饭店的总经理联系，希望他帮忙具体了解一下。

从合浦到北海还要大约30分钟的车程，且天色渐晚了。我饭只吃了一半，就要赶往北海。这位朋友看我急着要走，就派司机送我到北海。一到北海，没住下，我就与北海的朋友联系，结果他还是没有了解到什么有价值的情况。这时，报社张建华副总编辑从香港打来电话问我采访情况如何。此时，对方非常紧急要排版了，我没有时间再写稿了，只好在电话里向他口述，由他记录。这时，我才算松了口气。由于很晚了，我不能赶去现场继续采访，只好找个酒店住下。

第二天，香港《文汇报》“中国新闻”版用了这样的通栏主标题：靳如超北海落网已认罪。副题是：埋雷管销罪证现踪潜逃目的地料为三亚。非常抢眼，非常震惊。

第一篇稿件的内容还不够详细，但已曝出了靳如超如何被警民发现行踪，如何被公安掌握逃亡路线及潜逃的目的地，总算向报社编辑部交了差。假如我那天晚上采访在当地没有朋友帮忙，没有深入了解到一些有价值的情况，如何向报社编辑部交差？我总不能瞎编乱造吧？

处理突发新闻报道或批评报道不能按正面报道的套路“出牌”，要有应变的办法，要有吃苦耐劳、勇敢机智和坚忍不拔的精神，还要有一定的人脉资源。

第二天早上，我吃完早餐即到北海街头找摩的司机了解靳如超被抓的详细经过，因为靳如超在北海埋藏雷管等物品时就是被一位摩的司机发现并举报的。为到靳如超被抓现场察看和采访目击者，我请摩的司机搭我到离北海市区七八公里、只有数百居民的军团乡采访。

在军团乡小学附近的菜地，我看到一位中年妇女在种菜。我上前询问，她竟是靳如超在这附近被生擒时的目击者。她跟我详细说了当时看到的惊心动魄的一幕，最后还跟我说：“这个罪犯就像一头猛兽，逃出来还要继续危害社会，危害群众，被抓住了，真是大快人心。”

采访到详细的第一手资料后，我立即搭乘几个小时的班车回南宁写稿，突击写了一篇详细报道。晚上7点钟左右我又从广西电视台收看到靳如超被广西警方移交给河北警方，由河北警方押送上飞机的报道。我立即在稿件的结尾补上，使报道更加详尽，更加丰满，更加吸引读者。晚上8点钟左右，我将文字稿通过传真传回报社编辑部。值夜班的中国新闻部编辑给我采写的特稿配上新华社提供的图片（报社与新华社、中新社签订有使用新闻图片和新闻稿的有偿合作协议，若本报记者有图文提供，质量达到要求，则优先采用），第二天香港《文汇报》“中国新闻”版就刊登一个整版的图文报道，引起香港和海内外读者的广泛关注。

2002年2月，香港《文汇报》举行2001年度好新闻报道评比，我和北京办事处组合的“石家庄特大爆炸案”系列报道荣获香港《文汇报》2001年度优秀新闻奖。当时评比不设一、二、三等奖，优秀新闻奖就是最高奖项。同时，报社在深圳举行年度工作会议，我受到了嘉奖，香港文汇报社社长张国良亲自给我和北京办事处的代表都颁发了荣誉证书。2005年，报社在东莞举行年度工作会议，张国良社长在作报社三年工作回顾、五年工作展望报告时，又特地表扬我和北京办事处，他说“石家庄特大爆炸案”系列报道是香港《文汇报》创办59年来最成功的突发新闻报道之一，并号召大家向我们学习，多出好的新闻报道，为报社争光。

港客广西大车祸

2002年2月14日大年初三上午10时左右，广东旅行社一辆载有31人的旅游中巴由南宁前往大新德天瀑布期间，在隆安县屏山乡刘家村一条马路失控坠入离路面20米深的旱田，造成7人死亡，其中6名为香港人，另一名遇难者是深圳导游，还有21人受伤，全为港客，伤者被送到当地医院急救。

大年初一，在深圳至汕头公路曾发生了3死27伤的港人旅行团车祸。仅隔两天，又在广西发生港客死伤多名的大车祸，因此，香港读者非常关注。

香港《文汇报》编辑部领导打电话告诉我这条重要新闻线索，希望我抓紧去采访报道。当时，香港《文汇报》驻广西联络处只有我一个专职记者，还没有配备汽车和先进的相机（当时数码相机还是罕见）和传送图片的设备，只有一台国产的传真机。要采访这样的突发新闻难度不小，但因为死伤有多名香港人，时任报社总编辑王伯遥当晚值班，亲自抓这条重大新闻的落实。

正好本报广西联络处特约记者吴稳仲新买了一辆小轿车，我和他说明情况后，他毫不犹豫地表示要送我到现场采访。《左江日报》摄影记者赵嘉臻也开着一辆广西柳州产的五菱面包车直奔现场友情帮忙。

从南宁到车祸现场需一个半小时左右，夜幕将要降临的时候，我们赶到了现场。只见公路边用布盖着3具遗体，因为当天是大年初三，南宁殡仪馆的外勤工作人员不足，所以无法及时全部运回。

赵嘉臻先一步到达，并且已和新华社广西分社等几家媒体的记者在出事的旱田里完成了拍照，接着这些记者又赶往附近的当地医院拍摄救护情况。赵嘉臻是大新人，对这一带较熟悉，建议我们到附近的村庄采访参与抢救的村民。于是，我们便不忙着跟去医院，而是开车到附近的村庄采访。在村主任家，几位参加现场抢救伤员的村民向我们详细介绍了抢救伤员的经过，说着说着，有一位村民走进来将在现场捡到的十多张银行储蓄卡、信用卡交出来。这些义举，我们都一一记录和拍摄了下来。接着，我们又到附近当地医院拍摄救治伤员的图片。拍完后，我要赶回南宁才能发稿。

在回南宁的路上，值夜班的王伯遥总编辑打我手机问："小罗啊，稿件完成得如何？请尽快传回编辑部。"我回答说："王总编，我在赶回南宁路上，晚点再传稿回去。"一个小时后，我和吴稳仲赶回到南宁市区，当时已是晚上9点钟左右，有的照相馆已关门，幸好还找到一家帮我扫描图片，然后我赶到广西日报社编辑部，借助他们的设备传输几张图片，得到了广西日报社副总编黄奇志的支持。我传完图片后回到家赶着写简要的新闻稿，并通过传真机传回报社编辑部。这时已是晚上11点钟，超过了报社编辑部的晚上最后截稿时间。

次日，香港《文汇报》“重要新闻”版整版刊登非常醒目的通栏大标题：“广西大车祸　港客27死伤”，一个整版的内容除了刊登我们在现场拍摄的旅游大巴翻车底朝天的图片和一篇文字稿外，还在同一版面刊登了时任香港旅游业议会总干事董耀中谈加强内地游安全的报道，还有车祸死伤者家属从香港赶赴南宁的电视新闻报道几张截图等图文。

接着，我又接连报道了脱险者已转至南宁三家大医院，两名港客仍危殆，广西当地官员赴现场看望伤者，并安排全力做好善后工作。第三天，受伤港客返港前在广西壮族自治区人民医院接受我的采访，盛赞刘家村村民奋勇救人，并托《文汇报》转达谢意。自治区人民医院骨科医生黄孝英给我介绍了伤员的有关治疗情况；《南国早报》摄影记者农如松为我提供了在医院采访伤者的图片。通过我在香港《文汇报》的连续三天报道，让香港读者真实地了解了这次港客广西大车祸的真相和善后处理情况，消除了一些港人的种种猜疑。这组港客大车祸连续报道，还得到了报社领导的表扬和同行的好评。

上述两次突发新闻报道的成功，让我感受到了香港媒体的行事风格：先是每次遇到重要的突发新闻，报社编辑部领导必然亲自过问。值班总编辑或副总编辑通过电话直接下达指令和要求，并追踪记者外出采访，帮助和鼓励记者做好采访报道。其次是作为执行的记者必须要有广泛的人脉资源，且要消息灵通。突发新闻转瞬即逝，如果没有人帮你，遇上了也不能及时抓住，有人帮你，找到好的办法，将不可能变成可能。

再次，在港媒的组织习惯影响下，采访突发新闻的一线记者要有不怕吃苦、顽强拼搏、不怕牺牲、勇往直前、不达目的决不罢休的精神。假如是在战争年代，报社需要我拿笔去“冲锋陷阵”，去做战地记者，我也会为了使命而前往。

还有就是，记者不但要会采写，还要善于分析和思考，从中挖出有个性、有鲜明特点的新闻。每一个新闻事件对每位记者来说都是一样，就看你能否从共性中找出个性，使报道更生动，更有特色。

加入港媒之前，香港媒体给我最大的印象是“狗仔”文化盛行。这种名声里面似乎有贬低之意。后来的经历和感受让我知道，所谓“狗仔”也是不易做的，在公众的知情权和事实的真相之前，冲锋在前的记者，寻找新闻线索必须要有“狗仔”一样的灵敏嗅觉，对待新闻事件要有“狗仔”对待猎物那般的专注，追求新闻真相要有“狗仔”对待主人那般的忠诚，我想，这才是“狗仔”应有之意吧。

做有良知的记者

我从事新闻工作35年来，有幸参与、见证并记录了我国,特别是广西改革开放的35年，其间学到了不少好的东西，见了不少世面，同时也遇到了不少诱惑，但始终能保持报格人格和良心良知，坚持专业操守，做一个正直和有良知的记者，做一个党和人民信赖的记者。

这35年来，我国新闻队伍里发生过无数好故事，但在以金钱为主导的价值观影响下，部分媒体人的世界观、价值观、人生观发生了扭曲。由于从业人员良莠不齐，也存在许多问题。如有的媒体领导以权谋私，绞尽脑汁搞政治投机，图升官发财，或行贿受贿，自毁前程；有的记者则不择手段，借舆论监督之名敲诈钱财，走上犯罪的道路。

我工作过的香港《文汇报》《大公报》在香港的运营成本都很高，为了报社的事业发展，报社多年来每年都给我们在内地的分支机构下达有经营指标。按多年惯例，我们的广告来源主要是来自内地政府的招商引资宣传。如有内地政府赴港大规模招商引资的年份就好做些，遇到没有赴港招商的年份就难度很大。尤其广西仍是欠发达地区，领导干部思想较保守，在宣传上比较低调。

为完成经营任务，作为国际大报记者，有人曾劝我做“舆论监督”，写些批评报道，这样，可以从旁敲打下一些政府和企业，当然，这也不是没有机会。不过，我一直坚守做人的底线，从来不做违法乱纪的事，而是通过正面报道与当地党政部门保持良好的关系，然后获得他们的信任和支持，经营任务做到合理合法。

记者手中的舆论监督权一旦超越了界限，就会犯错误。记得以前有一位自称经营的“高手”，原在北京媒体驻桂工作，想来我当时主持的香港《文汇报》广西办事处从事经营业务，因我对他缺乏了解和信任，没有答应让他过来。果不其然，后来他恶习不改，因敲诈当地一个政府部门被判刑几年。

我虽然远离报社，平日里不用受上级领导诸多管束，但多年来始终保持自律，从来不做违反报社规章制度和国家法律的事情，没受过一次处分。作为港媒驻桂负责人，我经常在广西境内采访，但直到退居二线，从未趁机带夫人一起去出差，因为我不想花国家的钱，不想揩当地政府和企业的油。

有的所谓“熟人”劝我不要太老实了，有些东西就在手边，不拿白不拿，身份过期，可就“人走茶凉”了。有的则跟我说，你这人这么傻，以后老婆孩子不会埋怨你吗？

在浮躁的社会环境下，我始终没有受这些不良思想影响，坚持认为：做人，一定要有良心，要厚道，坦坦荡荡、堂堂正正、无愧天地、无愧爹娘。一定要认认真真做事，本本分分做人。

一个人不一定能成为一个伟大的人，但完全可以成为一个正直的人。正直之人，首先要做到凭良心办事。清人王永彬有云：“求个良心管我，留些余地做人。”说的就是这个道理。

巴菲特说：“评价一个人时，应重点考察四项特征：善良、正直、聪明、能干。如果不具备前两项，那后面那两项会害了你。”

人正、心正；人善、心善，定有福报！

传帮带年轻记者

在我工作过的香港《大公报》或香港《文汇报》，在国内分支机构的专职人员都是要求少而精，综合素质高，一专多能。因此，我作为办事处的主要负责人，多年来一直注重培养年轻记者和实习记者，给他们提供更多的采访锻炼机会，让他们在我们这个大平台得到较好的提升和成长，同时，他们也帮助了我。如平时有外勤采访活动，我主要是安排年轻记者和实习记者参加，编辑《百年大公看广西》特刊时，也尽量发挥他们的作用，使他们在采编上都得到进步。

特别是2004年以来，每年9月、10月在南宁隆重举行的中国—东盟博览会、中国—东盟商务与投资峰会和南宁国际民歌艺术节，中国和东盟各国的政要、巨商云集，各种重要论坛和商品展销活动较丰富，是出新闻最多的时机。因此，我尽量安排年轻记者去采访，让他们既可以在新闻采访方面得到锻炼，又可以见世面，增长知识，拓宽视野。记得第八届中国—东盟博览会开幕时，时任国务院总理温家宝前来出席。当时，我就派年轻记者向玉萍去现场采访。她从上海复旦大学新闻与传播学院毕业后就到我们香港大公报办事处来工作，两年后又考回母校读研。她较稳重，新闻写作能力较强，每次都能较好地完成采访任务，还被提拔为本办事处新闻部副主任。

毕业于四川大学的哲学研究生陶杰不但在平时的采访和重要的报道中表现突出，而且在编辑《百年大公看广西》特刊时发挥了重要作用，后来也被提为主任助理兼采访部主任。

为了弥补我们办事处专职记者人手不足，多年来，我一直注重招用实习记者，让他们既能帮助我们工作，又可以得到锻炼机会。

2002年，我招的第一位实习记者就是湖南大学新闻传播学院新闻系的桂林籍学生刘佳。我是在采访章孝严桂林祭母仪式活动上遇见她的。她当时在其父亲的工作单位——桂林市人民广播电台实习，也来参加采访。仪式结束时，刘佳看见我胸前挂的采访证上写着：香港《大公报》罗保华。于是她壮着胆子问我："罗老师，您那儿招实习记者吗？我想去您那儿实习。"我说："招啊，桂林重要活动多，容易出新闻，以后桂林这边有什么采访活动我带上你就行了。"她见我当场就拍板定下很高兴。此后我多次带她和让她独立参加采访活动，她都很认真，很努力。无论是在中外记者新闻发布会上的提问，还是加班赶写稿件，她都有良好的表现，并从中提升了自己的业务水平和记者应具备的素养。

实习半年后，她快大学毕业时，到广西有线电视台实习。扎实而丰富的实习经历让她工作起来得心应手，从而以优异的成绩留在了该台工作，后来该台和广西电视台合并，她一直在广西电视台新闻中心打拼。现在已升任广西电视台南宁记者站站长、新闻中心副主任、广西主要领导时政报道首席记者。看到10多年前招的第一位实习记者，今天如此优秀，我心里感到很欣慰。

当时国内、国际许多重要活动都安排在桂林举行，时任桂林市副市长林观华见过我，她看到自己女儿江敏连的大学同学刘佳在我这里得到了锻炼和提升，就对我说："罗主任，我就把闺女交给你了，请您帮带一带，培养培养她。"当时我已转到香港文汇报广西联络处主持工作，就让江敏连到本处实习。

江敏连长得端庄大方，聪明智慧，和刘佳一样都有做记者的天赋和激情。她当时在广西大学新闻传播学院读研，实习期间，多次参加在桂林举办的重要活动采访，在业务上、记者素质上均获得了提升。现在她也成了广西电视台新闻频道的副制片人。

前几年，我到桂林参加一个采访活动，有幸再见到林观华时，她仍感谢我当初对她女儿江敏连的悉心培养。

和江敏连一起来实习的还有她的三位同班男生，其中有一位叫张大江的江苏籍同学表现较为突出。他能独立完成重要的采访任务，每个月的见报率较高，可拿到1500元左右的稿酬，这对当时在校的大学生来说是一笔可观的收入。由于实习记者见报多，时任香港文汇报社社长张国良表扬和鼓励我们培养实习记者有方。

后来同是广西大学新闻与传播学院的研究生李娟（江苏籍）、张海涛（山东籍）、张钰（河南籍）来我办实习也很积极主动，采写了不少稿件，进步较快……

另外，每年一度在南宁召开的广西人大、政协两会，我都尽量争取多些采访名额，让年轻专职记者和实习记者得到更多的锻炼机会。

在港媒工作20年，我带的实习记者中研究生有30多人，本科生有20多人，他们主要来自广西大学新闻与传播学院，大多数是由我宁明老乡、广西大学新闻与传播学院教授冯必权介绍来的，在此深表感谢。

这些实习记者在校学的是新闻理论知识和其他文化课，来这里，我主要教他们实战经验，让他们能够做到理论与实践相结合，在实践中得到提高，为他们今后从事新闻工作打下良好的基础。与此同时，有时候我还结合一些经验引导他们如何做人，让他们懂得做事先做人，不注重做人，做事也不能长久；懂得只有勤奋，才能赢得未来。除了前述几位同学，其他实习记者也在各自的工作岗位上取得了进步。

十年树木，百年树人，多少年之后，也许我自己的采访足迹已经淹没在时间的洪流中。但甘为人梯，我能用自己的经验、智慧帮助年轻人成长，同时也是传递一种正能量、一份善良，看着一个个年轻的身影以另一种方式继续自己的新闻梦，创造出他们的精彩，这也是人生的幸福！

感悟：一个真正的强者，不是看他摆平了多少人，而要看他帮助了多少人，服务了多少人，凝聚了多少人，影响了多少人，成就了多少人。

经过多年的媒体岗位历练，我策划和组织大型活动的底气足了，成功率高了。由我策划的大小活动不少，但最成功的还是以下活动。

歌海之子范西姆

2006年下半年我回到香港大公报广西办事处主持工作，尽管工作较忙，但是年12月29日范西姆研讨会要举行，我还是尽力帮忙。

范西姆是从广西宁明花山脚下走出来的著名音乐家，是中国少数民族音乐学会副会长、广西民族文化艺术研究院研究员，享受国务院政府津贴专家。他曾在武汉音乐学院附中读书三年，在中央音乐学院、中国音乐学院就读13年。毕业时，他放弃留在国家文化部工作的机会，毅然回到广西从事民族音乐工作。

弯弯的歌圩路

范西姆常说："我是壮族人民的儿子，在广西歌海泡大的，我深深地热爱家乡的民歌。"他一回到广西，就扎根在民族音乐的土壤中，走在弯弯的歌圩路上。正是因为他坚持这样的理想和信念，从事民族音乐研究50年来，无论是在理论研究、音乐创作，还是在培养广西少数民族音乐人才方面都取得了突出的成就。

像范西姆这样颇有影响的民族音乐理论家，在中国音乐界是少有的，因此他还被母校中国音乐学院视为骄傲。中国音乐学院在30年院庆的序言中写道："30年来，学院已向社会输送了各类毕业生2479人，如今他们遍布全国，大多已成各艺术单位的骨干，其中如吴雁泽、彭丽媛、刘振球、张玉龙、乔建中、范西姆、黄安源、宋飞已成为著名的音乐家。"

范西姆对壮族音乐的贡献、对广西音乐的贡献、对中国音乐的贡献都是不朽的。正如我国著名音乐理论家郑伯农所说："如果说，提起壮族的传统音乐，人们会自然而然地想起刘三姐，那么提起壮族的当代音乐，人们就不能不想起范西姆。”因此在他从事民族音乐50年的时候，举行研讨会，推出他这样一位广西音乐界的名人，通过学习他热爱民族音乐的精神和探讨他的成功艺术道路，进一步宣传广西的民族音乐，对提高广西“歌海”的知名度，传承和弘扬中华优秀传统文化，促进文化广西建设都是很有意义的。

这次研讨会的主办单位是广西壮族自治区文化厅、广西壮族自治区文化艺术界联合会、广西电视台。承办单位是广西民族文化艺术研究院、中共宁明县委员会、宁明县人民政府。协办单位是广西民族大学。

因我曾多次采访过范西姆，对他很了解，他也很信任我，于是，请我担任本次研讨会的总策划和总协调。

我首先拿出研讨会的策划方案，包括活动的总体构想和具体流程设计，得到范西姆的同意后就认真执行。

范西姆由于身体欠佳，行动不便，我几乎成了他的代言人。为办好研讨会，他让我代表他去向广西壮族自治区原副主席张声震请教，去找广西民族大学党委书记梁颖，请他给予支持。范西姆是该校有知名度和影响力的客座教授，梁颖书记当场拍板，同意免费提供场地，并抽调人力帮忙，还指定校党办刘德智主任负责协调。于是研讨会就选定在颇有民族特色的广西民族大学学术报告厅举行。

立体介绍　反响热烈

为营造民族文化艺术氛围，我充分利用范西姆的资源，从广西壮文学校请来广西少数民族歌手班、芦笙队，在嘉宾报到时，吹起芦笙和唱《迎客歌》迎接；活动结束时，以芦笙和《送客歌》欢送嘉宾。

来自北京、广西的有关领导、专家、记者、演员、学生代表共200多人参加了此次研讨会。

研讨会流程分几个方面：一是领导讲话（或致辞），二是宣读贺信，三是专家研讨，四是范西姆作品演唱，五是记者采访。

时任广西壮族自治区人大常委会副主任潘琦来了，他没有像往常那样上台讲话，而是给大家朗诵了他写的一首长诗《送给你真诚的诗句——为纪念范西姆从事民族音乐50年而作》。广西民族大学党委书记梁颖、广西壮族自治区文化厅副厅长陈映红、广西壮族自治区党委宣传部文艺处处长唐正柱等领导出席研讨会并致辞。范西姆家乡的宁明县四大班子领导也出席了研讨会。国家文化部、中国音乐学院校友会、中国音乐家协会等单位给范西姆研讨会发来了贺信。

广西壮族自治区民委原主任余达佳，从北京来的中国著名音乐理论家田联滔、黄大岗，广西艺术学院教授杨少毅等嘉宾出席研讨会并做了发言。最出彩的还是杨少毅教授的发言，他是范西姆在中央音乐学院的同学，对范西姆很了解，讲述了范西姆读书时的贫寒和勤奋故事，令在场的每个人深受感动。

范西姆的学生、广西艺术学校校长潘世明宣读了北京有关单位的贺信；广西歌舞剧院壮族青年歌唱家黄春艳、空政文工团歌唱演员梁秋冬等演唱了范西姆的音乐作品。

龙州天琴弹唱是经范西姆发掘整理和加工提炼后，向外界推出并绽放出异彩的节目，为此，龙州县文体局派壮族天琴女子弹唱组前来为研讨会表演。

平果嘹歌在挖掘、整理、加工过程中得到了范西姆的指导和帮助，因此平果县也派嘹歌女子组合前来献唱。

马山县代表队、广西壮文学校广西少数民族歌手班代表队也现场演唱了具有广西特色的少数民族歌曲，这些歌曲是范西姆采录的2000多首各民族民歌的代表作。

范西姆从事民族音乐研究50年，成就巨大。研讨会要办得生动感人、与众不同，就不那么容易了。为了达到最佳效果，我力求做到别具一格、生动活泼，同时通过上述不同人物、不同形式立体的介绍和表演，充分折射范西姆音乐人生的辉煌。

当时，还没有互联网，我借助投影仪在研讨会上播放范西姆创作的大型壮族民间歌舞剧《蛇郎》的精彩片段。该剧由宁明县文工团成功排演，曾在全国多个地方巡演，中央电视台、广西电视台多次播放，再现了她的舞台艺术和壮族民间音乐的魅力。

多家中央媒体、广西媒体对本次研讨会做了报道，使“歌海之子范西姆从事民族音乐50周年研讨会”在社会上引起了广泛关注。

百年大公在广西

一、《大公报》创刊105周年广西座谈会

《大公报》1902年创刊于天津，是中国近代史上一份具有独特地位的著名报刊，是我国，也是世界上历史最为悠久的华文报纸。《大公报》在记录历史、宣传正义、推动历史方面发挥了重要的作用。

1949年中华人民共和国成立后，《大公报》秉承爱国精神，致力反映香港民情，表达社会舆论，同时利用地处香港的优势，向香港和海外客观公正地介绍中国，在国际上树立中国的形象，备受海内外读者、国外政府的重视。因此《大公报》既是港人了解中国内地的主要媒体，也是海外了解和观察中国的重要视窗。

《大公报》是为中国培养最多新闻人才的一家媒体。《大公报》为新闻界造就的人才，仅列名《中国新闻年鉴》“中国新闻界名人简介”栏的，就有吴鼎昌、张季鸾、胡政之和王芸生、费彝民、范长江、梁羽生（陈文统）、查良镛（金庸）等60多人。他们都属于“国家级”的新闻界名人。《中国大百科全书·新闻出版卷》为近代以来的108位杰出的新闻工作者设立了专门的词条，其中《大公报》占九分之一。

拥有如此璀璨的“群星”，除了《大公报》，在中国近代以来的各种媒体中是很难找出第二家的。这不仅是《大公报》的骄傲，更是中国新闻史的骄傲。

《大公报》在业界获得的荣誉是中国媒体最高的。1941年5月，《大公报》荣获美国密苏里大学新闻学院“最佳新闻事业服务奖”，成为唯一获此

荣誉的中文媒体。

2000年，香港报业公会首次主办“2000年度香港最佳新闻奖”评选活动，《大公报》的“西部归来话西部”系列报道荣获“全年大奖”。

座谈展览　同步推介

2007年是《大公报》创刊105周年，报社在香港隆重举行了纪念活动。报社驻内地各省、直辖市、自治区办事处则根据实际情况在当地举行相应的纪念活动。为此，8月7日，我策划在南宁市五星级酒店——红林大酒店举行《大公报》创刊105周年暨“百年大公看广西”座谈会。

筹办座谈会时遇到不少困难。我刚回大公报广西办事处工作不久，专职人员就我一个，还没条件建立一个团队，只有一位实习生帮忙。我们仍隶属大公报广州办事处，没有经费，要靠自己联系企业赞助。所开支的大部分经费，得到了广西中大股份有限公司总经理邬文康博士的资助。我们没有举办这类大型座谈会和报史展览活动的经验。

办法总比困难多。我把重点放在展览上。展览内容分三大板块：一是《大公报》的报史，二是《大公报》报道香港回归10周年的精彩版面，三是我们在《大公报》报道广西的版面。后两部分展览内容容易找到现成的，难度最大的是第一部分报史展览。因为《大公报》就是中国近代史的一部百科全书，在105年的历史中创造了无数的奇迹和辉煌，要在里面高度提炼和浓缩展览的内容是要费很多工夫的，好在那时我已有30年新闻采编工作的功底，编辑是我的强项，信心较足。

经过半个多月的加班加点，我终于拿出了展览的文字和图片，在一家广告公司协助设计版面和布展下，座谈会举行的前一天终于完成了全部工作。

亮点纷呈　震撼人心

《大公报》总经理盛一平、副总编王伟专程从香港前来南宁指导工作并出席座谈会。他们提前观看了展览并表示满意。

8月7日下午，出席座谈会的嘉宾陆续签到后，首先认真观看展览，并受到震撼。展览的第一板块《〈大公报〉报史》，让大家了解了大公报105年的光辉历程。第二板块《〈大公报〉报道香港回归10周年》，让大家看到《大公报》报道胡锦涛赴港出席庆祝香港回归10周年大会等重要活动，受到香港各界人士隆重欢迎的精彩场面，为香港的繁荣稳定而感到自豪。第三板块《百年大公看广西》，让大家欣赏到《大公报》报道广西的部分版面，了解到广西在加强与香港合作，在逐步走向世界，并为之感到骄傲。但最有亮点和鲜为人知的还是我在《〈大公报〉报史》板块中推出的经典回顾之一：《大公报》与红军长征；经典回顾之二："为人民服务"题词的由来，引起了大家的极大关注。

经典回顾之一：《大公报》与红军长征。

据一些长征亲历者回忆，毛泽东要求红军在战斗中注意收集报纸。就是在收集到的《大公报》等报纸上，毛泽东看到刘志丹在陕北建立红军根据地的消息，于是把长征北上的具体目标定为陕北。红军到达陕北后建立起以延安为中心的红区，而第一个向全国采访报道红军长征和陕北根据地情况的是《大公报》记者范长江。他从北大毕业，受聘《大公报》，先做旅行记者，后为特派记者，撰写旅行通讯，行程由川南至西北，重走一段红军走过的路。后在陕甘穿梭采访，发表有关红军军区将领的报道，引起轰动，人民从中知道，红军不灭，毛泽东尚在。这些报道后来结集出版了《中国的西北角》《塞上行》等书，毛泽东从此记住了范长江这个名字。

20世纪30年代初期，国民党曾通令各家报刊，称共产党为"共匪"，称共产党领导的红军、游击队为"匪军"。《大公报》没有照办，敢于不听国民党的"战乱剿匪""训令"，报上仍直书"中共""共军"。坚持不让"匪"字上版面。1944年夏，《大公报》编辑主任孔昭恺参加中外记者团赴延安访问，毛泽东宴请记者团时，特意请孔昭恺先生坐首席，并举杯对孔说："只有你们《大公报》拿我们共产党当人。"

经典回顾之二："为人民服务"题词的由来。

人们都知道"为人民服务"这五个字是毛泽东所题，但岁月流逝，光阴荏苒，已很少有人知道这著名的五个字当年究竟是写给谁的。其实，这五个字是题给《大公报》的。

毛泽东在1944年发表过一次讲话《为人民服务》，后来"为人民服务"成为中共最著名的口号。1945年他赴重庆与蒋介石进行和平谈判，《大公报》总经理胡政之约毛泽东到报馆做客，毛泽东率周恩来、董必武等代表团高层悉数到来，并在《大公报》饭堂用餐，毛泽东还为《大公报》员工亲笔题了"为人民服务"五个大字。

这两个经典回顾是我从《大公报》百年辉煌和无数经典中精选出来的，目的是让大家了解《大公报》对共产党领导的红军长征始终给予重要的舆论支持，了解“为人民服务”这个共产党最响亮的政治口号的来历，了解《大公报》在共产党和毛泽东心目中的重要地位。

各界支持　圆满成功

《大公报》总经理盛一平在座谈会上致辞，介绍了《大公报》的光辉历程和与广西历史渊源及长期友好合作情况。

时任自治区党委常委、宣传部部长沈北海观看展览并出席座谈会。他在致辞中盛赞“百年大公看广西”“看得好，看得合适”，并寄予厚望。

时任广西壮族自治区经委副主任（正厅级）李万富，广西壮族自治区党委外宣办有关领导，南宁市委常委、宣传部部长、副市长肖莺子（现任海南省委常委、宣传部部长），自治区社科联党组书记、主席庞汉生，共青团广西区委书记全桂寿（现任梧州市委书记），广西壮族自治区党委政法委办公室主任陈锋，人民日报广西记者站站长郑盛丰，广西日报社社长、总编辑李启瑞，中国新闻社广西分社社长余显伦，崇左市委宣传部副部长郑孟阳，贵港市委宣传部副部长罗荣爱，广西中大股份有限公司总经理邬文康博士等领导和嘉宾在会上做了发言。我向大家介绍本次活动的筹备经过，并现场清唱电影《刘三姐》插曲《多谢了》，感谢大家的支持，受到欢迎。

100多名广西各界人士出席了座谈会。广西日报社、广西电视台、南宁日报社等广西主流媒体在头版或重要新闻节目做了报道。

通过举办这次活动，扩大了《大公报》在广西的影响，加大了《大公报》与广西的宣传合作力度。同时也初步奠定了我在广西新闻界的地位和影响力。

二、《大公报》创刊110周年广西座谈会

2012年是《大公报》创刊110周年，按中国人的习惯做法是“五年小庆，十年大庆”，特别是对《大公报》这份百年大报来说，每过10年就是一个里程碑。于是，《大公报》6月中旬先后在香港、深圳、北京成功举办了《大公报》创刊110周年五场大型座谈会，产生了广泛而良好的社会影响，并得到了习近平等党和国家领导人及各地政要、港澳社会贤达的关心与祝贺。

为了纪念《大公报》创刊 110 周年，感谢广西各级领导和各界人士长期以来对《大公报》的厚爱与支持，由我策划和组织的“《大公报》创刊 110

周年暨‘百年大公看广西’座谈会”，于2012年7月25日下午在南宁国际会展中心好友缘锦绣厅举行。

时任广西壮族自治区党委书记郭声琨发来贺信：“值此贵报创刊110周年之际，谨致热烈祝贺！一直以来，贵报始终秉持‘忘己、无私’的宗旨，发扬爱国爱港精神，关注广西、宣传广西，在促进桂港两地深化交流合作中做出了重要贡献，深受八桂读者钟爱。衷心祝愿贵报再创新辉煌！”

给本次活动发来贺信的还有广西壮族自治区政府新闻办、广西法学会、广西国际博览事务局、广西14个地级市委宣传部或对外宣传办公室等。

当日出席座谈会的有广西壮族自治区人大常委会副主任刘新文、广西壮族自治区副主席李康、广西壮族自治区政协副主席李彬和广西壮族自治区有关厅局领导等，广西部分地级市领导或代表、部分县区领导以及各界人士200多人。大公报总经理盛一平、助理总经理兼国内部主任田志伟出席并致辞。

盛一平在致辞中向长期以来关心和支持《大公报》的广西各级领导和社会各界表示感谢，并热情称赞今日广西取得了举世瞩目的成就，还表示《大公报》要向香港、向世界隆重推介全新广西。

刘新文在致辞中赞扬《大公报》在宣传广西、推介广西所做的贡献，并向《大公报》全体同仁表示衷心的感谢！

北海市委常委、副市长李广存，广西梦之岛集团董事长刘礼宁等领导和嘉宾在会上发言。

出席座谈会的还有经济日报广西记者站站长周骁骏、新华社广西分社副社长石加铃、广西日报传媒集团副总编梁锡训、中国青年报广西记者站站长胡平等中央驻桂媒体和广西媒体领导。

本次座谈会得到广西梦之岛（集团）有限公司、广西桂人堂金花茶产业集团、南宁市保安服务总公司、广西南宁市全茂商贸有限公司、广西惠康生物科技有限公司、广西净宇环境有限责任公司、南宁蒙山商会、东方明日（晋江）进出口有限公司等企业的协办。李彬副主席、盛一平总经理为协办单位颁发了纪念牌匾。这些企业都希望自己能像《大公报》一样在本行业中历经百年，独领风骚，顺应时代潮流且永葆生机活力。

本次座谈会，我仍推出《大公报》报史展览和《大公报》报道广西的精彩版面展览。报史展览除了体现《大公报》在中国近代史的辉煌成就和影响力外，还展示了《大公报》在国际社会上的影响。报道广西的精彩版面涉及广西14个地级市和部分县（区）。由于我们大公报广西办事处已有几位专职人员帮忙，这次举办座谈会和展览，我比第一次举办时轻松了许多，助手覃庆阳为办好此次活动作出了很大的付出。

为了尊重受邀者，也让他们懂得我们是很用心举办此次活动，就连座谈会的请柬，也是经过专业设计的，体现了《大公报》的独特风格。

座谈会后，还举行酒会招待来自广西各地的领导和嘉宾。酒会期间穿插文艺节目和书画家即兴创作表演。我创编的节目《山歌与书画》，由我和广西歌舞剧院瑶族青年歌唱家蒙鹂君联袂演唱大家耳熟能详的两首广西民歌《山歌好比春江水》《多谢了》。北京著名画家宋文治、书法家吴家贵、广东狂草书法家罗树人同台进行即兴书画创作，挥毫泼墨，场面热烈，给大家留下了难忘的印象。中央驻桂主流媒体和广西主流媒体对本次座谈会做了报道。

26日中午，时任广西壮族自治区党委常委、宣传部部长沈北海刚从北京出差回到南宁就和盛一平总经理会面，并和时任南宁市委常委、宣传部部长、副市长吕洁一起宴请盛一平一行，我也前往陪同。

26日下午，我陪同盛一平总经理、助理总经理田志伟到钦州市拜访时任钦州市委书记、现任广西壮族自治区人大常委会副主任、党组副书记张晓钦，主宾双方在热情友好的气氛中进行了认真交流，并表示加强合作，加大钦州的对外宣传力度。

组织画家义卖赈灾

2008年5月12日14时28分，一场突如其来的四川汶川大地震灾难牵动了包括香港同胞在内的国人的心。6月17日至22日，大公报、新华社亚太分社联合四川省人民政府新闻办在香港展览中心举办了“大爱无疆——汶川大地震抗震救灾图片展”暨书画义卖活动。300余张珍贵图片展现汶川大地震的灾难全图，并记录了国家全力救灾的全过程；400多幅来自全国各地的书画名家捐赠的作品，体现了全国艺术家们的爱心。同时，大公报还编辑出版了大型画册《大爱无疆》。当时我也去香港参加了这一活动，组织广西10位画家的作品参与义卖赈灾。

“大爱无疆——汶川大地震抗震救灾图片展”暨书画义卖、画册义卖活动为四川灾区重建工作筹得善款超过601万元，获悉此消息的时任国务院总理温家宝亲笔来函，对“怀着爱心和责任感举办抗震救灾图片展”的大公报和香港同胞给予充分肯定。11月11日，大公报社长王国华将该笔赈灾捐款，连同温家宝的亲笔书信，一并转交给来港召开赈灾致谢会议的四川省人民政府负责人，传达港人对灾区人民的爱心。

当时，报社要求我们大公报各省（市）办事处组织当地有一定影响的画家捐赠作品拿到香港义卖，筹集善款，支援汶川抗震救灾。为完成报社交给的这项重要工作，我和广西办事处的各位同事积极发动和组织捐画。经过我们的共同努力，广西书画家们纷纷响应，共有10位广西著名书画家积极奉献他们的爱心，共捐出10幅优秀作品，其中8幅国画、1幅插画、1幅版画。

捐款的画家有郑军里、梁耀、余永健、雷务武、陈再乾、傅俊山、郑万林、王庆军、黎君龙、陈史文10位。值得一提的是，郑军里当时已是全国政协常委、中国美协会员、广西美协副主席、漓江画派促进会副会长、广西艺术学院中国画教授、研究生导师，他的画已具有了很高的艺术价值，但他仍带头捐了一幅佳作。

为了回报这些画家，大公报社委会给他们发了纪念证书；2009年我主编《百年大公看广西》特刊第一辑时，也拿出3个版面图文介绍了这10位画家的艺术成就。

设计《美丽广西》画册

2013年5月初，广西壮族自治区党委书记彭清华履新不久，就率广西代表团赴台湾举行推介广西活动。其间，除了在台湾举行多场广西介绍会和图片展览外，还进行了参观考察等活动，取得了丰硕的成果，深化了桂台合作。

彭清华书记当时觉得还有一点遗憾，就是缺少一本广西画册。于是，他立即指示广西党委、政府有关部门落实这件事，尽快制作一本能代表广西水平的画册，并将用于接下来的广州、深圳、香港、澳门广西推介活动使用。

广西壮族自治区党委决定由广西投资促进局具体抓这项工作。该局领导知道我是资深的港媒记者，有主编《百年大公看广西》特刊的成功经验，经过认真研究后，决定请我来担任这本画册的主要设计工作。

提到做画册，有的人认为很容易，只要把图文编排好就行了，其实没那么简单。《美丽广西》画册只有56页，但要高度浓缩反映广西的独特优势、投资环境和山美水美人美，既要有广度又要有深度，就不那么容易了。

过去，作为政府招商推介使用的画册都做得较呆板、枯燥，难以吸引读者的眼球。另一方面就是以当地旅游风景为主的画册，不便客商了解情况。我设计《美丽广西》画册时，做到有创新，有突破，让客商在欣赏美丽广西中看到她的优势和潜在商机。我参考了香港特区政府和香港《文汇报》《大公报》制作的精品画册，结合自己主编《百年大公看广西》特刊的成功经验，大胆地进行设计。

该局领导开始也没有多大把握，只给我定了几个板块的框框，没有很具体的图片和文字，也没有参照的样板，得靠我的智慧去理解和发挥。

这是一项光荣而艰巨的任务，做得成功了，什么都好说，做得不尽如人意，就不好办了。由于时间紧，任务重，该局领导要求我们几天内就要拿出这本画册的清样。我和具体设计人员连续几天加班加点，甚至有两个晚上干到天亮，最后按时拿出了画册清样送局领导初审。杨静华局长不仅自己看，还召集部分局、处、科级领导来一起讨论，且专挑毛病。他们认真听我介绍画册的设计构想和理念，尊重我的主要设计思路，同时也提出了中肯的修改意见。

经过两个星期的加班加点，反复修改，我拿出了较为接近的复审版。有一天上午，广西壮族自治区政府副秘书长黄武海专门召集几个有关厅局负责人听取我们的汇报和观看画册的幻灯片，并提出了宝贵的修改意见。回来后，我们又根据领导们提出的意见进行了认真修改，然后由广西壮族自治区投资促进局呈广西壮族自治区主要领导终审通过后才开始投入印刷。

为了保证彩印质量，《美丽广西》画册送到了深圳印刷。就这样，一本广西壮族自治区领导高度重视，由时任广西投资促进局局长、现任广西壮族自治区人大常委会副主任杨静华担任总指挥，由我担任总设计，凝聚大家智慧的画册《美丽广西》终于制作好了！

彭清华书记2013年5月20日、23日，6月下旬率广西代表团先后到广州、深圳、香港、澳门举行广西经济社会发展情况介绍会，广西投资促进局工作人员向与会的每位嘉宾派发了一本《美丽广西》画册。据了解，在广州、深圳举行的介绍会各派800本，在香港派发1000本，在澳门派发500本。从5月20日晚广西电视台《广西新闻》节目播出的广州介绍会新闻看到，这条只有3分22秒，有广西党政主官彭清华书记、陈武主席出席的重要活动新闻，共出现《美丽广西》画面20多次，这是我从事新闻工作三十几年来首次看到一本画册竟享受那么高的“待遇”。杨静华局长亲眼看到这本画册受到与会嘉宾青睐的场面，心里很高兴。回来后，她对我表达了由衷的谢意。

感悟：十年磨一剑，厚积而薄发。如果我没有30多年新闻工作经历的沉淀，没有香港的角度、国际视野和广西情怀，设计的作品很难达到这样的高度。因此，我要感谢自己的多年历练，更要感谢成就我的智者。

推市县区走向国际

随着改革开放的不断深入，中国经济取得了令人瞩目的迅速发展，而县域经济的发展始终是最具活力的因子，也是中国经济活跃于世界舞台的重要组成部分。

由《大公报》主办的首届、第二届“中国最具海外影响力市县区评选活动”先后于2010年、2012年在香港举行，共选出100多个市县区。它们的经济影响力、综合影响力、文化影响力等方面备受海内外关注和认同。举办这样的评选活动旨在让国际社会认识更多在中国极富活力的市县区，从而推动他们更多地走向世界，进一步促进外向型经济的发展。同时，也为外商在中国内地投资创造选择的机会。

首届评选活动在广西有关部门、有关市县区领导的支持和我们的努力下，推荐广西重要边关城市——凭祥市、刘三姐故乡——宜州市（现为河池市宜州区）参加评选，经过报社组织的评审团认真评选，最后凭祥、宜州均获得“中国最具海外影响力市县区”殊荣。

第二届，我们推荐了广西重要边关城市——东兴市、中国铝都——平果县、广西最大侨乡——容县参选，均选上“中国最具海外影响力市县区”。

由于我在广西从事新闻工作30多年，对上述广西五个市县区的情况比较了解，因此，在香港颁奖典礼的赞美词由我来撰写。首届中国最具海外影响力市县区评选颁奖典礼没有举行。第二届评选颁奖典礼是2013年3月25日下午在香港岛海逸君悦酒店一楼宴会厅隆重举行。本次评选颁奖典礼有三大亮点：一是来自全国20多个省市的48个市县区的领导专程来港参加颁奖典礼。各市县区主官闪亮登场，时任广西东兴市市长周刚、容县县委书记朱向东也赴港出席，平果县主官因工作太忙，不能赴港出席，由我代表领奖。二是得到多个外国驻港总领事馆全力支持，仅出席颁奖典礼的就有来自俄罗斯、美国、韩国、波兰、新加坡、越南、缅甸等近20个国家驻香港总领事馆官员，他们一起见证了这一盛事。外交官们对中国市县区的快速发展评价很高，纷纷表示希望加强与中国内地城市间的合作。三是30多位香港政商界名人和媒体高层嘉宾出席。多位香港商界名人嘉宾表示，颁奖典礼可以让更多人认识中国，让更多人对内地不同城市有更多、更全面的了解。香港可与获奖市县区多做交流，把香港的经验带到内地，发挥香港的优势，为国家做出贡献。

在颁奖典礼上，我有幸见到了阔别10年的老领导、香港《文汇报》原董事长兼社长张国良。他现任香港新闻工作者联会会长，当时坐在主桌，当主持人念到“请广西平果县代表罗保华上台领奖”时，引起了他的注意。颁完奖进入午宴环节时，他走过我这桌敬酒，一见我就问：“罗保华，你什么时候去的平果县当领导？”我回答：“我没去平果县当领导呀，他们县领导没时间来，我是代他们领奖的，我还在大公报广西办事处呢。”他说：“在大公报也挺好啊。”我说：“请张社长有时间再到广西指导工作。”虽然只是见面聊几句话，但是领导的关怀仍然让我感到非常温暖和难忘，想不到事隔多年，张社长仍这样关心我，热情对待我，体现了他的心胸宽广与人格魅力。

这两届评选活动举办前，我们《大公报》对广西凭祥市、宜州市、东兴市、平果县、容县都做了彩色整版或跨版（两个版面相连）的报道，让香港与海内外读者加深了对这几个市县区的了解。

终见彩虹

近20年的港媒之路，对我来说，是漫长的，也是曲折的。我把人生的壮年时期奉献给了港媒，我将才智和精力尽数用在了对外宣传广西上。经过近20年的努力奋斗，总算不负重托、不辱使命，取得了丰硕的成果。

没有曲折的人生，就不会看到许多沿途的风景。回首这些年的港媒之路，终有那么些高光时刻，已经成为极其珍贵的履历。

自1997年到香港媒体从事新闻工作近20年来，我采写了2000多篇对外正面宣传报道广西的新闻，是香港媒体报道广西最多和最有影响的记者。

我先后参与创办香港文汇报大公报在广西的分支机构，是在广西唯一能创办两个港媒驻桂机构的桂籍人士。

2001年，我专访时任广西壮族自治区主席李兆焯，并在香港《大公报》刊发《是机遇更是一种责任》特稿，被国内多家重要网站转载。此次专访时长两个多小时，是李兆焯主席接受香港纸媒记者采访时间最长的一次。

2002年，我采写的重要新闻“石家庄爆炸案嫌疑犯靳如超北海落网”系列报道获当年香港《文汇报》好新闻奖。时任香港文汇报社社长张国良称，此系列报道是香港《文汇报》创刊至今最成功的突发新闻报道之一。

2007年、2012年我分别在南宁红林大酒店、南宁国际会展中心举行《大公报》报庆座谈会和展览，是唯一能在广西举办大型座谈会和展览的港媒驻桂负责人。

2008年，应广西壮族自治区党委组织部、广西壮族自治区党委宣传部、广西壮族自治区党委统战部、广西壮族自治区民委等部门邀请，参加“在邕专家、高技能人才代表迎春茶话会”。同年，被南宁市委、市政府评为南宁市创建“全国文明城市”先进个人，是唯一获此殊荣的港媒驻桂负责人。

2008年至2012年，我连续5年参加全国人大、政协“两会”采访，重点采访广西人大、政协代表团，是驻桂港媒参加全国“两会”采访次数最多的记者。

2009年至2012年每年春节前后，南宁市委、市政府都举办驻邕主要中央媒体、港澳媒体、广西媒体、南宁媒体的座谈会，我均获邀请并上台演唱，是唯一连续四年有资格登上这个重要舞台的歌手，被大家称为“广西新闻界的歌唱家”。

2009年、2012年我先后主编大型特刊《百年大公看广西》第一、二辑，并在香港和内地发行，第一辑得到时任广西壮族自治区党委书记郭声琨批示感谢，第二辑得到时任广西壮族自治区主席马飚批示感谢。

2011年，我策划和组织的专题系列报道“中国东盟合作”起点高、版面多、影响大，是港媒反映中国—东盟合作最成功的一次大型系列报道。

近20年来，我先后对来自广西大学等高校新闻传播学院的30多名研究生、20多名本科生实习记者进行传帮带，是带实习记者最多的港媒驻桂负责人。

我曾多次配合广西政府赴港澳招商推介宣传。2013年5、6月间，广西壮族自治区党委书记彭清华先后率团赴粤、港、澳推介广西活动用的画册《美丽广西》，由广西投资促进局编印，本人担任主要策划和设计工作。该画册颇受广西壮族自治区领导和粤港澳广西推介会与会嘉宾欢迎及喜爱。

曾经，怀揣着一丝彷徨，我走上港媒之路；现在，品味着一份喜悦，我可以无悔这一路的耕耘！我的重要新闻报道、宣传制品和策划的大型活动，被大家公认为具备“香港角度、国际视野、广西情怀”，同时，我还被大家称为“社会活动家”，在许多重大场合、事件中留下了自己独特的印记。

不经历风雨，怎么见彩虹？港媒之路上的那些历练，也许没有哪件事开始之时是不经历周折的，凭借我的锲而不舍，奋力前行，换来了加倍的圆满和成就感。只有这样的人生，才最为充实、有力！

感悟：人生三大成功，就是挑战、奋斗、坚持。做事成功，首先是做人要成功。做人不成功，做事成功是暂时的；相对的，做人成功了，做事不成功，也是暂时的。水滴石穿不是水的力量，而是重复和坚持的力量！成功之道，贵在坚持！使人成熟的是历练，任何一段历练，都是很宝贵的经验。经历更让人成熟，只有沧桑，才有收获。你有几分历练，便会拥有几分收获。人生只有在历练中，才能成长。有丰富的历练，才有丰满的人生。

促桂粤港澳合作交流

一、创桂港促进会

在港媒打拼近20年后，2013年我退居二线，任香港大公报广西办事处顾问。为发挥余热，利用自己在港媒工作多年积累的人脉和经验，促进广西和香港的交流合作，我参与创办了广西桂港交流合作促进会。

在广西注册涉港的社团机构与注册公司不一样。普通的工商注册可能几天时间就办好了，而办涉港的社团机构在广西壮族自治区民政厅还没有先例，难度很大。怎么办呢？我先到广西壮族自治区民政厅社会组织管理局咨询。按民政部门的管理规定，申请注册的社团机构首先要有一个业务主管单位同意，且是厅局级单位。困难面前，我没有气馁，多年的经验告诉我，办法总比困难多，只要自己努力，就能把事情办好。

在我接触过的几个广西壮族自治区涉外厅级单位中，我最后锁定了广西壮族自治区侨务办公室。当时，我找到时任广西壮族自治区侨办主任冯祖华，向他汇报我们的设想。他认为，这是造福广西的事情，所以当即表示大力支持，同意广西壮族自治区侨办做我们促进会的业务主管单位，并让我和时任广西壮族自治区侨办国外处处长、现任广西壮族自治区侨办副主任陈洁对接。陈洁又让我与具体负责的副处长陈永亮联系。

2013年10月8日，我将第一份公函送达广西壮族自治区侨办国外处。经该处审查，该办分管副主任陈宁提出意见，冯祖华主任最后审定，正式同意广西壮族自治区侨办作为促进会的业务主管单位。这下，我终于解决了第一个难题，有了广西壮族自治区侨办的批文，就便于向广西壮族自治区民政厅递交注册申请了。

由于过去没有先例，面对申请，广西壮族自治区民政厅领导和该厅社会组织管理局领导非常谨慎。他们多次讨论，这件事一直定不下来。为找时任该局局长刘宏沟通，我请老朋友、时任崇左市民政局局长谭冠堂引见刘宏局长。想不到刘宏曾在我家乡宁明边防部队当过几年兵，大家聊起来蛮有亲近感。他明确表态：按程序走，尽量支持。

经过多次讨论和半年多的审批程序，站在桂港合作的战略大局下，于2014年上半年，广西壮族自治区民政厅终于下文特批，准许成立“广西桂港交流合作促进会”。

促进会是广西第一家获得广西壮族自治区民政厅批准的涉及广西、香港两地交流的非营利机构，由在广西投资的香港企业和香港籍人士、拟与香港合作的广西企业及文化界人士自愿组成，致力于深化桂港交流合作、促进广西腾越发展。其宗旨是：对接香港，发展广西，开拓东盟；运营方针是：立足民间，辅助政府，协力共赢。

作为促进会的创始人之一和核心领导，我不遗余力地推动促进会的发展，此外，促进会还吸纳了一批素质较好的年轻人。创办时，得到了华强、张国华等同志的鼎力支持。

促进会自成立以来，得到了广西壮族自治区党委、政府的高度重视和关心，广西壮族自治区领导曾多次莅临促进会指导相关工作，使促进会全体同仁倍感亲切、深受鼓舞。

二、举办首届桂港合作论坛

2014年9月18日，广西桂港交流合作促进会联合香港《商报》、全球商报联盟共同主办的首届桂港合作论坛在南宁隆重举行。论坛得到了广西壮族自治区党委、政府的高度重视，丰富了第11届中国—东盟博览会的内容，获得了与会嘉宾的好评。会前，广西壮族自治区党委书记彭清华专门接见了出席本次论坛活动的重要嘉宾及促进会领导。国务院侨务办公室副主任何亚非，中国驻柬埔寨王国前特命全权大使张金凤，广西壮族自治区党委常委、广西壮族自治区副主席蓝天立，广西壮族自治区副主席张晓钦，香港商报社社长黄扬略，以及来自全国和香港地区的著名专家、学者、企业家数百人出席本次论坛。为接待外地前来参会的嘉宾，在论坛举行的前一天晚上，我还负责策划组织“桂港之夜”欢迎酒会，给大家留下了难忘的良好印象。

三、更上一层楼

为了在桂港合作的基础上加强与广东的合作，在林沛文会长的倡导下，促进会领导研究决定，申请将“广西桂港交流合作促进会”更名为“广西桂港粤合作交流促进会”，业务范围由原来桂港两地扩大到桂港粤三地。

这次更名，由林沛文会长负责与广西壮族自治区民政厅协调，我仍然继续负责协调广西壮族自治区侨办。更名申请再次得到了冯祖华主任、陈洁副主任等领导的支持。

经过一段时间的反复研究，广西壮族自治区民政厅终于批准“广西桂港交流合作促进会”更名为“广西桂港粤合作交流促进会”。

更名后，“广西桂港粤合作交流促进会”成为在广西正式注册的唯一涉及三地的社团机构，会长是林沛文，我担任副会长兼秘书长，副会长还有张国华、陈远航、张善计、付晓清（女）、侯兆伦等。

促进会更名一段时间后，得到新任广西壮族自治区侨办主任秦春城的热情关心和大力支持！他给促进会的加快发展提出了宝贵的意见。在广西壮族自治区侨办领导的关怀下，促进会与广西壮族自治区侨办下属的海外联谊会签订了《战略合作伙伴协议》。广西壮族自治区侨办有什么重要的涉及侨商活动，都请我们参加，共享海内外侨商资源。

2016年至2017年，促进会还组织企业到岑溪市、苍梧县、蒙山县等地进行商务考察。林沛文会长与苍梧县政府签订了合作开发苍梧县桃花岛旅游项目的协议，项目正在积极推进中。副会长侯兆伦与蒙山县政府签订了光伏发电合作投资项目协议。经副会长张国华的牵线搭桥，澳大利亚新南威尔省莫里市经济代表团访问了崇左市，双方拟加强在农业、畜牧业方面的合作。

促进会还组织会员为贫困侨生捐资助学。目前，促进会的会员企业已发展到100多家。

2020年9月，经自治区党委统战部同意、自治区民政厅批准，“广西桂港粤合作交流促进会”成功更名为“广西桂粤港澳合作交流促进会”，促进会的业务主管单位也转为自治区党委统战部。促进会成功更名，标志着我们的发展已经进入了一个全新阶段，并将给会员企业带来更多的利好机会。更名后促进会将加强与澳门地区在文化、经济尤其是投资与贸易等方面的交流与合作，为会员企业寻找更多与澳门政府及企业在内地和澳门进行项目合作的机会。也将充分利用好全新的平台优势，精准为广西与粤港澳大湾区对接发挥积极的桥梁作用，乘“东融”政策的东风，推进广西与大湾区在发展规划、政策衔接、产业协调、要素配置等方面的合作。

这几年，我为“广西桂粤港澳合作交流促进会”的成立及发展，尽心尽力。虽然看似工作领域已经超出了媒体的老本行，但是，为“媒”之义，不正是甘做中介，为实现多方共赢而牵线搭桥吗？促进会活跃了桂港粤三地的经贸、文化的交流合作，为国家、为社会继续有所贡献，这让我得到慰藉，虽近老年，我这老记者仍然壮心不已！

传播民歌

中国传统民族音乐是中华民族文化的重要组成部分，而在传统民族音乐中，中国民歌处于非常重要的地位。我虽然不是专业文艺工作者，但一直喜欢唱歌，尤其喜欢演唱大家熟悉的广西民歌和内蒙古民歌。我尽量把业余歌唱当作专业歌唱训练和追求，向听众、观众展示民歌的魅力。

我曾担任中学文艺队独唱演员、知青文艺队队长，兼任广西广播艺术团负责人、广西壮锦艺术团团长、广西弘华艺术团团长，在这些岗位和平台上，我有了更多的机会传播我国的优秀民歌。

最难忘的、最有影响的几次演唱活动是以下的几场。

唱开成都

1991年，我代表广西电台到成都参加全国省级广播电台办公室主任会议，其间，在组委会举行的联欢晚会上，各台代表纷纷表演自己的拿手节目，如辽宁电台演东北二人转，上海电台唱京剧，深圳电台唱通俗歌曲，东道主四川电台表演川味十足的歌舞等，但最出彩的还是我清唱的广西民歌《山歌好比春江水》。

现场的掌声和过后的反响，让我至今仍历历在目。北京电台刘副台长称我唱出了电影《刘三姐》的那种韵味。上海电台办公室主任胡晋丰边听边打拍，后来我到上海，他热情接待；我编写《花山儿女》一书时，他又帮忙采写了一篇人物通讯。南京电台台长说，听了你的歌，我想广西是刘三姐的故乡，那一定很美，建议明年的会议安排在广西开。新疆电台副台长说，你的歌声让我想起了北京广播学院毕业后分配到你们广西电台的同学。东道主四川电台的领导也称赞不已。会议结束后，部分代表经重庆，过三峡，在船舱里，他们又请我唱歌，我即兴清唱了《三峡情》这首歌，受到大家的欢迎。到武汉，受到湖北电台的热情接待，为表达我对他们的谢意，我又唱起了电影《刘三姐》插曲《只有山歌敬亲人》。途中，辽宁台办公室主任坦率地对我说："小罗啊，你这次在参加会议的代表中职务不算高，但在晚会上你是最受欢迎的一个，就连你唱之前说的那段话，也打动了大家。"显然，代表们还是意犹未尽。

虽然已过去26年，但我还依稀记得当时演唱之前说的那段话："各位领导，各位同行朋友，大家晚上好！我是来自广西电台的罗保华，广西是'刘三姐的故乡'，素有'歌海'之称，我本身也是壮族，壮族人生来爱唱歌，喜欢以歌会友，以歌传情，热情好客，欢迎大家有机会到广西走一走，看一看，我们将唱起刘三姐的歌，捧出香醇的桂花酒来欢迎大家。下面我就为大家演唱一首广西民歌《山歌好比春江水》，希望得到大家的喜欢。"

这一段有特点的话，加上精彩的演唱，我就说到、唱到了大家的心田里，又加上我演唱的民歌是大家耳熟能详的，容易让大家产生共鸣，综合起来就容易获得高分了。

唱响深圳

2003年，香港《文汇报》在深圳举行年度工作会议，我不但被评为先进工作者，在精英齐聚的联欢晚会上，我的演唱再次受到欢迎。我先是演唱一首有伴奏的军旅歌曲《小白杨》，受到欢迎后，再清唱《山歌好比春江水》，结果给大家留下了美好的、深刻的印象。香港文汇报上海办事处主任热情地为我拍照，还说希望我以后有机会到上海时一定要找他。香港《文汇报》湖北办事处主任热情地对我说："你儿子不是在武汉读大学吗？有什么事让他来找我啊！"时任香港文汇报社社长张国良、常务副社长刘永碧对我的演唱也评价较高，还开玩笑地叫我作"广西阿牛哥"。

唱火南宁

南宁被人们称为"天下民歌眷恋的地方"，到2017年9月，已连续举办19届南宁国际民歌艺术节，因此，南宁市委、市政府对举办座谈会或晚会的要求都相当高。

2009年至2012年，南宁市委、市政府每年春节前后都在南宁红林大酒店举行“驻邕主要新闻单位领导新春座谈会”，会上安排8个文艺节目表演，参加表演的有新闻单位代表，也有南宁市专业文艺团体的演员，我是唯一连续4年获得上台表演的新闻单位代表。

第一年，我独唱的是东北民歌《乌苏里船歌》，还算过得去，初步被大家认可。为不负主办方和观众的期望，第二年我唱内蒙古民歌《牧歌》时，请了一位专业舞蹈演员伴舞，给大家留下了深刻的印象。第三年，为变换演唱形式，我特邀广西歌舞剧院瑶族青年声乐演员蒙鹂君一起对唱《婚誓》，让大家感到耳目一新。但最有影响的还是第四年，即2012年春节前举行的“驻邕主要新闻单位领导新春座谈会”上的独唱。

我当晚唱的是内蒙古民歌《呼伦贝尔大草原》。这首歌新推出不久，还没有专用的音乐伴奏带，我就到南宁书城选购了有中胡独奏的《呼伦贝尔大草原》音乐带顶用。此前，我没有唱过这首歌，经刻苦训练，当晚我演唱时发挥超常，一鸣惊人，备受欢迎。想不到我刚唱了第一小节，时任广西电台台长李德刚就走到舞台前高呼“呼伦贝尔大草原”要改成“呼伦贝尔大公报”，接着《中国日报》广西记者站站长火焱也是这样走到这个位置高呼，台下响起了热烈的掌声。

我不仅在宣传部门和新闻界举办的各种重要活动中为大家演唱，这几年我还带领艺术团的团员们到一些市县区、部队、学校、企业、社区进行公益性演出。有一次，我还带领大家到南宁市社会福利院和那里的老人们进行联欢，给他们带去了祝福和快乐……

得益师传

有的媒体领导听我唱歌后和我半开玩笑地说，他参加过不少全国报刊工作会议，但没发现有哪个同行领导唱得像你这样好的，看来你入错行了吧？我只是笑答：“假如时光能再倒流二三十年，我会去当歌星的。”

现在我快奔六了，但还能上台演唱，而且受欢迎，确实不容易。这得益于我多年的锻炼和积累，更得益于恩师黄绍填老师的言传身教。黄绍填毕业于上海音乐学院，是著名男中音歌唱家，广西歌舞团国家一级演员，曾任该团歌队队长及分团副团长、广西文化厅嗓音研究室副主任，发表多篇音乐学术论文，两次担任全国青歌赛评委，多次担任“孔雀杯全国少数民族声乐比赛”评委，还担任广西艺术学院、广西师范学院等院校的兼职声乐教授，培养了许多优秀的音乐人才。可见他在广西乃至全国的声乐界地位不一般。

我是20世纪90年代初通过一位朋友的介绍有幸认识他的。他听过我在台上演唱内蒙古民歌《草原上升起不落的太阳》后，就通过这位朋友转告我说，我的声音条件不错，只是没经过雕琢，如果想跟他学，他愿意收我做学生。我听了很兴奋，过后我在朋友的引见下，拜黄绍填为师。他当时分文未收，为我开“小灶”，在他家里和歌舞团的琴房对我进行了一段时间的科学体系训练，使我的歌唱技巧得到了较大的提升。我是学新闻搞新闻工作的，没有搞过一天专业文艺，黄绍填看到我如此进步，感到很欣慰。他的悉心指导，让我终身受益，也让我和民歌结下的这份缘分更为深厚。

除黄绍填老师的热心传授外，我2014至2015年兼任广西壮锦艺术团团长两年间，得到广西歌舞剧院（原广西歌舞团）瑶族青年歌唱家蒙鹂君的鼎力支持，我们壮锦艺术团每次为市县区、部队、学校、企业、社区作公益性演出，她都尽量参加演出，力挺我们壮锦艺术团，尽管她当时已有一定名气，还在北京参加重要演出时，受到习近平总书记等党和国家领导人的接见，但她没有摆什么架子，还是热心支持我们近两年成立的广西弘华艺术团。与此同时，她在演唱技巧等方面给予了我热情的指导。

民歌是流淌在壮族人血脉里的灵魂，饱含着壮族人的思想情感、愿望和梦想，如同空气和水是壮族人生活不可缺少的一部分。过往数十年，爱唱民歌的习惯，让我在历次高朋聚会的场合中，都能露一手“拿手绝活”，获得阵阵掌声，这是我生来爱出风头吗？不是的，以歌会友，以歌传情从来都是壮族人传递友谊最炽烈的表达方式。千里难寻是朋友，朋友多了路好走，以诚相见，心诚则灵，让我们从此是朋友。以歌为媒，我结识了许多一生难忘的至交好友，他们多次无私的友情襄助也让这份友情愈发炉火纯青。得友如此，所以我的民歌唱遍一生也不会累！

弘扬国学

多年来，我积极传播民歌，也是传承弘扬中华优秀传统文化的一种方式。但毕竟中华优秀传统文化涵盖了上下五千年积淀下来的所有文明成果，博大精深，民歌只是其中一部分。在中华民族复兴的步伐日益稳健的当下，我辈当有责任，为中华优秀传统文化的弘扬做出努力。

积极探索

2013年，当我从香港《大公报》退居二线时，就有这样的一个想法：文化传播是我热爱和熟悉的工作，能否在香港注册一个“中国—东盟文化艺术研究院”，这样就可以充分利用我原有的桂港资源，为桂港乃至桂港与东盟的文化交流发挥更大作用。

有想法即行动，我马上向香港有关部门递交了申请，并交了订金，然而这个时候，按政策规定，国家民政部对在香港等境外登记的社团机构是不予承认的，其在内地开展活动也受颇多限制，出于组织方便的考虑，我打消了这个念头。

指路明灯

2012年11月召开的党的十八大报告指出，全面建成小康社会，实现中华民族伟大复兴，必须发挥文化引领风尚、教育人民、服务社会，推动发展的作用，并强调弘扬中华优秀传统文化。

2013年11月26日，习近平总书记来到历史文化名城山东曲阜，参观考察孔府、孔子研究院并同专家、学者座谈。他强调，中华优秀传统文化是中华民族的突出优势，中华民族伟大复兴需要以中华文化发展繁荣为条件，必须大力弘扬中华优秀传统文化。

出于记者的职业习惯，此时我感觉到，弘扬中华优秀传统文化教育终于迎来了天时、地利、人和的千载难逢的良机。于是，我在笔记本上写下了“传承和弘扬中华优秀传统文化”13个字，表达了我的强烈愿望和坚定信心。

任重道远

2016年10月，我被中国廉政法制研究会旗下的全国青少年优秀传统文化教育示范基地聘为广西分基地秘书长。

该基地成立的目的，是面向全国广大青少年普及、推广、弘扬中华优秀传统文化，努力成为青少年思想道德教育建设新的重要阵地，是青少年学习、传承优秀传统文化的有益校外课堂，是弘扬交流中华优秀传统文化的新型平台。基地以“克己有礼，正身修心”为宗旨，坚持“政治是首位，标准是国家，管理是服务”的工作目标，以普及和推广中华优秀传统文化为己任。

基地自成立以来，受到国家相关部门和社会各界的密切关注。

2017年10月18日，习近平总书记在党的十九大报告中强调指出，坚定文化自信，推动社会主义文化繁荣兴盛。文化是一个国家、一个民族的灵魂。文化兴国运兴，文化强民族强。没有高度的文化自信，没有文化的繁荣兴盛，就没有中华民族伟大复兴。要坚持中国特色社会主义文化发展道路，激发全民族文化创新创造活力，建设社会主义文化强国。

党的十九大报告和习近平关于中华优秀传统文化的系列讲话精神，为我们进一步加强新形势下中华优秀传统文化教育指明了前进的方向。

万事开头难。我们要促进中华优秀传统文化在广西的传承发展，可谓任重而道远，必须要坚定文化自信，有“不忘初心、继续前进”的精神，才能把这项新的事业做好。

广西分基地是2016年9月10日被全国青少年优秀传统文化教育示范基地批准成立的，成立后正好赶上北京基地总部与中国教育电视台、香港卫视联合主办“国风和畅——2017首届国学春晚”。我们广西分基地选送的歌舞《花山恋》在崇左市委、市政府的大力支持下，从节目的排练、录制到播出，均受到广泛好评。2017年2月25日，广西分基地在南宁举行“人和业兴——首期国学交流讲坛”，邀请宣传和教育机构专家、教授、学者、国学培训单位负责人及企业家等嘉宾一起交流中华优秀传统文化教育的经验。本次活动由我担任主持。大家踊跃发言，热情交流。国学教育工作者中，有的谈家风、论家庭教育，有的介绍读经对青少年成长的帮助，有的说如何坚持孝德文化教育和百善孝为先。企业家中，有的谈诚信和积善给企业带来福报，有的谈如何善待农民工等，从不同角度论述了国学的魅力。会场国学氛围浓厚，充满了爱国、爱家、爱孩子的正能量，弘扬了中华民族的真善美。会上十几位嘉宾做了交流发言。南宁市逸夫小学十几位学生表演了经典朗诵节目。

从2017年5月开始，全国青少年优秀传统文化示范基地每月面向全国举办中华优秀传统文化教育师资培训班，我们广西分基地选送了几批学员赴京参加培训学习。回来后，他们在各自的国学教育岗位上发挥了重要的作用。

2017年10月至12月间，我们广西分基地在南宁举行“中华优秀传统文化教育走进校园”活动。首站活动是我们广西分基地和广西大学行健学院联合举办的《筑牢文化自信坚实根基》讲座，邀请著名实验物理学家、中国科学院高能物理研究所原所长、研究员、博士生导师、美国纽约科学院院士、广西大学老校长郑志鹏担任主讲，唤起了学生们对品德教育的重视，从而拉开了中华优秀传统文化教育走进校园、走进基层活动的序幕。

2017年7月，我创建了广西弘华艺术团，成员由来自广西区直单位、新闻、文艺、教育等战线的专业艺术家和业余文艺发烧友组成。节目内容突出中华优秀传统文化、民族文化和红色文化。艺术团成立以来，进军营进行慰问演出，进高校进行“立德树人”公益演出多场，受到部队官兵和学校师生的欢迎，得到各界好评。

与此同时，我还到家乡宁明县的十多所中学做专场报告，传播中华优秀传统文化，受到师生们的欢迎。

二

花山寻梦

边陲少年

1958年12月28日，我出生于广西宁明县峙浪街。峙浪街就在明江的上游——思陵河的岸边，我从小就是喝明江水成长的。父亲罗汉明是凭祥市商业局的一名普通干部，为近家照顾老人，他请求组织将他调回老家宁明县的峙浪公社食品站工作，也是在那里，他结识了在峙浪街上的刘秀英并结了婚。我是他们的第一个孩子，后有三个弟妹也先后加入了这个家庭。父亲是干部，母亲是非农业人口，在那个计划经济年代，有国家固定粮食供应，我们家有兄弟姐妹4人，还有年迈的祖母需照顾，虽然一家七口人靠父亲一份微薄的工资维持，但已经让人羡慕了。

父亲是老初中毕业，有些"文墨"，母亲是小学毕业，文化水平不高，但他们对我们兄弟姐妹的要求都很严格。在思想上灌输最多的是孔子的那句名言：学而优则仕。经常告诫我们，要好好学习，掌握本领，将来才有出息。

峙浪街山清水秀，位于中国越南边境，那时峙浪街就一条街，分街头、街中和街尾三段，我家住街中。孩提时的记忆中，每逢圩日都有不少着装特别的高山瑶族群众和越南的边民前来赶圩，交易的商品也颇有特色，形成当地一道亮丽的风景线。

地方小，风物人情也简单。峙浪街人基本都讲白话，按习惯，街坊邻里无论老幼都喜欢叫我做"罗仔"。那时候，我和街对门的发小何建华小朋友是"甲级玩伴"，打陀螺、踩爆竹、捉迷藏，游戏一个又一个，让你快乐不已，童趣、童真，至今仍依稀记得。那时候，交通闭塞，我没见过什么世面，觉得峙浪街就是天下最好玩的地方，就是我的乐园。

难忘马帮

离岭浪街15公里的宁明爱店是个中越边境口岸，那里过去隶属峙浪公社。由于山路崎岖，当地供销社从县城采购的商品过去主要是靠马帮来运输。峙浪街则是他们往返的必经之路。

我在峙浪小学读初小时，父亲调到宁明县驮龙食品公司当会计。驮龙离宁明县城很近，又有火车站，那时，有机会看到火车就是见世面了，因此，驮龙是我很喜欢的地方。父母两地分居，因为是长子，为了让我多和父亲接触，接受管教，母亲就托爱店马帮的叔叔阿姨顺路捎上我去宁明县城，然后再打电话通知我父亲来接我。

从峙浪到宁明县城，中途过了长桥村后，还要翻过一座大山“饭包岭”，路才算好走些。所谓“饭包岭”就是人们劳作或路过这座大山时要带上饭包，吃了有力气了才好翻过去。

一年级暑假跟着马帮到宁明县城的那次经历，我依然很有印象。马是最擅长走和跑的，作为小孩要跟上马帮的行进就不那么容易了。我跟着马帮走呀走呀，走累了，那些叔叔阿姨就鼓励我，或唱个曲子给我听，好让我忘记疲倦，坚持行走不掉队。走了整整一天，翻过“饭包岭”，直到天黑时才到了县城。大家熟悉的电影《山间铃响马帮来》就是我们当时的真实写照。直到1975年，国家修通了县城至峙浪、爱店的边防公路，那里才告别了交通落后的状况，而像我这样跟着马帮来往于山间的“假漂”小孩自然也就慢慢没有了。

不过，从小用脚步丈量山路的历练，日后让我感悟：不管你选择什么样的人生道路，只要目标正确，毅力顽强，坚持拼搏，就一定能够走到胜利的终点。

山间父训

少年时期，从峙浪街到宁明县城这段艰难的山路不知留下我多少汗水。父亲、母亲甚至很多亲朋好友都和我搭档做过“驴友”。

和父亲走山路，总是很特别的。他喜欢一路走一路用毛主席语录教育我、鼓舞我。走累了，他就鼓励我：“下定决心，不怕牺牲，排除万难，去争取胜利。”“我们的同志在困难的时候，要看到成绩，要看到光明，要提高我们的勇气。”“红军不怕远征难，万水千山只等闲。五岭逶迤腾细浪，乌蒙磅礴走泥丸。金沙水拍云崖暖，大渡桥横铁索寒。更喜岷山千里雪，三军过后尽开颜。”或是有关做人的道理：“人固有一死，或重于泰山，或轻于鸿毛。为人民利益而死，就比泰山还重；替法西斯卖命，替剥削人民和压迫人民的人去死，就比鸿毛还轻。”

对于这些话的确切含义，那时年纪尚小的我，尽管还有些懵懂，也跟着父亲念读。这样，一来二去，主席语录便入心入脑，不断化作继续前进的动力。

这段行进在山间的教育，让我终身受益，不仅磨炼了意志，还让我懂得了做人的道理，决心做一个对社会、对人民有用的人。

学会善良

我的父母都是非常善良厚道的人。父亲属牛，工作时任劳任怨，生活中乐于助人。作为一般干部，他没什么特权，收入也不高，但为人好，人缘也好。凡是亲友有什么困难需要帮忙的，他从无二话，自己力不能及也会通过自己的人际关系尽力帮助。

母亲虽然没有独立的经济能力，但习惯了省吃俭用，有时也会尽绵薄之力周济有困难的亲友或邻里。大概是我上小学一年级的时候，峙浪街头有一位姑娘要到县城去求学，学费不够，母亲就从我们的伙食费中节省出一些钱资助她。后来我才知道那位姑娘跟我们家根本没有亲戚关系，只是本街较熟悉的邻里而已。母亲的无私，已经超出了一般人的想象。

伯父闭汉贤（伯父随祖母姓）在老家宁明县明江公社双龙大队第一生产队务农。他也是个很和蔼善良、助人为乐的人。作为老中共党员，他经常利用工余时间为村里义务修桥铺路、植树造林、用广播播放音乐等。由于他几十年如一日坚持为乡亲做好事、实事，全村人都尊称他为“完全”，即完全彻底为人民服务的意思。

伯父和我父亲就兄弟俩，出生于贫农家庭，贫寒的家境，只给了两兄弟一个上学的机会。伯父的谦让，让我父亲一直读到了中学，后来才有机会当干部，而他却一辈子在老家农村务农。伯父当过一段时间大队干部，那时大队干部是没有国家津贴享受的，但他始终没有怨言。前些年，伯父常去乡下各地赶圩，还录下原汁原味的山歌，然后复制到录音磁带上，拿到农贸市场销售，以补贴日常生活开支，“挑”着山歌做买卖，俨然是伯父的真实写照。他今年已90岁了，但身体还硬朗着，每天头发梳得整整齐齐，穿着也是干干净净的，保持着良好的心态。像他这样乐观的农村老人在当地还是少有的，难怪子孙们都佩服他，乡亲邻里经常夸赞他。

善恶终有报

1967年，母亲和我的户口获批迁移到驮龙，和父亲生活在一起，从此结束了在峙浪街的多年生活。

父亲送我进驮龙小学读二年级。当时正是“文化大革命”开始的第二年，在“阶级斗争必须天天讲，月月讲，年年讲”的影响下，各地变了味的政治运动愈演愈烈。

我父亲是一般干部，在这股大潮中也未能幸免，被戴上“走资本主义道路当权派”的帽子而遭批斗。我们家的日子也不好过了。

父母见我和弟妹年纪还小，就没有向我们透露实情。有一天，我偷偷去看单位里张贴的大字报，其中就有攻击我父亲的。父亲其实没做过什么坏事，大字报只能没事找事地说他乱说话，诬蔑诽谤，诋蔑“文化大革命”，给他上纲上线而已。

驮龙食品公司离宁明火车站很近，有一天晚上，火车站球场那边一阵阵喊打喊杀的声浪汹涌。母亲知道父亲正在现场被集体批斗，害怕牵连到家人，就慌慌忙忙带我们几兄妹到附近盐仓的钟应潮叔叔家躲避。钟叔是广东籍的干部，为人正直，是父亲最好的朋友之一。他一面安慰我们，一面让我们在他那里先躲避，等批斗会结束后没有事了再回家住。危难中的半夜求助，令人印象深刻。感恩钟叔的正直和善良，他去世时，我父亲还去含泪向他告别。

善恶到头终有报，只争来迟与来早。处心积虑，公器私用者一时得意，作恶多端，群众恨之如土匪！典型者莫过于带头批斗我父亲，下手最狠毒的两个人。有一次他们想趁着拉我父亲去批斗时在半路下手，枪杀我父亲，单位女出纳黄荣昌看出他们的险恶用心后挺身而出，提出一起参加押送，他们看到有正义感的人在场，才不敢下手。“十年动乱”结束后，他们终日在群众面前抬不起头，惶惶度日，没多久便暴毙。积善之家必有余庆，积恶之家必有余殃。厚道之人有厚福。善良的父亲今年已85岁了，仍健康、乐观地活着。果报循环，人岂易知！人生若有如果，先晓此恶报，他会不会弃恶行善？人生最好是能适当宽容那个不正常的时代！

感悟：诸恶莫做，众善奉行。尘世中人，终逃不过善与恶、是与非的终极审判。以往事为鉴，我感悟：德，天命之根本；善，人生之根本。若说因果与轮回，太过玄奥，我则认为善恶都是眼前事，如果我们人人都积德行善、互助友爱，那么我们的生活就会充满阳光，我们的社会就会变得更加美好！

因此，我懂得了尊重，学会了善良。

随家下放

1969年，我们国家还很穷，为解决初中、高中应届毕业生的就业问题，同时也响应“农村是一个广阔天地，在那里是大有作为的”最高号召，国家实施了知识青年上山下乡的政策。我母亲是居民，也被列入下放农村的队列中。按规定，初中、高中应届毕业生由政府统一安排上山下乡的地点，居民可去政府统一安排的地点，也可申请去有亲人投靠的乡下。我父母商量：既然下放去农村，不如回自己的老家安家落户，那里毕竟有自己的亲戚，遇到什么困难总会有个照应！

按当时的公安局户籍管理，小孩的户口必须随母亲迁移。1969年11月，父亲直接送我去双龙大队，并帮我转学到双龙小学继续读四年级。在峙浪的母亲和3个弟妹由母亲的干妈和舅舅蒙宽荣等亲戚送到峙浪公社的长桥村，再由双龙大队的伯父闭汉贤等亲戚到长桥村接回。

从峙浪街到长桥村虽然只有20多公里，但路不好走，要走4个小时左右。3个弟妹小，只好坐在箩筐里，让亲戚挑着走。一路上，小孩子的眼中只有花花草草的世界，看到路边漂亮的山花就好奇想停下来摘一摘，欣赏欣赏。大妹罗芳芸还唱起了歌曲《小燕子》：小燕子，穿花衣，年年春天到这里，我问燕子你为啥来，燕子说，这里的春天最美丽……

从长桥村到双龙大队又是20多公里，4小时路程，伯父等亲戚接过沉甸甸的担子，翻过令人生畏的“饭包岭”，直到天黑，才到达目的地。我们就是这样随母亲到了宁明县明江公社双龙大队第一生产队安家落户。

由非农业人口一下变成农业人口，这是多大的落差啊！从此，村里多了我们几个新面孔，多了几个吃生产队口粮的人。

我们家分得了几份自留田地，可种水稻、杂粮或蔬菜，以便自食其力。作为长子，我读书之余，必须要和母亲一起去种自留地，挑担、插秧、施肥等，学着干农活。家中没有强壮的劳动力，像犁耙田这样的重活，母亲只好托人情，请亲戚帮忙。那个时候，村里还没有自来水，我经常到远处挑回井水，还多次跟母亲上山打柴，到田边割茅草当作柴火。

母亲身体原本就不怎么好，务农一段时间后就渐渐吃不消了。母亲不能参加生产队集体劳动，家里没工分可挣，获得生产队分的口粮或杂粮也就少了。为补贴家用，她学会了裁缝，平时揽些为他人缝补衣裳的活来干。母亲一如既往地与人为善，有时候熟悉的乡亲来找她缝补衣服，收钱时她经常是半收半送，有时甚至分文不取。

当时，在农村安家落户的人们，有谁会想到有返城的一天呢？

一天夜里，母亲和一位亲戚在煤油灯下聊天，她们以为我睡着了，这位好心的亲戚就劝我母亲说："既然你们已在这里安家了，既来之，则安之吧，大儿子保华的婚事要早点考虑啊，村里有位叫×××的姑娘不错，是不是考虑和她早点定亲呢？不早点打算，过了就没机会了。"

我那时还没上初中呢，这么早就定亲？我的天啊！母亲知道父亲是个干部，观念不一样，是不会同意这么早为我定亲的，于是婉言谢绝了这位亲戚的好意。那时，农村的风俗受旧思想影响还很大，在民风不甚开化的环境里，母亲凭着新女性的自觉和母性的慈爱，尽力为我们兄妹几个支撑起了一个相对开明的成长环境。

中学记忆

转到农村双龙小学读高小，我学习成绩还是不错的。1970年我读完五年级，小学毕业后考上明江中学读初中。明江中学是县办的三所重点中学之一。当时同年级毕业的就我和几位同学考上，其他只能上明江公社办的“五七”中学。

由于教育改革，当时中学的学制较短，初中、高中各只读两年。入学初中不久，全国学风骤然下降。张铁生考大学交白卷竟被作为工农兵学员，当作“英雄”保送上大学。中学生王帅提出“不学ABC，照样干革命”，也被树为全国教育战线的先进典型。由于受错误思潮影响，老师无心教学，学生也认为“读书无用”而厌学。当时，我也贪玩，不再认真听课，学习成绩明显下降。我初中毕业时初升高不再保送，一律要通过考试。我因学习成绩不好，没考上高中。两年初中就这样糊里糊涂地过去了。

卧薪尝胆

1972年下半年，组织上调我父亲到驮龙公社牐塘供销社工作。牐塘小学开设有牐塘初中班。父亲送我到牐塘附中复读一年。开学前，他极其严肃地给我挑明了将来的选择：只让你复读一年，再考不上高中，你就回老家犁田一辈子吧！一面给予压力，但另一面又用“少壮不努力，老大徒伤悲”“万般皆下品，唯有读书高”“学而优则仕”等圣贤的话来鼓励我。一面是萝卜，一面是大棒，早两年已经有点玩物丧志的我顿感压力倍增，一时竟有点不知所措，更多的是悔不当初。

为了让我重树信心，父亲还带我去找初中班的班主任、语文老师包香茂。包老师教学经验丰富，对学生要求非常严格，在当地颇有口碑，他给我的“诊断”是：语文基础还可以，但数理化还必须强化，总成绩要有一个大的提高，才能冲上去。

破釜沉舟的复读开始了。在包老师和其他学科老师的严格要求和认真教学下，复读班形成了比学赶帮超的风气。我似乎也像换了个人似的，每天书不离手，躺在床上打着手电筒看书，上厕所也在背书，满脑的数理化公式和政治、语文的基础知识。一年，就这样在日复一日的各种测验和考试中，很快过去了。

1973年6月，初升高的第二次冲刺终于来了。这是一次命运的救赎，但这回，我可是有备而来了。包老师等带我们全班同学赴宁明县城赶考。临考前，他最后组织了一次作文的模拟考试，让我们在规定的时间写出命题作文。这次，他对我的作文非常满意，并将它作为范文，让我当着全班同学念出来。

升学率是所有班主任的命根子。另一位老师知道这事后善意地提醒我：“小罗，你真笨，写好作文念给同学们听，你不怕竞争对手多了，影响到对你的录取啊。”我老实说，这是包老师要求的，我就按他的要求做了。

功夫不负有心人。成绩一公布，果然，我语文成绩全班最好，数理化都及格，个别学科还获得优秀，总成绩超过录取分数很多，我被明江中学录取了。

对我来说，经过一年强化学习能提高到这个程度已经非常不容易了。按户籍管理和学区划分的要求，我又回到了明江中学读高中。

经过这一年的刻苦复读，不但让我考上高中，更让我深刻地体会到：失败是成功之母。事在人为，路在脚下。卧薪尝胆，持之以恒，就能成功。

意外收获

1972年中美关系攻破坚冰，美国总统尼克松首次率美国政府代表团访华，受到毛泽东主席和周恩来总理的亲切接见。

1973年美国著名科学家、美国麻省理工学院教授黄克孙访问中国，受到周恩来总理接见。受接见时，他兴奋地告诉周总理，他的祖籍在中国广西宁明县馗塘村，在那里还有些远房亲戚。周总理对此很重视，指示国家外事部门安排黄克孙教授在访华期间回老家看看。

经过安排，黄克孙教授终于如愿以偿首次回到魂牵梦绕的老家馗塘村，还抽空到艏塘小学参观。当时，我正好在艏塘小学附中复读，和许多同学及乡亲们一起，把这位衣锦还乡的老乡围在中间。由于是第一次如此近距离地和历史事件、历史人物产生了某种交集，我很兴奋。黄教授鼓励我们要努力学习，将来做一个对国家、对社会有用的人。既崇拜又羡慕，我也暗下决心，将来要做一个科学家，即便做不成科学家，我也要好好写一写科学家。

后来的事实是，我虽没有当科学家的天赋，但冥冥中，我还是和科学家这个群体产生了一些联结。但我当了记者，特别是20年后，即1992年，我利用为家乡编写大型人物通讯集《花山儿女》的机会，有幸采写了许多位有成就的宁明籍科学家的事迹。从前是偶像，距离再近也只是仰望。后来，我才对黄克孙教授的来头有了比较深入的了解。我听宁明籍著名实验物理学家郑志鹏教授介绍，黄克孙教授在美国乃至国际物理界都是很有影响力的，还差点获得诺贝尔物理奖。他还对我说：“小罗，你小时候就见过黄克孙，真幸福！”

回想起来，那次偶遇黄克孙，是我立志从文的一个重要起点。这对我以后选择当记者产生了巨大的影响。榜样的力量是无穷的，这种力量成为改变我人生的重要动力。

一技之长

我在明江中学读初中那两年，回忆起来，唯一有趣的应该算是参加宁明县文工团业余文艺骨干培训班学习的经历。

1972年，我初中将要毕业，一天晚上，和同学简简单单的一餐饭后，我依旧走回集体的平房宿舍。饭后有点意兴阑珊，于是一边踱步，一边随性放声唱起了京剧选段《共产党员》，没想到被住在对面平房宿舍的图音老师杨名瑛注意到了。早几天，她也留意到了这个声音，但一直没碰到人。她觉得我嗓音条件不错。不久，宁明县文工团几位领导和主要演员到我们学校来招文艺骨干去该团培训，合适则留下，不合适再回本校。经过杨名瑛老师的极力推荐，我获得试唱的机会，并一举获得“考官”认可。毕业前和邓桂仁等几位本校的师兄师姐到该团集训了一个多星期。

时过境迁，我们在宁明县文工团培训的这些骨干最后虽然没有一个能留在县文工团做专业演员，但在文艺专长上都得到了一定的提升。自从那次培训后，我爱上了文艺，而且一发不可收拾。

有了到县文工团受训的经历，重返明江中学读高中时，我便自然而然成了文艺骨干。我在学校文艺宣传队担任歌唱演员，主要担任独唱，曲目有《回延安》《北京颂歌》等，还兼任男女声二重唱、男声二重唱等。语文老师黄仕忠兼任明江中学文艺队的负责人。在他的带领下，我们这支队伍得到稳健的发展，除经常在学校为师生们演出外，还骑自行车到较远的亭亮公社、天西街、天西农场等地方为群众演出，受到热烈的欢迎。

值得一提的是，明江中学靠近明江空军机场，每年都有一些省级或中央级文艺团体来这里慰问演出。只要有机会，我们就尽量跑去观摩学习，从中增长见识，提升自己。这样的独特优势，在其他地方是没有的。那时候种下的文艺的根，为我后来在宣传战线以歌结友打下了基础。人贵有一技之长，身怀才艺，上天就会给你留多一扇门。

除爱好文艺外，我还喜欢打篮球、打乒乓球，这些爱好都是在初中阶段培养起来的。到明江中学高11班读书，我很快就迷上了打乒乓球。由于经常训练，还善于总结，我球技进步较快，并被吸收进明江中学乒乓球队打主力，与队友朱建华（现任广西壮族自治区纪委副厅长级领导）和郑冠明等校友并肩合作了两年。其间，我们球队与实力较强的宁明华侨中学乒乓球进行两次团体赛，获得全胜。有一次我参加宁明县青少年乒乓球比赛，过关斩将，最后夺得了第二名。得益于中学奠定的球技基础，我至今快奔六了，与水平相当的球手对攻起来，仍可以对上个十几个回合不落下风。长期的乒乓球练习不但锻炼了我的身体，也锻炼了我的反应速度、判断能力和果敢精神，受益匪浅。

写稿练笔

读中学的时候，除了经常写记叙文一类的作文，锻炼写作能力外，我还多次练习写表扬稿，可以说我从事新闻工作最初是从写表扬稿开始的。

1973年至1975年我读高中那两年，学校学风又受到“读书无用论”的严重干扰。第一年还上些课，第二年不怎么上课了，全校师生都学工、学农、参加军训、学当赤脚医生。当时每个同学都要报名学一样课外的技能。我没随大流，而是报名学习写新闻报道。当时，学校办有广播站，我积极投稿，稿件内容多是写表扬好人好事的。

除此之外，我还几次参加水利工地的集体劳动，并负责写工地的表扬稿。毛主席说：“水利是农业的命脉。”那时，县、乡一级都兴修水利工程，如修水库、建水利渠道等，没有什么先进设备，都是靠人扛肩挑，靠“人海战术”，人多力量大。

水利工地上的队伍，不仅有县里各机关单位的人，还有各学校来的师生。每到这个时候，水利工地上都是红旗招展，人山人海，热闹非凡。校广播站和我们班主任陈信贤就让我负责写工地的表扬稿。

在工地写表扬稿要求真实、准确、生动，要求及时完成，没有“急才”是难以胜任的。我接受任务后，首先注意观察工地的劳动场景，以便做些场景的描写，然后再到一些班级去寻找先进的集体或个人事迹，再写成有现场感、有鼓动性的表扬稿。

中学时期我偏爱的唱歌、打乒乓球和写作一直保持到今天，但唱歌、打乒乓球只是我的业余爱好，而写作则成了我的职业。在明江中学读高中时，语文老师黄仕忠、莫钊对我重点栽培，使我在“读书无用论”的恶劣环境下，还能学到语文知识，提高写作水平，为后来从事新闻写作打下了良好的基础。

明江秀水，花山文化，孕育了一代代的花山之子，也孕育了我。明江水长流，永远流在我的梦中；花山千古谜，永远铭刻在我的心中。

感悟：跛鳖千里。这句锦言出自《淮南子·说林训》，鳖很有毅力，脚跛了也还能行千里。比喻凡事只要坚持不懈，即使条件很差，也能成功。跛鳖尚能行千里，何况我们是健全的年轻人，只要有梦想，有追求，坚持到底，就一定能实现成功！

报答母亲

1974年，我读高中的第二年，母亲的身体状况每况愈下，她患的是风湿性心脏病。考虑到母亲病情容易突发，在农村治疗不方便，父亲把母亲和我们几兄妹接到宁明县城借住在他朋友苏丹家。苏叔家属去了越南，家里就他一个人住，他对我们很关照。

我当时还在明江中学住校读高中。学校离县城十多公里，只有星期六、星期天才能回趟县城。只能由在县城读初中、小学的大妹罗芳云、弟弟罗保平照顾母亲的日常生活了。

母亲的病不可逆转地加重了。最后是父亲和苏叔用木板车把她送去了县人民医院。母亲住院期间，父亲工作还是那么忙，不能常请假照顾，弟弟妹妹还小，就请了伯母和母亲的干女儿杨彩萍脱产来照顾。

当时，国内治疗风湿性心脏病还没有什么特效药，加上在县一级医院治疗，母亲的病不可能有好转，医疗费负担也比较重，但父亲还是坚持让母亲一直住院治疗，能把她留在身边，多一天是一天。

几个月后，也就是1975年6月的一天半夜，母亲还是不幸走了。走得突然，她来不及给我们留下只言片语，甚至没有交代守候在病床前的伯母半句话就匆匆地走了。

在山坡上，我们安葬了母亲。按习俗，入葬前，亲人们要见上最后一面。我看到母亲的眼睛仍开着，当时也只是好奇："我妈妈怎么还睁着眼呢？"站在旁边的一位亲戚立即打断我，说："嘿，小孩子，不能这样说。"现在想起，我才觉得，母亲大概是还没看到我们几兄妹长大，成家立业，她是不甘心，也不放心啊！

母亲生活艰辛，后期又受病痛困扰，但始终乐观、坚强，没有怨世或消极地对待人生，更没有多占过国家、集体一丝便宜。

她走时不到40岁，作为长子，我一直没有机会报答她，让她过上一天快乐的日子，心里很是内疚。回想起来，母亲确实无私与伟大！她不仅赐予了我们生命，哺育了我们成长，教会我们怎样做人，还用母爱、用生命换取了我们的光明前途，换取了我们今天的幸福和精彩。

母亲走后一个多月，我高中毕业了。为了我们的前途着想，父亲向县有关部门打报告，要求有关部门解决我们几兄妹的户口农转非问题，三个月后终于获批。接着，我又上山下乡当知青去了。

刚农转非又到农村当知青，这样的例子在知青中是少有的。但那个年代只有当知青才有发展前途。因为知青和回乡青年的前途命运是大不相同的。国家安置知青的政策规定，知青插队务农满两年后，表现好的就有被招工、招干或参军的机会，而对回乡青年，国家是没有安置政策的，除非你是农村大队干部的亲戚或个人非常拔尖才有机会。

命运遭此戏剧性的转换，有时真的让人看不清楚来路。在还没适应插队生活的艰难日子里，我经常想起去世不久的母亲。我知道，母爱是无私与博大的，她只想付出，不求索取，不需报答。母亲很少豪言壮语，但她的言行身教比任何灌输都来得直接、深刻。我知道不能辜负母亲的期望，唯有认真学习，好好做人，努力工作，为国家、为社会做出贡献，才是对母亲的最好报答。

如今，母亲离开我们已有40多年了，正如她用一生牵挂我们，我们也用一生怀念她，每年“三月三”，我们都如约聚到她的坟前，倾诉对她一再加重的思念。

母亲虽然文化不高，但她很善良、勤劳、乐于助人，潜移默化地影响着我们。我最小的妹妹罗小燕多年来一直在基层卫生院做医护工作，积极地为群众服务。我们几兄妹都在各自的单位努力地为国家、为社会、为人民工作，不敢大谈成绩，但我们始终把母亲的良善作为终身的楷模。安息吧，母亲！我永远感恩您的深情！

苦乐知青

母亲去世后不久，我和三个弟妹的户口获批办理了农转非（即农业户口转为非农业户口），迁移到驮龙，终于和父亲团聚在一起。由于父亲诚实、本分、厚道，又有一定文化水平，组织上把他调到驮龙公社革委会工作，主要负责公社社情材料的收集、整理等。父亲虽然只是一个材料员，但公社革委会的领导干部大都对他比较尊重。

接受教育

1975年7月我高中毕业。当时非农业户口的应届毕业生才有资格去插队落户当知青。原来是农业人口的农村青年回乡务农叫回乡青年。当时，一个大队领导干部就可以主宰一个知青或回乡青年的前途和命运。

当时，除了华侨子弟外，凡是城镇户口的高中毕业生都要上山下乡当知青。于是，高中毕业一个多月后，8月下旬，宁明县大多数城镇的非农业应届毕业生在一阵锣鼓喧天中被送到农村知青点去了。而我直到11月份办好农转非手续，才赶上末班车，直接到驮龙公社红新大队（现改为怀利村公所）板卫村知青点插队落户，当知青。

到板卫村劳动一段时间后，在红新大队知青带队干部郑通和、村党支部书记和生产队长的主持下，知青们一致选我为板卫村知青组组长。组长这个“官”不大，但要配合大队知青带队干部管理好本村知青组的十几名知青，自己还要在艰苦的环境中处处以身作则，是不容易的。如临深渊，如履薄冰，我就这样开始战天斗地的知青生涯。

知青文艺

当时正是“农业学大寨”时期，到处都在兴修水利工程，以便灌溉农田。没有机械设备，水利工地的活，主要是手扛肩挑，各村都派出了年轻的劳力。插队一个多月后，大约是12月下旬，我和村里的几位知青，还有几个回乡青年就被派去参加白马垌铁路隧道水利工程的建设。工地的条件很艰苦，我们住在铁路边搭的帐篷里，干的是抬石头这样的重活，吃的是青菜、盐水送白米饭，大家戏称“白斩鸡”。

那时，我们才十七八岁，正是风华正茂，青春正盛，干起活来总有使不完的劲，不怕苦，不怕累。工地还经常进行现场劳动竞赛。

白马工地聚集了红新大队各村的几十名知青和回乡青年，由时任红新大队党支部副书记、团支部书记农建明带队。他是红新大队人，回乡青年，和我年龄相仿，管理很有魄力。当时在工地上以民兵连为单位，他任指导员。为管好这几十号年轻人，他可费了不少心。先是整顿纪律，每天早上指挥大家操练。他还倡导成立了红新大队知青业余文艺宣传队，并让我担任队长。我们知青文艺队白天劳动，工休时间排练，除在工地为大家演出，活跃大家的文化生活外，还到工地周边的村庄为群众演出。

当时，农村群众没条件买收音机，也不经常听生产队的广播，电视还没面市，文化生活非常贫乏。我们利用晚上的工余时间去为他们演出，他们都很高兴，甚至杀鸡宰羊来款待我们。球场或晒谷场是我们的舞台，一两盏汽油灯作照明，没有音响设备，我们就是在这样的简陋条件下坚持为农村群众演出。我的独唱曲目有《北京颂歌》《草原上升起不落的太阳》等。

我们知青业余文艺宣传队还自编自演一些群众喜闻乐见的节目，如客家方言表演唱、歌舞、器乐独奏、相声、口技等。我们文艺宣传队的节目越演越好，渐渐在县里也产生了影响。县文化部门组织的群众性演出活动也请我们去参加，我们有时甚至可以和县文工团的专业演员同台演出，让我感到非常高兴。

1976年12月，南宁地区西部十几个县的业余文艺调演在崇左县（当时没设市）举行。宁明县文化局选拔我们知青业余文艺队三个节目代表宁明县参加调演。一个是歌舞节目，一个是我独唱的县文化馆的原创歌曲，还有一个是我和兰海滔讲的相声。为提高节目质量，争取优异的成绩为县里争光，县文化局局长刘汉勇等领导高度重视，多次派县文工团、文化馆的骨干到我们文艺宣传队的驻地认真辅导。在县文化部门的大力支持和全体队员的努力下，我们参加调演的节目获得了评委和观众的一致好评，夺得了一等奖。这是我头一次为宁明家乡争光。虽然事隔40年了，那时的场景至今仍历历在目，仿佛就在昨天……

知识青年上山下乡，是那个特殊时代的特殊政策，今天回头看，社会上总有不同的评价。然而，于我们过来人，就是青春期尝到的最真实的苦乐酸甜。那时代年轻人的纯真、上进，让人回味，那时候人与人相对没有太多的比较、差距，也相对没有当下年轻一代那些焦虑与彷徨。不过，时代不一样，青春总是一样的，但愿我们都不要用遗憾去祭奠那逝去的时光。知青生活让我的文艺表演能力得到很大的提高。

初露矛头

插队转眼过去半年了，我们红新大队民兵连先后完成了白马垌铁路水利涵洞、公路水利涵洞建设任务后又奉大队部的命令，奔赴另一个水利工程——红新电站。此时，知青文艺队的排练演出事情已告一个段落了。我想，重要农活中的犁田、耙田自己还不会，以后出去工作了，不是枉费到过农村插队？于是，我向民兵连总指挥请示，又向村领导申请，得到批准后，和知青文艺队队员、本村知青陆弟明（后任宁明县外事办主任）一起返回板卫村，学干过去从未接触过的农活。

早上，我们到生产队集体牛栏踩着快没膝的牛粪牵牛，然后一边肩扛犁耙到田里犁田耙田。中午，还要顶着烈日去挑禾把；稻谷收获季节时，晚饭后还要到晒谷场去打谷。连续多个晚上，村里的社员群众都是借助月光和一盏汽油灯打谷，其中有中老年人，也有年轻人，大家劳动热情高，还比赛打谷，看谁打得多、打得快，场面热烈，令人振奋。收工后，我虽然感到有些累，但洗完澡后，又在煤油灯下“爬格子”，把我当晚所看到的劳动竞赛场面和社员群众不怕疲劳，连续战斗的精神写成新闻稿，然后给南宁地委主办的农业学大寨报社编辑部投稿。后来编辑部采用刊登了，还把报纸寄来给我。我收到后很兴奋，马上向生产队指导员、队长汇报。他们让我在当晚打谷前，读给大家听，给大家鼓气，提高劳动热情。宁明县广播站也多次采用我的投稿，其中有一篇就是写我们红新大队知青文艺宣传队的，内容是如何认真学习《毛主席在延安文艺工作座谈会上的讲话》精神，积极为农村群众演出的先进事迹，给听众留下了深刻的印象。

按常规，在县里写新闻稿的业余通讯员要通过县委宣传部组织的专门培训班学习，掌握一定的新闻采访写作要求后，才开始写稿、投稿的，而我没经过任何培训，就做到了报纸刊登，广播有声，引起了县委宣传部主抓新闻报道的领导梁忠纪、黄建韬的关注。有一次，我有事从板卫知青点回驮龙公社的家，不知他们怎么知道消息的，在驮龙火车站准备送稿去南宁时，还专门到我家来看望我、鼓励我。不久他们还破例让我到南宁参加南宁地委宣传部举办的“南宁地区农民通讯员培训班”学习，使我进一步提高了新闻稿的写作水平，激发对农民业余通讯员工作的热爱，为我后来成为职业记者打下了良好的基础。此外，我初学写新闻稿时，还得到时任宁明县海渊公社宣传专干陈锋、驮龙公社宣传专干农建明的热情指导。

记者梦圆

采写的新闻稿多次被报社和广播站采用，又参加了南宁地区农民通讯员培训班学习后，我更加热爱新闻报道工作了。但还不敢奢望做一名职业记者，心里认为做职业记者要求很高，很神圣，在西方还被称为“无冕之王”，是常人所不能之事。

插队期间，广西日报印刷厂曾到宁明县招过一批工人，工种有排版、校对，还有开印刷机等。我因为插队没满两年，还不符合条件，错过了那次机会。当时，我很是羡慕，因为到南宁参加南宁地区农民通讯员培训班时，曾参观过广西日报编辑部和印刷厂，感受了这个广西党报重地的新闻工作氛围和魅力。我想，若有机会到该报印刷厂当工人，离编辑部那些大编辑、大记者近些，近水楼台先得月，总可以学到更多的东西，也许还有机会被培养成为一名职业记者。于是，我在自己的笔记本上赫然写了“招工主要目标：广西日报印刷厂”一行大字。

机会终于来了。1977年8月，广西人民广播电台要在宁明县招一名职业记者，由该台南宁地区记者站站长曾永峰负责招考。

因为南宁地区县份多，曾永峰便只将目标锁定在横县、宾阳、宁明、马山，打算每个县各招一名记者。当时还没恢复高考，大学生都是保送上的，处于人才青黄不接时期。

我和十多名有一定写作能力的知青被抽到县知青办，为筹备召开全县第二届知青先进代表大会写知青先进材料。曾永峰到宁明招聘记者时，我们这批知青和几位优秀的回乡青年都得到了参加考试的机会。有一天上午，县委宣传部主管新闻报道的领导梁忠纪、黄建韬给我布置了写一篇人物通讯的任务，采访报道的对象就是红新大队党支部书记杨家成，并要求第二天下午交稿。我心想：这是非常难得的机遇，人生能有几回搏，无论如何都要冲一冲了。

记得那天正下着毛毛雨，我从县委招待所出发，先到住在县城的我父亲的朋友钟应潮叔叔那里借了件军用雨衣，然后冒雨骑自行车去红新大队找杨支书了解情况。从国道公路到大队部有一段泥泞路，我只好使劲推着车往前走，刮了好几次沾在车轮的泥才到了大队部，但很不巧，杨支书已到别的地方开会了。当时通信、交通都比较落后，我无法采访到他本人，只好问其他大队干部了解杨支书的先进事迹，然后再赶回驮龙公社写稿。我父亲是公社的材料员，帮我在许多材料中找到了杨支书的一份简介，这对真实准确地报道杨家成支书的先进事迹是有帮助的。我写新闻稿已有一定基础，写起来还是比较顺手，经过一个夜晚和第二天一个上午的突击，我终于写好了这篇人物通讯：《水利建设的带头人——记红新大队党支部书记杨家成》。第二天中午，我按时把稿件送给了梁忠纪。经过曾永峰、梁忠纪、黄建韬等考官和其他评委一个下午的认真评审，晚上公布结果，我获得了最高分。

考试通关，接着还要接受严格的政审，是否被录取还没定论。为了真实了解我在农村的表现，曾永峰和县有关部门的负责人亲自到我插队的板卫村探访了生产队的领导干部。他们一致回答说："小罗这个人各方面表现都很好，没什么缺点，如果知青们都像他的话，我们农村变化就快了。我们是舍不得让他离开的，但现在既然是组织上需要他，我们只好让他离开了。"这次外调，曾永峰还是比较满意的。

经电台领导同意，并报上级主管单位——广西壮族自治区广播事业管理局批准，我和另一位优秀知青兰海滔体检合格后都被录取了。1977年12月13日，我们离开红新大队，辞别家人，从宁明坐火车来南宁，然后到广西壮族自治区广播局政治处报到。政治挂帅的年代，我随后又参加政治学习班。自此，我终于开始了崭新的人生旅途，终于圆了我多年的记者梦。

重要抉择

到广西壮族自治区广播局政治处报到并参加政治学习后，我才知道和我同一批从广西各地招来拟当编辑记者、普通话播音员、粤语播音员的共有16人。

政治处的领导和干事对我们这帮新人很热情，也寄予厚望。按规定，我们集中学习两周后，再确定分配到具体的部门工作，然后由具体部门安排工作岗位。经过一段时间接触和了解，政治处领导认为我的条件不错，先征求我个人意愿，想让我留在政治处工作。当时我思想斗争很激烈，觉得自己的梦想和追求就是要做一名职业记者，用手中的笔为更多的人民鼓呼。拿不定主意，我写了封信寄给父亲，征求他的意见。父亲很尊重和支持我的选择，鼓励我努力工作，虚心向领导和前辈学习，做一名合格的记者。

于是，我向上级坦陈了自己的意向。学习班结束后，政治处领导虽然一再表示可惜，但还是尊重我的意愿，把我分配到广西人民广播电台编辑部对工人广播节目科（简称对工科）当编辑。那时是实行采编业务合一，既做编辑，有需要也要外采。至此，我才真正圆了记者梦，开始了职业记者的生涯。

苦练内功

到对工人广播节目科工作后，我得到了科长赖能甫、主编刘遗涓老师等前辈的传帮带。

那时电台编辑部有一种良好的业务学习氛围，经常请老同志为我们年轻人上业务课，科里的领导和前辈则具体教我们怎么编稿，怎么采访，怎么写稿，有时候还带我们外出采访锻炼。领导对我们的要求很严格，给我们施加压力，让我们懂得只有编采业务水平提高了，才能稳坐编辑、记者的位置，否则就被淘汰去干行政工作，这在知识分子成堆的地方，可是要丢丑的。

为了不辜负领导和同事们的期望，我刻苦学习，虚心请教，认真编稿，不断总结经验教训，苦练广播新闻采编基本功。为了时刻勉励自己，勤奋立业，我请朋友帮写了韩愈的名句："业精于勤，荒于嬉；行成于思，毁于随"的书法作品，并把它挂在宿舍里。

经过努力训练，我掌握了广播新闻、录音报道、广播评论、广播对话、调查报告等题材的写作要求，编稿质量得到了提升。当时，我们对工科编稿按战线来分工负责，领导让我负责编辑广西的煤炭、建筑、地质、冶金等战线的来稿，同时保持与通讯员的联络。终于，我的工作能力得到了领导和同事们的认可，并按时转正，在电台编辑部站稳了脚跟。

感悟：喷泉之所以漂亮，是因为她有了压力；瀑布之所以壮观，是因为她没有了退路；水之所以能穿石，是因为永远在坚持！人生亦是如此。

首次单飞

单飞，用我们的行话来说，就是一个人外出独立完成采访报道任务。这好比一个年轻的学徒飞行员，开始肯定要跟师傅一起飞行训练的，但熟练掌握飞行技术后，就要一个人单飞，在天空上翱翔。

1979年，我第一次单飞就是去贺县（现在贺州市八步区的所在地）采访报道其轻工业发展的事迹。当时，邕贺往返还是走二级公路，我从南宁早晨乘班车出发，经过十几个小时的颠簸，晚上才能到达贺县。

到达贺县时，县委宣传部新闻科长陈毓初已在县委招待所等候，我们见面后首先商量有关采访事宜。第二天，他带我去见贺县轻工业局宣传干事梁洁玉女士。她长期在该局工作，对贺县的轻工业发展了如指掌。当时刚开始改革开放，该县的轻工业发展势头很猛，她带我去采访了贺县陶瓷厂、铁锅厂、服装厂，让我顺利完成了贺县轻工业发展的系列报道，稿件播出后，在广西的轻工业战线引起了较好反响。

从贺县返回南宁，我也是坐早晨的那趟班车。天没亮，陈毓初、梁洁玉和贺县人民武装部宣传干事小李就来到县委招待所为我送行，让我这位初出茅庐的年轻记者非常感动。

对工科领导看到我能单飞了，都很高兴，很放心。从此，有什么重要的采访任务都派我去完成，使我得到了更多的锻炼和成长机会。

不断充电

人们都说，在编辑部做编辑就是为他人做“嫁衣裳”。我日复一日，年复一年，默默地做了五年编辑，编了许多稿件，也写了一些有特色的精彩的报道。

录音报道是广播的优势和发展趋向，我在这方面取得了突破。如1982年采写的录音报道《弯弯的歌圩路——访壮族音乐家范西姆》。在介绍他扎根民族音乐的土壤，走遍广西的两千多个自然村屯，为广西乃至我国民族音乐研究做出贡献的事迹时，就巧妙地运用了他发掘和创作的优美动听的民族音乐做素材，再加上精练而有正能量的文字解说词，传播的现场感十足，让听众印象深刻，成为我的录音报道的代表作，被一些同行用作教材。

尽管工作的第一个五年我很努力，也有了长足的进步，但我毕竟只有高中文化，还是跟不上形势发展的需要，必须要再充电学习了。当时高考恢复已有几年，政策逐渐稳定下来，成年人的大学教育方兴未艾，大家都在争拿文凭，我也加入了这个行列，终于考上中央广播电视大学中文专业，在职坚持业余学习了将近两年。

这个时候，已是1982年，我与妻子郭华结婚，双方都是25岁，算是晚婚了，单位还给了晚婚假。1983年11月，我们的儿子罗熹出生，他是我国实行计划生育后的较早一批独生子女。当时，我一边工作，一边照顾家庭，还要兼读电大，忙得不可开交，但学到了不少知识，充实了自己。

为了到大学去脱产学习，1985年7月，我又通过全国成人统考，考上了暨南大学新闻系干部专修班。当时，儿子罗熹还不到2岁，考虑到要兼顾家庭，我想就近转到也有招生名额的广西师范学院中文系脱产读书，该系已答应接收，只要抛档给他们就行了。在权衡之际，我爱人劝我说，暨南大学是名牌大学，别人想去都没有机会，你现在有机会干吗不去呢，还是放心去吧，家中的事由我负责。于是，这年9月，我带着家人的嘱托和支持，怀着雄心壮志远赴暨南大学脱产读书，争取在记者的生涯中飞得更加高远。

感悟：人一辈子活着有两个追求：一个是有钱，一个是值钱。有钱的人不一定值钱，但值钱的人早晚会有钱！一个人不断学习、不断努力的过程就是让自己不断值钱的过程。

三

逐梦回眸

我爱暨大

1985年春天，广西第二建筑公司邀请广西日报社、广西人民广播电台、南宁晚报社各派一名记者赴福建厦门湖里工业区采访该公司在那里建设特区的队伍。广西人民广播电台派我参加了这次采访活动。

采访队伍共5个人，由该公司刘景义总经理带队。我们同乘一辆进口的奶油色吉普车，从南宁开往厦门。这是我第一次坐汽车跨省采访，当时才27岁，长途坐车也是兴致勃勃的，不觉得累。车到广州时正好途经暨南大学（暨大）大门口，校门上醒目的“暨南大学”几个大字顿时映入我的眼帘。这是我与暨大的第一次邂逅，当时我已报名考暨南大学，初相见，高等学府的气象令我心潮澎湃。于是，我考学的决心更加坚定了：完成这次采访任务后，无论如何都要抓紧时间复习功课，一定要考上暨南大学！

在厦门特区采访期间，我们抽空去参观了佛教圣地——南普陀。在寺庙参观时，刘景义总经理跟我半开玩笑说：“小罗，你想得什么就拜一下吧。”于神佛之事，我没有信念，只是考学的想法十分清晰，我想，考暨南大学，靠天靠地不如靠自己，求神拜佛之事就付之一笑。采访活动结束后，我加倍努力复习功课，终于如愿以偿地考上了暨南大学新闻系干部专修班。

1985年9月，我和同被暨南大学录取的广西电视台摄像记者王敏、姚靖，以及南宁晚报社文字记者符显略相约乘火车去广州，一起到暨大报到。从此开始了两年的专修班学习。

当时互联网还没有发展起来，能事先查到的暨大的资讯少之又少，只有你置身其中了，才能见识这座学术殿堂的真面目。随着学习生活的深入，暨大的魅力深深地印进了我的心里。这所学习殿堂的世纪兴衰至今仍令我引以为傲。

1906年，来自南洋的21名华侨学子凭舟渡海，负笈南京，中国华侨教育由此而揭幕，由国家创办的华侨教育事业由此而起步，暨南大学由此而肇始。

这一年，“暨南学堂”创始于南京，后迁沪上。1927年名为“国立暨南大学”。抗日战起，转徙上海租界和闽北建阳；1946年复归上海；1949年8月与复旦大学、交通大学等高校合并。1958年重建于广州；“文化大革命”间停办八载；1978年再复于原址；百年间，暨南大学几经废兴，几经迁徙，然其自强不息，折而不断，犹如涅之凤凰，其命维新，其翔高远。近20万优秀人才曾从这里走出，可谓“声教讫于四海”，俊彦遍于五洲，如果说有海水处即有华侨华人，那么有华侨华人处则有暨南学子。

1996年，暨南大学进入国家“211工程”重点建设行列。今日之暨南，秉承“面向海外、面向港澳台”之办学方针，弘扬“忠信笃敬、知行合一、自强不息、和而不同”之精神，正向着“海内外知名的高水平研究型大学”的目标而阔步迈进。

暨南大学新闻系是我国最早设立新闻专业的院系。其于1946年在上海成立，1958年随暨南大学在广州复校后重建。2001年3月组建新闻与传播学院，是华南地区新闻传播教学与研究的学院。

暨南大学一个多世纪的光荣与梦想，与国家、民族命运的起伏息息相关，百载历练，滋育了无数立志报国的优秀学子。与暨大有缘，是我有生之幸。再回首，我庆幸自己在暨大度过了宝贵的两年，在这里收获与成长的每一点，每一滴，学养、知识、实践，最重要的，人生与事业的操守，助推我的职业生涯上升到了一个新的境界。作为暨南大学的学生，我没有任何理由不将母校珍藏心底：我爱你，暨大！

同学手足

到暨大新闻系报到之前，我以为同班同学都是来自各省区市新闻单位的干部，实际上全班25人中就有三分之一是广州军区的宣传干部，其余则是来自广东、广西、贵州、湖南等省新闻单位的同学。1985年9月，这个年龄、经历、性格、习俗都不同的25人小集体因为共同的理想相聚在了一起。大家都深知进暨大深造的机会来之不易，因此，没有人敢懈怠，开始了两年苦中有乐的学习修行。

从此，25条人生的轨迹在这里交织，25颗探索的心灵在这里撞击。两年时光，弹指即逝，说短却长，说长却短，其间有追求探索的幸福和欢乐，也不乏苦读、离别的烦恼和寂寞。甜、苦、得、失，只有自己才能品尝其中的滋味。

我们班的同学分为三个年龄段，几位年龄大的是1950年左右出生，部分是1957、1958年，最小的部分是“60后”，年龄落差有十余岁，但大家相处很和谐。同学们三三两两交流谈心，互诉衷肠，以至于围绕学术你方唱罢我登场的开放交流都是常事，年龄、代沟在这里不复存在。

无论是在学校教室上课或晚自习，还是在图书馆里，常常看到同学们苦读的身影。广州市北京路的大书店里，我们常常一看就是一天。买回来的书，大家交流着看，因为自己已经在书店里读过一遍了……

除学习上互相帮助外，同学们在生活上也是互相关照。作为东道主，广东的同学尤其热情大方。

当时是改革开放初期，同学们虽是带薪读书，但工资都不高，既需照顾家庭，又要用在求学路上，压力着实不小。广东的同学工资也高不了多少，但他们善解人意，很能体会外省区同学的难处，久不久就请大家聚聚，为大家改善一下生活。

班长贺宁是广东电视台的摄像记者，后来任该台深圳记者站站长。他家当时住在台里的老宿舍，又小又窄，但他和妻子黄玲很热情。班里外地同学多，一桌坐不下，就分批安排，硬是请广州以外的同学轮着到家里吃饭。那些情形至今仍印象深刻，很多年轻时的往事如今都引为笑谈，每每回忆，同学之间仍捧腹不止。

记得一次，班里的两位“女军干”欧彩群、卢海英请王敏、我和黄玉松等同学到她们住的部队宿舍聚餐。当时，我们正上“逻辑学”这门课，课间我们反复念叨着“并非……”等逻辑形式。结果，那天晚上我多喝了，下意识地嘴里老吐露着那句“我并非醉”，也不知道王敏、黄玉松当晚是怎样把我架回暨大宿舍的。这之后，再念到这些逻辑概念，我们都差点笑出声来。

来自广东恩平县委的卓永同学经常与我形影不离，每次上街吃东西都是他抢着买单……

为了增长见识，我和殷子成，王敏同学曾经利用星期六、星期天一起骑自行车到广州中山大学、华南理工大学、华南农学院、华南师范大学、华南植物园去参观。

我睡觉有打呼噜的习惯，有时候声音还比较大，承蒙同舍的王敏、殷子成、卓永、黄玉松同学“不离不弃”，竟就这样包容了两年之久。

为活跃和丰富同学们的课外活动，班里也曾组织同学们去过广州白云山、肇庆鼎湖公园旅游。作为班里的文体委员，我还协助班长贺宁组织了几次校内班与班之间的篮球友谊赛。常常是高个头的袁昌政、王敏打中锋，贺宁打大前锋，殷子成、陆海凌、翟广打小前锋，古彝宗和我打后卫。比赛有胜有负，意在锻炼。

我们与新闻系本科班的小师弟、小师妹也没啥代沟，相互尊重，上大课或有时参加文体活动在一起，相处都比较融洽。

两年时间，同学们结下了兄弟姐妹般的友谊……

20世纪80年代，我们青春正盛，社会风物正好。那时候，年轻人之间流行着《年轻朋友来相会》这首歌。歌词是这样的：“年轻的朋友们/今天来相会/荡起小船儿/暖风轻轻吹/花儿香鸟儿鸣/春光惹人醉/欢声笑语绕着彩云飞/啊/亲爱的朋友们美妙的春光属于谁/属于我/属于你/属于我们八十年代的新一辈……”那几乎就是我们青春和那个时代的主打歌。

那个时候的我们，一如革新中的祖国，朝气勃发，力争上进，基本没有太多的负面气息。也许是那种记忆在我们脑海中已经定格，并且自觉不自觉地美化，但正像歌里唱的："美妙的春光属于80年代的新一辈"，我们正是这新一辈。现在，20世纪80年代已经渐行渐远，但那个年代的阳光拨开曾经蹉跎的雾霾，滋养了我们这一代人几乎整个职业生涯，让我们多少都取得了一定的成绩。真感谢在那一段记忆中有你们的存在，我的同学，我的暨大手足们。

我在军人出身的同学身上，学会了吃苦，学会了服从，学会了敬业，学会了负责任，学会了勇敢，学会了自律，学会了拼搏。

亦师亦友

在我国的传统文化中，尊师重道是天经地义的，学生不可能与老师平起平坐。

我们在暨大读书时，与各科老师乃至系主任关系融洽，既是师生，又是朋友。因为我们是新闻单位去读书的“成年人”，与老师年龄差别不大，容易沟通；长期在新闻单位第一线做编辑、记者，积累了一定的新闻工作经验，有的甚至已小有名气。有的老师则是理论功底扎实，学养好。于是，我们师生互敬，取长补短，相互间交流有来有往，从这点来说，又有点像同事关系。

当时，大学毕业国家还包分配工作，但我们已有工作单位，不用仰仗老师或系主任帮忙安排个好工作单位，因此，我们的关系更趋平等，并且没有任何附加条件。得益于此，我们在校期间乃至毕业后很长一段时间，与相处较好的老师一直保持着联系。

我在暨大读书时成绩一般，但在一些科目上还是有优势和亮点的。比如只有我来自省级电台，上广播新闻课的梁巾声老师让我来当课代表，我这门课的成绩也自然比较优秀；更让新闻写作课老师程天敏和同学们感动的，是我写的人物通讯《路漫漫，歌悠悠——记广西壮族音乐家范西姆》。因为来暨大前，我在广西人民广播电台就采写过录音报道《弯弯的歌圩路——介绍广西壮族音乐家范西姆》，受到听众好评，并被一些同行用作教材。为完成新闻写作课的人物通讯写作，我把范西姆作为选题，并在挖掘他事迹的生动感人细节上下功夫，结果获得了人物通讯写作的最好成绩。

为了奖赏我和其他同学，有一次，北京人民艺术剧院来广州友谊剧场演出歌剧专场，程天敏夫妇破例请我和写作功底较好的黄玉松同学一起去看了演出。

毕业前，程天敏老师征求我的意见说：“《广州日报》现正扩版，目标是和《羊城晚报》竞争，正在用人之际，你条件合适，是否愿意去？如果愿意，我可以作为推荐人。”机会很是难得，但思前想后，我还是带着歉意跟程天敏老师表态：“我是带薪来读书的，读完就留在广州，不回原单位服务说不过去，另外，妻儿在广西，调动也很麻烦。”就这样，我婉言谢绝了他的一片好意，毕业后又回到广西人民广播电台工作。

上古代汉语课的赵建伟老师与我年龄相仿，是桂林人，广西老乡，因此我们私交还不错。当时暨大校园每周都放一次电影，露天球场放的是国产片免费看；学校礼堂放的则是付费的进口片，我请赵老师去看过，当然，他也回请我。毕业时，想不到他在我毕业赠言册上写下的印象最深的一件事竟然就是：一起去看电影！毕业后我们还保持联系。他妻子已赴美国任教，自己带着儿子，我曾去看他，还在他暨大的宿舍住了一个晚上。只可惜那时候的通信方式还比较落后，他移居美国后，我们也就渐渐失去了联系。

新闻系主任马彦洵是一位文质彬彬、平易近人的学者型领导，我们关系也不错。毕业后，有一次我出差广东还专程到校园看他。广西媒体一位朋友想调到暨大新闻系任教，托我找马主任帮忙联系，他热情相助，积极向校领导汇报，虽然后来机不凑巧，事没办成。但马主任热心助人，没有架子，在我心中留下了深刻印象。

往事如烟，岁月如歌。虽然已离别暨大30年，但我们师生那段美好的生活、难忘的情谊，至今仍浮现在我的脑海里，铭记在我的心中！那样的老师，那样的师生关系，如美酒，弥久愈醇。即使岁月间有些已经散落天涯，相信若再有缘相逢，我们依然会是一笑，唯愿仍健在的各位老师们晚年福如东海，寿比南山！

主持诵会

中国散文诗学会会长、著名散文诗作家柯蓝，20世纪80年代中期在广东省珠海市创办了一张《中国散文诗报》。为扩大散文诗作者队伍，柯老想在暨大新闻系举办一场散文诗朗诵会，得到了我们新闻系的大力支持和新闻写作课教授程天敏夫妇的热心帮助。

程天敏老师原在北京的中国人民大学新闻系任教，与柯老早就有交往。柯老南下珠海办《中国散文诗报》，程天敏老师自然热心帮忙。他先让我和黄玉松同学去广州某宾馆接柯老到暨大来参加系里组织的“柯蓝散文诗朗诵会”，并让我和1985级国际新闻本科班的一位来自哈尔滨的师妹共同主持朗诵晚会。

过去，我曾在课堂和舞台上朗诵过诗歌，但没主持过什么活动，不过也不好推托，只好尝试一下了。因经验不足，又没合练过，我主持起来还是显得有些生硬。那天晚上，师生们踊跃参加，有十多位师生主动上台朗诵。我和合作主持的师妹也各自朗诵了柯蓝老师的一首散文诗，得到了他的高度评价。记得当时柯老点评说：“两位主持人的朗诵各有特色。小罗的朗诵有当年延安那种高亢、明亮、激情的风格。过去，我在延安学习和干革命工作的时候，就经常听到这种激情洋溢的诗歌朗诵。我的散文诗在上海是由孙道临先生朗诵的，而在广州是由小罗来朗诵，我听了感觉不错。主持的这位女同学，朗诵则有现代的风格，很清纯，很优美。”

我知道，孙道临先生是著名的电影表演艺术家，也是我的偶像，柯老拿我和他比较，实在让我不胜惶恐，自知怎能和孙道临先生相提并论呢？但柯老的夸奖于我确实是一种莫大的鼓励，让我增添了不少自信。

那天晚上，我的主持和朗诵给老师、同学们留下了较好的印象。毕业时，一些学友还在我的毕业纪念册上写上对我难于忘却的一件事就是：“你潇洒地主持柯蓝散文诗朗诵会。”

时光如白驹过隙，稍纵即逝。现在我快奔六了，不时有重要的活动邀我上台主持节目，我也是兴致浓厚，也受到不少好评。这跟那次主持柯蓝散文诗朗诵会的锻炼是分不开的，这实在是一次难忘的历练，不但让我们近距离感受了柯老的大家风范，锻炼了胆量，而且积累了经验，使我至今受益匪浅。

真诚学友

在暨大读书快毕业时，1987年6月的一天下午,柯加宁学友约我当晚到学校门外的石牌酒楼小聚。

柯加宁是汕头人，比我年轻几岁，但经历相当丰富，做过一家外国大企业在中国的代理，骨子里不乏汕头人那种精明能干、重情讲义的品性。不过此前我与他也只是萍水之交，算不上熟络。只因我是学新闻的，而他是从华南理工大学本科毕业，现转来暨大攻读双学位，学的是经济专业。平时我们虽然同住在一个宿舍楼层，但基本没来往过，只是进出或去饭堂打饭遇见时，互相打个招呼，没有过太深入地沟通，出于礼貌，我还是答应了他的邀请。

当晚相互入座后，柯加宁若有所思，坦率地说：“保华兄，也许您不知道，我是高干子弟。平日里有的校友可能知道我的背景后总想来跟我套近乎，这些虽然司空见惯了，但总觉得似乎少点什么东西。我觉得您就不一样，平时见面总是很有礼貌，我觉得您这个人很真诚，是很值得交往的。邻居两年，一直没有机会深交，有些遗憾。所以请您赏脸这顿饭，一是交交心，二是提前欢送您。”一席话，打开了我俩心扉，一边小酌，一边谈心，交流甚欢。

临近毕业，相互之间也自然说起今后的打算。这顿饭有相知恨晚的感觉，柯加宁把他父亲的名片送给我，并对我说：“保华兄，您毕业后再来广州有啥事要帮忙，找我或我父亲都行。”知道我还打算回广西干新闻老本行。他还建议我，回去后可以考虑一面搞新闻本职工作，一面搞经济创收，这没有矛盾，只要合理合法就行。出于其他考虑，我婉言谢绝了他的好意。

临别，他还给我送了一些纪念品。

和柯加宁的这次交流开阔了我职业生涯的新视野。虽然我后来没有借助柯加宁提供的人脉关系，但是受他的启发，我回原单位广西人民广播工作后曾跑过一段时间广告业务，为台里经营创收，也算主动从计划经济思维融入了市场经济大潮了。再后来，服务港媒近20年，既抓管理，抓报道，又抓广告，从过去的纯粹的笔杆子转变为复合型的新闻工作者。可以说，柯加宁是第一个启发我转型的人。

此后，我到广东工作过一段时间，再回广西工作时，也得到柯加宁的热情帮助。在他的影响下，他同宿舍来自东莞的叶劲松学友、来自佛山南海的刘振峰学友，对我也很热情关照。至今我仍与他们三人保持着联系。真诚的友谊是无私的，在校时与他三人虽然是君子之交淡如水，但我们都是以诚相见。毕业时，柯加宁在我的毕业纪念册上填写对我的第一印象时，毫不犹豫地写上了“为人真诚”几个字，叶劲松也写上了“诚实”二字。人何以交，诚如斯言。此外，还得到了学友丁小伦、周劼涛、陈坤、林森的热情帮助。

感悟：不管与谁相处，信任，才能拉近距离；真诚，才能走进心里；正直，永远最可贵；善良，永远不过期。一个真诚的人，走到哪里都会有人喜欢；一颗善良的心，和谁相伴都能幸福长远；因为你懂得体谅，懂得包容，懂得尊重。人这一生，好名声，是用有情有义赚来的；好感情，是用真心实意换来的；好人品，是用一辈子去打造的。做人，一定要以真诚为先；心灵，一定要以善良为本。

久别重逢

羊城聚首

2006年11月18日，我们暨大新闻85届干修班全体同学重返母校，为母校百年庆生祝福。

母校百年庆典既隆重，又有中国最大华侨学府的特色，令来自海内外的校友和在校的师生激动不已，感慨万千。海内外许多媒体纷纷前来报道，广东电视台、广州电视台还做了现场直播，此情此景，作为暨大校友，大家感到无比自豪，无上荣光。

我们全班同学参加了当天上午的百年庆典活动，参观了新闻与传播学院（原新闻系）举办的活动和展览，没有参加学校的聚餐就迫不及待地进行班聚活动了。在广州工作的贺宁班长、欧彩群、姚靖和黄玉松等同学集资盛情接待大家。简新宇同学也做东招待，分别热情宴请了全班同学，接着到东莞、恩平考察，又分别得到段子成、卓永同学的盛情款待。

分别二十年了，班里的同学有部分日常里有往来，有部分却缘悭一面，大家毕业后都是各奔东西，为事业而拼搏，为家庭而忙碌，一直没有这么集中聚过。这次是借助母校百年庆生，大家才有机会聚在一起，所以非常可贵！非常难忘！

快乐而有意义的几天相聚活动结束后，贺宁班长让我写一篇记录本次活动的文章。于是我遵命，饱含激情写下了《二十年后来相会》这篇文章，现原文照录，以示纪念。

二十年后来相会

2006年11月18日，一个令人难以忘怀的日子：母校暨大百年华诞；暨大新闻1985届干修班全体同学毕业二十年聚首羊城。同学们怀着浓浓的友谊，从四面八方来，为母校百岁生日祝贺，为我们班毕业二十年祝福。

广东的同学来了，贵州、湖南、广西的同学都来了。为了这一天的到来，大家不知等了多久，盼了多少回！看一看，你我变了啥样？聊一聊，你和家人都好吗？忆当年，说未来，句句话儿暖心怀；张张灿烂笑脸犹如绽放的花朵。美酒佳肴，欢歌笑语，此时此刻，大家沉浸在美好和幸福的时光中……

看到历经沧桑的母校百年庆典如此隆重，校园建得如此漂亮，教学成果如此丰硕，大家感到无比自豪和骄傲，纷纷合影留下难忘瞬间。

走在熟悉的校道，寻找往日的足迹。看到专家楼、干修生宿舍楼仍保存完好，大家十分惊喜，顿时，同窗共读的情景历历在目。

东莞、恩平之行，同样给大家留下了美好的深刻的印象……

短暂的相聚，大家过得很愉快，很有意义。然而，为了安排好食宿行玩这一切活动，广东同学做出了多大努力啊！班长贺宁和欧彩群、姚靖同学组织协调，贺宁、欧彩群、姚靖、黄玉松、简新宇、殷子成、卓永同学盛情款待。特别是卓永同学，不仅接待好同学们，还捐近万元购纪念品赠予大家。那镶嵌在纪念品——麦克风上的“暨大新闻八五届干修班毕业二十周年留念”18个字将常留我们心间。

举杯吧，同学们，歌唱吧，同学们，让我们传承“暨大精神”，用卓永同学赠予的麦克风齐唱一首大家用心谱写的原创歌曲：暨南情深……

“再见了，二十年后再相会。”

“一万年太久，只争朝夕。希望明年能在广西、在贵州或在湖南相见。”同学们纷纷表态。

不管下次如何相聚，我相信大家一样珍惜。

此次聚会之所以圆满，我认为主要有三个原因：一是广东同学精明能干，务实团结，对外省同学始终真情相待，因此，有号召力、有凝聚力；二是他们的爱人都理解和支持；三是同学们都有这个心愿。

通过这次同学聚会，我深有感悟：从某种意义上说，攒朋友比攒钱重要，攒同学比攒朋友更重要，同学和朋友都是资源、财富，但同学比朋友的关系更牢靠，更值得信赖，尤其是大学的同学。因此，我将永远怀念和珍惜这份来之不易的同学情。

真诚欢迎各位同学抽空携家人来广西走走，我和符显略、王敏同学一起在中国绿城——南宁恭候大家的光临。

祝同学们身体健康，工作顺利，家庭幸福，天天开心！

暨大新闻1985届干修班广西同学罗保华

2006年12月8日于南宁

海南相约

2017年2月18日，我们暨大新闻1985届干部专修班在海南万宁市举行毕业三十年聚会活动，我和十位同学全程参加了，来回三天时间。

这次聚会是我们班同学毕业后的第二次聚会，尽管这次没二十年聚会时来的同学多，但还是很有意义的。因为同学们比二十年聚会时又年长了十岁，年龄最大的几位同学年近七旬了，我等这批同龄同学快奔六了，最年轻这些同学也有五十多岁了，毕竟岁月不饶人，大家都珍惜这次聚会，要趁行动还方便，多聚聚，多交流。

人们都说，一辈同学三辈子亲，有同学在的地方就是最美的地方。万宁是我们班长贺宁的老家，他比我年长些，退休后由广州回家常住。这里的海岛风光秀丽、独特，二月份气候宜人，恰是旅游旺季，游客较多。

贺宁、黄玲夫妇、卓永同学分别款待了同学们。虽然相聚短暂，但大家很快乐，收获甚多。

在万宁分界州岛环岛游时，同学们不但领略了美丽的海岛风光，而且把自己融入其中，互相拍照，留下了宝贵的美好的瞬间。

同学们在暨大新闻系读书时就学过摄影课，大多长期在新闻单位做记者、编辑，比较擅长抓拍。特别是王敏（广西电视台）、姚靖（广州电视台）这次给同学们拍了许多质量上乘的照片，并及时在同学微信群上传播，让来聚会的和因有特殊情况不能来聚会的同学一起分享喜悦。值得一提的是，作为“模特”，卓永同学的“老船长”，欧彩群、卢海英的“海岛女民兵”或“渔家姑娘”拍得特棒，如果这次搞图片评比的话，可以角逐特等奖或一等奖。

其间，同学们还饶有兴趣地参观了在万宁的兴隆热带作物植物园，园内热带作物植物种类繁多，据说比广州华南植物园还要丰富，在国内也是最大的。如正在结果的非洲产的咖啡果树、腰果果树等，我过去未曾见过，这次算饱了眼福。

在万宁的第二个晚上，也是此行的最后晚餐。由卓永同学（广东江门市企业家）宴请。同学们白天刚参加分界州岛环岛游回来，心情特好，晚宴上除了常规的酒文化之外，还有亮点的节目表演。酒过多巡后，我筹划的诗朗诵《桂林山水歌》（作者贺敬之）由袁昌政（贵州日报总编室原主任，曾任我们班党支部书记）用川味普通话朗诵第一部分，卓永用粤味普通话朗诵中间部分，由我用桂味普通话朗诵最后部分，给大家留下了深刻的印象。欧彩群（广州市文化广电新闻出版局副局长）、卢海英（珠海警察学校领导干部）领唱了《请到天涯海角来》这首大家耳熟能详的赞美海南岛的民歌，在同学中产生了强烈的共鸣。大家纷纷拍照，留下了精彩一幕。

第三天，同学们依依惜别，并一致赞同2018年全班同学聚会在广西举行，不要再局限于五年一小庆，十年一大庆。作为下次的东道主，我和王敏当场表态，欢迎同学们到广西来聚聚，我们尽量让大家高兴而来，满意而归。

慰问部队

1987年7月上旬，我在暨南大学新闻系读书毕业后，回到了原单位——广西人民广播电台工作。

台编辑部领导对我很重视，把我安排在《新闻联播》节目科担任政文记者。可以说，做政文记者的必须具备政治素质高、文字功底好、采访作风扎实、社会活动能力强，形象较好等条件，因为要经常采访重要的政治事件和外事活动，因此令同行十分羡慕。

那年我才29岁，血气方刚，想好好干一番事业，不辜负组织和亲人的期望。我很快就熟悉政文新闻的采编业务，并进入了政文记者的角色。平时，主要编辑政文新闻来稿，有采访任务时就单独去完成。

1987年11月12日，由国家民委副主任黄光学率领的全国少数民族慰问团来广西边防前线慰问部队。文艺演出慰问团队主要是由蒋大为率领的中央民族歌舞团，其中知名艺术家除蒋大为以外，还有白族青年舞蹈家杨丽萍、青年歌唱演员曲比阿乌、雷章华等。

台编辑部接到广西壮族自治区民委发来的采访邀请函后，就派我去随团采访。慰问团抵达广西后首先入住南宁饭店，我去报到时发现广西新闻单位记者只有我参加这次活动采访，其他都是从北京随团来的记者。这是我职业生涯中少有的一次“追星”经历。

采访蒋大为

第二天，慰问团开始赴广西边防慰问部队，广西军区政治部主任詹克勋、广西壮族自治区民委一位副主任也陪同慰问。大部分团员安排坐一辆大巴，我有幸被安排和蒋大为等领导坐一辆中巴。坦率地说，我也是蒋大为的粉丝，很喜欢听他的歌，现在有机会和他天天在一起交流，看他演出一至两场，我心里不知道有多高兴！

蒋大为当时任中央民族歌舞团团长，歌唱事业正处于巅峰期，知名度很高，人气很旺，很有影响力，但他没摆什么大腕架子，而是谦虚谨慎，平易近人。

我注意到蒋大为老师每到一个部队驻地慰问总是很忙，于是，就见缝插针地在车上和途中休息时采访他，他总是有问必答。比如，当时社会上对名演员"走穴"问题较反感，我问蒋老师对此有何看法。虽然这个问题较敏感，但他还是从正面的积极的角度回答了我。

蒋大为老师在那次慰问边防部队的演员中是最受欢迎的，因为战士们常在广播、电视和录音磁带上听到他的歌声，"看"过他的演唱，只是没有机会近距离一睹他的风采。听说蒋大为要来，战士们个个喜出望外。慰问中，蒋大为老师不辞辛劳，每天演出一至两场，每场都唱七八首歌，战士们每次都使劲鼓掌。

蒋大为的独唱是每场演出的压轴节目。随着本团电声乐队伴奏《牡丹之歌》的抒情过门音乐，蒋大为神采奕奕地出场，战士们热烈的掌声如潮水般响起了。我随团一周，连听了十多场，感受颇深。于是，我在写蒋大为的广播录音报道和报纸刊登专访的导语（或称开场白）时这样写道："战士盼望已久的歌唱家蒋大为终于带着优美的歌声，满载着深情厚谊，来到了广西边防前线，来到了战士中间。”如果我当时没有强烈的现场感受，是写不出这样简练大气、铿锵有力的文章的。

上凭祥法卡山慰问战士时，蒋大为走进围坐的战士们中间，深情地称赞战士们保家卫国不怕牺牲的革命精神，并动情地回忆起自己多次到部队慰问演出，与战士们结为朋友的情景，因此，他被称为“战士歌唱家”。接着他为战士们清唱了《骏马奔驰保边疆》等歌曲。这首《骏马奔驰保边疆》记录了蒋大为与广西深厚的渊源：他到广西演出过三次，其中有一次，到百色那坡、隆林一带慰问演出激发的灵感，让他创作出了这首脍炙人口的《骏马奔驰保边疆》。蒋大为老师一边唱，我一边及时用录音机录下了现场实况。这段难得的现场音频，后来被融入我写的报道《大家都说我是战士歌唱家——访著名男高音歌唱家、中央民族歌舞团团长蒋大为》中，记录下了这位战士歌唱家和边防战士的深厚情谊。

本书后面的《作品选登》中专门选载了这篇稿件，在此不再展开叙述。然而，近三十年过去，深入边关，战士们神情的坚毅，与艺术家歌声的坚定交融在一起，在我心里化成了中国人民保家卫国的坚强决心，每每回忆，都激情满怀。

后记：自从那次随团采访后，我和蒋大为老师成了好朋友。他大我十岁，但喜欢称我“老罗”。我随团到防城、宁明、凭祥边防部队慰问一周后，因采访素材已很丰富，我要赶回编辑部制作节目和发稿，没有再随团到靖西、那坡等边防部队慰问。

三年后，蒋大为老师又来南宁演出一次。我知道消息后，第二天早上就到他下榻的南宁西园饭店看望他，桂林籍青年歌唱家雷章华也在场，应我热情邀请，蒋大为、雷章华和我一起去南宁物资大厦参加一个活动，顺便拜访该大厦总经理唐铁英。

那时，南宁市没几个像样的饭店，物资大厦新建成不久，硬件还可以。撮合此次行程，考虑到当时由我牵头编写的大型人物通讯集《花山儿女》已经启动，唐铁英不是宁明人，也没到过宁明，只是纯粹从朋友的立场，赞助5000元人民币以支持通讯集的编写工作，在那时，这已经是笔巨款，让我很是感动。物资大厦开张时，我也投桃报李，帮着请媒体记者朋友去捧场，来往间更加熟络了。唐铁英也是蒋大为老师的粉丝，我邀蒋老师一同成行，撮合了粉丝和偶像的一次见面，大家也交流甚欢。唐铁英还设午宴热情招待了我们，席间，她还当着蒋大为老师的面，问起《花山儿女》的编印情况。我表示应该很快了，这也引起了蒋大为老师的兴趣，大家便听着我从花山聊起，谈宁明，谈广西文化，蒋老师还嘱咐我什么时候《花山儿女》出版了，也赠他一本。那天，我陪着蒋大为老师和雷章华在南宁游玩了一天，还一起共进了晚餐，大家都比较畅快。

报道杨丽萍

“灵魂舞者”“孔雀之灵”……现在谈起杨丽萍，后面会连接起一大串不尽相同的评价。当年结识杨丽萍，这位当代民族舞蹈第一人的名声还没有今天这样登峰造极，但也已经声名鹊起。时下繁多的社会评论，往往容易遮蔽通达人物真实一面的路径。想当年，屏蔽掉各种光环之后，杨丽萍又给我留下了什么样的印象？以下便是我和她接触过的一段经历。

我对杨丽萍是未见其人，先闻其名。记得那次我到南宁饭店参加慰问团采访，在签到处就认识了国家民委旗下的民族画报社摄影记者艾力肯。他是新疆人，非常热情好客，作为同行，他刚见面就对我聊起这次采访他的关注焦点：“老罗，杨丽萍的舞蹈《雀之灵》是百看不厌，你相信吗？不信你多看几场就知道了。”

此前，我没看过杨丽萍的舞蹈，对艾力肯的评价我将信将疑。随慰问团采访一周后，我看杨丽萍的舞蹈《雀之灵》也有十次以上了，确实一如艾力肯的评价，没有丝毫生厌的感觉。即便是普普通通的外行人也不禁惊叹：这舞蹈太美了！更重要的是杨丽萍能把孔雀舞表演得活灵活现，出神入化，吸引眼球，让人感到越看越想看，越看越耐看。《雀之灵》深受观众喜爱，也成了杨丽萍的成名作。

这之后，我们通过多次报道，了解了杨丽萍背后的故事。她太热爱舞蹈事业了，为了跳好《雀之灵》，她节制饮食，保持纤细的身材；甚至婚后始终不生小孩。

一周的跟团采访，总体感觉，杨丽萍的确不善言辞，平时很少说话，表面清高，但人很善良，内心充满了对战士们的热爱，并把这种爱融入舞蹈的每一个细节、每一个动作。

到烈士陵园凭吊时，杨丽萍看到许多年轻的战士为保卫祖国而牺牲长眠在这里时，不禁潸然泪下，并随手采来山花敬献，以表达对烈士的悼念。这次活动对杨丽萍和每一位参观者都是一次心灵的震撼、心灵的净化！

在凭祥准备上法卡山哨所慰问时，我向杨丽萍提了一个请求：“我写您的专访要配一张照片，请你到法卡山后能主动和战士们合个影。”杨丽萍会意地点了点头。到法卡山哨所时，杨丽萍自觉戴上钢盔，嘴里含着一根草，微笑地和两位战士站在一起，犹如一只美丽的孔雀飞到战士身边，随团慰问的广西军区上校何圣良用国产的“海鸥”牌相机“咔嚓”一声，拍下了这张难忘的珍贵的照片。回到南宁后，我饱含激情，采用第二人称写了杨丽萍这篇专访，标题是《孔雀南疆飞——记白族青年舞蹈家杨丽萍》（附后），在报纸上发表时配上了这张珍贵的照片。

后记：事隔三年后，杨丽萍事业如日中天，成为我国民族舞蹈新生代领军人物，但她没有以“大腕”“名人”自诩，对朋友还是真诚如初。

她和蒋大为等中央民族歌舞团的演员再来南宁演出时，我和何圣良去看她，她很高兴。她还对我说，过段时间要去美国演出，近期还在北京，希望我能抽空到北京找她玩。当时我没有去北京，但她那么有名了，还那么热情、那么谦虚，确实令我感动。自从两次在广西慰问演出见面后，这二十几年来，我没有机会再与杨丽萍见面，但仍通过媒体或互联网关注她的事业发展，关注她的生活情况。

真心祝愿这样真实、朴实的杨丽萍越活越年轻，越活越精彩！

推介雷章华

慰问部队团队唯一的壮族歌唱演员，就是桂林籍的男高音歌唱家雷章华。此次演出，他肩挑重任，因为他既是中央民族歌舞团壮族歌唱演员代表，又是在广西边防部队慰问和向家乡的父老乡亲们汇报演出。因此，慰问团专门安排每场演出都由他打头炮，著名舞蹈家杨丽萍的《雀之灵》排中间，蒋大为老师压轴。

要知道，演好开场的第一个节目是很不容易的。雷章华每次登台演唱，总是那么专注，那么充满激情。他演唱的“红星照我去战斗”“远方寄来的枫叶”“马车夫之歌”等歌曲，感情真挚，表演严谨、大方，受到了战士们的热烈欢迎。

每次演出完成后，雷章华除了主动与部队领导和战士交谈外，还喜欢和我交流，让我加深了对他的了解。他是桂林市郊区菜农的儿子，是桂林秀丽的山水赋予他优美的歌喉，但为了叩开中央民族歌舞团的大门，他经历了艰难曲折的道路。他对音乐的执着追求令我深受感动。像他这样在中央一级文艺团体的优秀壮族男高音歌唱演员是很少的，事业正处于上升期，需要我们记者帮助推介，锦上添花。于是那次采访我不光要采访报道蒋大为、杨丽萍这样的知名艺术家，还要推出雷章华这样的新秀。后来我采写了题为《从壮乡走向全国歌坛—记中央民族歌舞团青年歌唱演员雷章华》的专稿，除了在广西人民广播电台播出，还刊登在1988年9月22日《广西广播电视报》上（原稿附后），详细地介绍了雷章华执着追求音乐的事迹。

后记：后来不久，雷章华应广西人民广播电台、广西电视台邀请又先后来南宁录制音乐节目，还随他们歌舞团来过南宁演出，有时候他回桂林探亲也顺便到南宁访友。每次来南宁，他都联系我，并一起聚聚，来往多了，了解深了，我们都是性情中人，兴趣相投，成了要好的朋友。

我曾去北京找过雷章华两次，都得到了他的热情接待。一次是1991年中秋节前，我为采访《花山儿女》一书涉及的宁明籍著名专家、教授、学者，带着一位助手先到大连造船厂采访著名造船专家陈信隆，然后中秋节那天早上从大连乘轮船到天津，然后转乘大巴赶到北京。北京是特大城市，朋友聚会一次不容易，由于雷章华和他的朋友很热情，很周到，我们一起在北京愉快度过了一个难忘的中秋节之夜。

当时宁明县委只给我5000元人民币作为出版《花山儿女》的经费，不足部分由我来想办法。为节省经费，我让助手住旅馆，自己则到雷章华家住。他住在中央民族歌舞团大院，那时住房较窄小，但还是腾出床位让我住了两、三天。我就抓紧利用这两、三天宝贵的时间采访了在北京的杰出花山儿女。

忙完采访任务后，作为歌唱爱好者，我利用剩余的一些时间向雷章华请教声乐，他一面弹钢琴，一面耐心教我，使我这位业余歌手受益匪浅。我的歌声随着他的钢琴伴奏回旋在了中央民族歌舞团宿舍区内，这让我增加了一份文化自信。

后来，雷章华进步很快，担任中央民族歌舞团歌队队长，成为一位实力派的壮族歌唱家，为广西争了光，但他很低调，一直没有和我谈起，我还是听他的朋友说了才知道的。

再一次会面是2008年我到北京采访全国人大、政协“两会”时。因时间紧，任务重，不便登门拜访雷章华。为方便我，他就带着妻子和好友秦援到我住的广西大厦附近酒楼请我吃午饭。席间，回忆往事，心潮澎湃；展望未来，豪情满怀。大家久别重逢，总是有说不完的心里话，总是觉得相聚的时间过得很快。

感悟：随团慰问边防部队活动结束后，我采写的蒋大为、杨丽萍、雷章华的三篇专访，除在广西人民广播电台播出外，还先后刊登在当时广西发行量最大的报纸《广西广播电视报》上，受到广大听众、读者的好评。同时，引起了同行的关注。后来甚至听说一位毕业生于北京某名牌大学新闻系的同行，往日在单位里一向自视甚高。想不到他听了看了我写的这三篇人物专访后，悄悄对我一位关系较好的同事说："罗保华读大学回来确实水平不一样了。"

通过此行此事，我感到不管你是当演员，做记者，还是干什么职业，都要刻苦学习，努力练就过硬的技术本领。只有自身强大了，别人才会看得起你。所谓你若盛开，蝴蝶自来，说的就是这个道理。

午间话语

20世纪80年代末90年代初正是广播事业的黄金时代。那时新媒体的冲击浪潮未到，电视的普及率远不如今天。一台收音机虽已经不如20世纪70年代那样，享有位列“三转一响”的尊贵，但从乡村到城市，快捷的广播节目是那个时代最为流行的背景音。改革开放在深入，传统广播的变革也不可避免地到来。1988年上半年，在时任广西壮族自治区广播事业管理局党组书记、广西人民广播电台台长陈宁的倡导下，广西人民广播电台学习广东人民广播电台开办经济广播电台系列台，为了搞活广播，提高收听率，拟开办广西经济广播电台。

台领导考虑我刚从暨南大学学成归来，会给广西办广播带来先进思维和理念，我又在本台两个重要的新闻工作岗位历练过，因此下了个红头文件，抽调我和黄旭晓等同事出来筹办广西经济广播电台。

该项计划因广西壮族自治区财政厅下拨的开办经费迟迟未到位等原因，暂缓实行。广西人民广播电台的节目多年来一直是墨守成规，收听率不高，广播节目改革迫在眉睫。我经过认真思考后，决定向台领导请示，要求办一个午间综合性主持人节目，为广西广播改革进行大胆的试验，在设计的几个栏目中，我把《热门话题》放在前面，谈论听众关心的热点问题，吸引听众收听节目。当时分管宣传的台领导担心我们主持节目时可能会对一些敏感的问题把握不准，如果讲错容易出现政治事故，因此迟迟没有批准这个节目方案。这也可以理解，即便是央视的《焦点访谈》节目，也是1994年才开办。作为地方电台，我们在1988年就酝酿开办定位为“社会热点透视、大众话题评说”的栏目，这在当时需要有多大的决心和勇气啊！为了打消台领导的顾虑，我向他们做出保证：每期节目我们都认真编排，严格把关并按程序送台领导审定后再播出，保证不出任何差错。在我的力争下，作为广西经济广播电台的一块“试验田”，台领导同意开办《午间话语》板块节目。

《午间话语》节目组的编辑和主持人由罗华（我的主持用名）和兰海滔、梦玲（真名彭鸳玲）、阿晓（真名黄旭晓）组成，这是广西广播改革的一次大胆尝试，也是对我们业务综合能力的一次检验。

我从一开始就充满自信，这源自在暨大读书时，我经常收听学习珠江经济广播电台的节目。当时，广东人民广播电台敢于创新，在全国率先开办了珠江经济广播电台等系列电台，节目编排新颖，内容接地气，受到听众喜爱，收听率节节攀升，成为全国广播系统学习的标杆。那时我就立下目标，暗下决心，毕业后一定要把珠江经济广播电台的好做法带回广西电台，亲自办这样受听众欢迎的节目，带头参与广西广播事业的改革，不辜负台领导和同事们对我的期望。

1988年9月，期待已久的《午间话语》板块节目正式在广西人民广播电台频道推出。实行采、编、播、制合一，逢星期四、六中午12点用粤语播出，每次节目90分钟。节目由主持人把当中的《热门话题》《运动BB机》《生意经》《消费者之声》《开心乐园》等栏目有机地串联起来。内容涉及新闻、体育、经济、文化娱乐等各个方面，以新闻为主导，融政策性、知识性、服务性、娱乐性为一体。由于该节目从形式和内容上尽量接近群众、接近生活、接近实际，受到许多不同层次听众的欢迎，被誉为“精神午餐”。节目开播仅3个多月，就收到3000多封区内外听众来信。

《午间话语》一炮打响，受到广大听众的认可和欢迎。

《午间话语》十分关注听众的心理。其中的《热门话题》栏目就是针对听众关心改革中出现的新情况、新问题和社会现象进行评述，让听众得到一个比较符合实际的解答。我们不定期请各界人士到话筒前与主持人一道谈群众关心的“热门”话题，如物价、住房改革、分配不合理现象、中学生德育教育及农民的苦衷等。这些都是人们普遍关注的，节目根据“重大情况让人民知道，重大问题让人民讨论”的精神，实事求是地介绍情况、摆问题、谈克服困难的措施和前景，加强舆论引导，播出后，在听众中产生了强烈共鸣。

《热门话题》无疑成了《午间话语》的重要栏目。为了让听众能够轻松地听完一期90分钟的节目，我们注意中间穿插听众点播音乐节目，让听众既能听进他们关心的话题，又能听到他们喜爱的歌曲，不感到疲劳，带着兴奋情绪收听节目。许多听众对《午间话语》节目“一见钟情”，难以忘怀，越听越想听，越听越爱听。

除了《热门话题》，《午间话语》开设的《生意经》《消费者之声》等栏目也受听众欢迎。

《午间话语》除了节目形式活、内容接近生活、受听众喜爱外，主持人把“播”化为“说”，语言亲切、自然、生活化，用平等、商量的语气向听众传达各种信息，面对面地与听众进行感情交流，缩短了主持人与听众的距离，也是节目成功的重要因素。

《午间话语》坚持办了一年，始终受到广大听众的喜爱和支持，后来因为广西经济广播电台成立的条件还不够成熟，组织上又提拔我到台宣传办公室担任分管宣传和文秘工作的领导，《午间话语》只好暂时停办。

为答谢听众一年来的关心支持，《午间话语》举行了一期告别听众的特别节目，由我和梦玲、阿晓三人共同主持，给听众留下了深刻的难忘的印象。

《午间话语》在广西广播改革中发挥了先锋作用，为办好广西广播的改革创新积累了一些成功的经验。由兰海滔和我写的广播论文《研究听众心理，办好广播节目》刊登在由广西人民广播电台编写、广西教育出版社1991年6月出版的《广播新闻论文集》上，供同行参考和借鉴。

《午间话语》举办期间，得到了当时主持全台工作的副台长李海礼、主管部门主任李谋发等领导和同事们的大力支持，在此均表示感谢。

学会编书

我在广西人民广播电台宣传办公室工作了三年时间，除分管文秘工作外，因为当时台里尚未设立总编室，还要承担相当总编室的业务。如全台年度宣传报道意见，是由我综合各部门、各记者站的意见，站在全台宣传报道的广度、深度、高度进行顶层设计，先拟个初稿，然后送主管部门领导把关，最后再送台领导审定，就可以形成指导性文件，在台里贯彻实施。

由于做许多事情都要从全台的角度考虑，都要顾全大局，我在这个岗位上得到了更好的学习和锻炼机会。

此外，在台领导的重视和黄永喜主任的力推下，台宣传办公室先后编写了新闻通讯集《漫话广西》《桂海掠影》和《广播新闻论文集》三本书籍，其中后两本，我是主要编辑之一。特别是《广播新闻论文集》，我们发动全台的业务骨干写论文，形成了一次本台史无前例的“广西广播业务大讨论”，提升了全台的业务学习氛围。

正由于在广西人民广播电台工作时积累了编书的经验，我后来才有足够的底气策划编写出了《花山儿女》《花山之子》以及《百年大公看广西》第一、二辑，设计《美丽广西》画册，现又推出这本《逐梦奋行》……

可以说，在广西人民广播电台工作的十几年，是我夯实新闻业务基础的时期，而转战香港《文汇报》《大公报》则是厚积薄发，芳香苦中来，所得成绩已是水到渠成。

出书励志

花山岩画在宁明县明江河岸矗立两千多年，但它是怎么画上去的，用什么颜料，表达什么意思一直是个未解之谜，因而也具有极高的历史文化研究价值。

记得20世纪60年代我在宁明县驮龙小学读小学时，曾利用一个暑假时间跟父亲的结义兄弟龙伯和伯母去花山一带的耀达村玩，他们家就住在那里。那时驮龙到耀达没通陆路，只能靠划小木船往来，单程就要划几个小时。快到花山时，伯母指着岸边的花山说："保华，你看啊，芭莱到了，这就是芭莱！"讲当地壮话 ，芭莱就是花山。我站在船上抬头仰望山上的岩画，感到非常好看，非常惊奇，虽然还不知道它表达什么意思和存在的价值，但花山岩画已在我年幼的时候留下了难忘的记忆。

直到20世纪80年代经我国考古专家考证和媒体的纷纷报道，我才知道花山岩画原来在世界美术史上占有重要地位，是壮族先祖骆越文化的代表。接着，又是各种文艺作品的推波助澜，使花山岩画越来越为人们关注和认识，知名度越来越高了。

一方水土养一方人。宁明这片具有深厚历史文化底蕴的沃土，多年来哺育了许多优秀的儿女。20世纪90年代初，我在广西人民广播电台工作的时候，偶然看到广西人事部门出版了一本《广西少数民族高级科技人才》的书，书中收集了五十多位老一辈广西高级科技人才，宁明就占了五位。后来，我又看到《广西日报》整版报道已故宁明籍著名金属物理学家、教育家、广西壮族自治区政协副主席、广西大学常务副校长郑建宣的典型事迹，感到宁明人非常了不起。于是，我就立志要写一本书，向世人充分展示从花山脚下走向广西、走向全国、走向世界的宁明籍成功人士的风采，以激励更多的宁明人奋发向上，以此丰富花山文化的内涵。这个想法得到了宁明县委、县政府的大力支持。时任宁明县委副书记田力营，县委常委、宣传部部长赵学亲一起抓这项工作。此外，还得到了时任宁明县委办公室负责人吴能贞的帮助。

当时宁明边境进口汽车等贸易十分活跃，县财政进行扶持，经费很紧张。经县委常委会讨论后，同意给我们5000元人民币作为出版经费，不足部分由我们找企业赞助支持。

值得一提的是，南宁市物资大厦总经理唐铁英女士当时也赞助了5000元人民币。她不是宁明人，也没到过宁明，她热心赞助这件事纯属是对我的友情支持。后来他们大厦开张时，我也力邀适逢访桂的著名歌唱家蒋大为以及一众媒体朋友去捧场（前章《采访蒋大为》一节已经细述）。正是这各方力量和朋友们的鼎力支持，让我的夙愿得以实现。

后来，我们集思广益，把这本书的书名定为《花山儿女》，从此，才开始有花山儿女这个词组。由于经费有限，我只能带一位助手利用公休假到北京、大连等地采访宁明籍的著名专家、教授、学者。其他省份的优秀花山儿女因为经费原因不便前往采访，我就特约当地新闻界的同行朋友帮忙，得到了上海、天津、广州、浙江、湖北、甘肃、贵州、海南等省外媒体，中央驻桂媒体和广西媒体朋友无私的支持。

经过县委领导和我们的共同努力，1992年底，由广西民族出版社出版的大型人物通讯集《花山儿女》终于出版，并在南宁隆重举行了首发式。时任广西壮族自治区党委宣传部副部长程贞生出席并讲话，热情称赞《花山儿女》是广西第一部成功的乡土教材。时任南宁市副市长罗龙等领导和嘉宾出席了首发式座谈会。这本书得到了广西社会各界的好评，出版后影响了宁明两代人。巫广生、黄雁和两位老乡对本次活动给予了赞助。

2004年，根据宁明县委的要求，我在《花山儿女》的基础上，编辑出版了《花山之子》。除了保持原来有影响的人物外，我们还推出了一些较年轻的宁明籍成功人士，同样在社会上产生了不同反响。

《花山之子》出版后，我和广西中医学院（现广西中医药大学）教授禤瑞生一起到宁明民族中学、宁明城中镇第一中学、明江中学、亭亮中学、寨安中学、桐棉中学进行花山儿女典型事迹的宣讲，后来还邀请宁明籍著名实验物理学家郑志鹏为宁明县干部、宁明中学师生各做了一场报告，反响热烈。2017年，我编写了自传体书籍《逐梦奋行》，本书出版后得到了社会各界人士的好评。2018、2019年，我先后回宁明家乡为母校明江中学，位于中越边境线的爱店国门中学、峙浪中学、寨安中学及宁明实验学校、宁明城镇一中、宁明民族中学的师生做了励志报告，受到欢迎。还为县里邀请著名科学家郑志鹏回宁明为明江中学、宁明城镇一中做了精彩的励志报告。

修书编志历来为地方大事。宁明虽然不是人口大县，但英才辈出，这在广西县一级地区也是不多见的。花山文脉，历千年而不断，自有其深厚的民间根基。这种根基体现在每一个宁明人的身上，这些杰出的花山儿女就是其中的佼佼者。虽说历史不是英雄偶像创造的，但历史确因英雄偶像而分外精彩。将这份精彩编书成册，以飨后人，也算是我对养育我数十年的宁明家乡的一种回报吧！

感悟：我全力以赴组织编写《花山儿女》《花山之子》书籍，就是让更多的年轻人学有榜样，事业有成，而且注重做人。让他们知道，做人一辈子，人品做底子。品行是一个人的内涵，名誉是一个人的外貌。做人德为先，待人诚为先，做事勤为先。道德可以弥补智慧上的缺陷，但智慧永远弥补不了道德上的缺陷。人的两种力量最有魅力，一种是人格的力量，一种是思想的力量。

采访故事

首站大连

1991年中秋，我还在广西电台工作，为完成《花山儿女》的人物采访任务，我向单位请了公休假，然后特邀南宁晚报记者秦俭一起去大连、北京采访。

秦俭文笔较好，采编经验丰富，尤其擅长写人物专访、通讯，国家文化部原部长、著名作家王蒙都曾是她的采访对象。《花山儿女》若要有可读性，秦俭的帮忙自然增色不少。经过商议，我们决定，由远及近安排采访行程。首站，我们便先到大连造船厂采访我国第一艘万吨远洋货轮的设计者之一、宁明籍著名造船专家、教授级高级工程师陈信隆。

陈信隆是宁明海渊人，1950年大学毕业后就分配到大连造船厂工作。和国内许多造船专家一样，他的理想就是建一个亚洲最大的造船厂，而白手起家的基础条件，正为这样的热血青年提供了大显身手的舞台。那时的大连造船厂是中苏合营企业，但在厂里，从技术工艺到经营管理，全是“苏联老大哥”说了算。

作为年轻的技术员，陈信隆努力学习，刻苦钻研，为厂里解决了一道又一道技术难题，让苏联专家从此对他这个不起眼的小个子刮目相看。大连造船厂承造的我国第一艘万吨远洋货轮，全部图纸及主要设备都从苏联进口，是当时苏联的最新设计，即使在世界上，其自动化程度也是当时领先的。

后来中苏关系破裂，我国处于极其困难的时期。苏联撤走了专家，带走了技术资料，拖延交货，所提供的设备也多半是质量不合格的次品。

中华民族从来都是不向要挟与压力低头的民族。没有技术支持，我们就自己干！陈信隆当时已是厂里的技术骨干，他带领技术人员们发扬自力更生、艰苦奋斗的精神，攻克了一个又一个技术难关，1958年11月27日，终于造成了我国第一艘万吨远洋货轮。交船后，陈信隆又以大连造船厂第一个保证工程师的身份，随船航行半年，指导船员掌握操作和维护使用的技术。

关于船厂，关于大海，陈信隆总有说不完的精彩故事……

陈信隆今年已经91岁，年轻时，他参与设计了中华人民共和国第一艘万吨远洋货轮，而今又有幸看到大连造船厂为我国建造了第一艘航母，此时此刻感慨万千，无比自豪！无比幸福！

北京收获

1991年中秋节那天，我和秦俭从大连乘轮船经天津，转乘大巴赶到北京和朋友度过了一个难忘的中秋节。

第二天我们就开始投入在北京的几位优秀花山儿女的采访工作，他们是著名实验物理学家、中国科学院高能物理研究所研究员郑志鹏，著名军事战略专家、综合国力研究专家、中国军事科学院战略研究部研究员、大校黄硕风，著名电力工程专家、博士甘澄泽，清华大学高级工程师甘小杰和北京大学教授黄福华。

他们能在首都立足，事业上有成就，成为国家的栋梁，太不容易了。采访他们也是我学习的过程，提升自身素质的机会。

特别是采访郑志鹏时，他不仅和我谈起科研成就，还谈了做人的感悟。他几十年如一日地努力钻研科技，耐得住清贫、受得了寂寞，靠的是热爱祖国、热爱民族、热爱广西的强大精神支撑。当时他已在我国高能物理界取得多项重大科技成果，在国际上声名远播，但见到我们这些远道而来的老乡还是那么热情，那么平易近人，应验了现在网上流传的一句话：层次越高越懂得尊重人。

第二年，即1992年，鉴于郑志鹏在我国和国际高能物理研究取得的重大成就和影响力，组织上任命他为中科院高能物理研究所所长。从此，郑志鹏真正成为中国高能物理研究的领军人物。

1995年，广西区党委、区政府考虑到郑志鹏的影响力，请他兼任广西大学校长，希望他能促使广西大学列入“211工程”。他在两年多的任职期间，领导全校职工迈入了“211工程”，完成了这一光荣使命，为广西教育事业发展做出了重大贡献。

郑志鹏虽然已退休，但他仍经常关心广西教育和宁明家乡的发展，继续发挥“余热”。我一直和他保持着联系，现在又要借助他的影响力，一起促进中华优秀传统文化在广西的传承发展，这种最初因工作联结起来的同乡之谊已经化为珍贵的私人友情。

沪上友情

壮族船舶机械专家陈邕麟是宁明县明江街人。他在黄浦江畔奋斗了五十个春秋，设计了数百艘大小船只，开创了研制我国第一台油压舵轮的先河。1953年，上级领导交给他所在的长江航运设计所一项重要任务，就是将一艘美式登陆艇改建成一艘专用轮船，以供中央领导视察长江三峡使用。

陈邕麟的专业是动力机械，接受任务后，拿出全套看家本领，承担了主要的设计和改装工作。他不辜负党和人民对自己的信任，经过半年的努力，改建专用轮的工作如期完成，取名“江峡”，就是后来的“东方红”轮船。这江轮的外观和航速均达到当时的国内先进水平。毛主席、陈毅、董必武等中央领导都先后乘坐该轮进入长江视察。

当时，我从陈邕麟寄来的简介中看到了他的智慧光芒和了解他的突出成就，于是就把他列为重点采访对象。此前，我去了北京、大连采访，用完了当年的公休假，没有时间再去上海采访了，只好请时任上海人民广播电台办公室主任胡晋丰帮忙。

我是1991年代表广西电台到成都开会时认识胡晋丰的，开的是全国省级广播电台办公室主任会议。会期，东道主四川省人民广播电台组织我们去九寨沟考察。我被安排和胡晋丰等代表同乘一辆旅行车，来回两天，有机会和他交流，但给他印象最好的还是会议结束时我在联欢晚会上的独唱。晚会就在成都五星级酒店——锦江饭店举行，各省市电台代表纷纷表演当地的特色节目，我清唱了广西民歌《山歌好比春江水》，受到全体与会代表的欢迎。记得我在台上唱时，胡晋丰在台下随着我的歌声打拍。我知道，上海电台每年举办国际音乐节，胡晋丰见多识广，但对我演唱广西民歌仍这么喜欢，着实难得。事隔半年，我到安徽参加一个培训班学习，回南宁时绕道上海作短暂逗留，得到了胡晋丰的热情接待。在宴请时他还念念不忘地说：“小罗啊，你在成都唱的广西民歌太好听了。”有了这段结交的过往，当我请求他帮采写陈邕麟的通讯时，他毫不犹豫地答应了。他抽时间带电台总编室的祝颖同志到上海市一个极其普通的弄堂里找到陈邕麟，和他深入交谈，掌握了大量素材，然后写出了题为《黄浦江畔五十春秋——记船舶机械专家陈邕麟》的人物通讯。这篇通讯在《花山儿女》一书刊登后，鲜为人知的陈邕麟成了家乡人民的学习榜样。

我深深地感谢胡晋丰对我采编《花山儿女》的无私帮助；对陈邕麟为国家、为社会、为家乡所做出的巨大贡献表示由衷敬佩。

老将出马

1991年，我的老师刘遗涓正好在浙江人民广播电台退休，时间由自己支配了，我就恳求她在采编《花山儿女》一书时给予帮助，以保证本书的质量。

据打听，在武汉也有几位较为优秀的花山儿女，其中最有影响的当属著名经济学家、武汉大学商学院院长、教授甘碧群博士。她无论是在教学上还是在学术研究方面，都已经颇有成就，是我国第一位市场营销学专家。刘遗涓从杭州乘火车出发到武汉，然后住到甘碧群教授家，同吃、同住、同聊几天。她们年龄相仿，都是高知女性，很聊得来。集几天的了解和所见所闻，刘遗涓写成了人物专访《中国市场营销学的领跑者——甘碧群》。

由于时间和采访条件有限，刘遗涓不便再采访其他花山儿女，就拜托在《湖北日报》工作的复旦大学新闻系老同学帮忙。她的同学很热心，年纪大了不便亲自出马，就请复旦校友、时任《湖北日报》采编部门主任江作苏（后任《湖北日报》副总编辑、总编辑）帮忙。江作苏在百忙中挤出时间连续采访了微生物学家、中国科学院武汉微生物研究所研究员罗庆修，武汉工业大学美术教授、画家王兆杰，中南民族学院教授、作曲家黄滔三位优秀的花山儿女，且文章质量上乘，很有可读性。作为《花山儿女》一书的组织和策划者，我没有见过江作苏，只是当时和他通过一次电话。他很谦虚，很热情。那时，稿酬很低，只是象征性地发，但他不计较多少，纯粹是复旦友情支持，让我深受感动。

刘遗涓老师遣尽人脉，帮我完成了《花山儿女》武汉篇的采写工作后，从武汉乘火车到南宁，再辗转宁明，然后和我一起去看花山，体验花山文化的魅力，并对《花山儿女》全部书稿做了认真的、反复的修改，直到全部书稿付梓了，才离开广西。那时条件有限，刘遗涓老师不计报酬，不讲名利，我心里明白，她是在尽心尽力地帮助我，成就我的事业，这样的师徒友谊，确实终生难忘。

夫妻上阵

在广州的花山儿女前辈中，施芝华、吴素彬的事迹是比较突出的。

施芝华是宁明县爱店街人。1947年8月，他参加了爱店起义，之后便在爱店山区打游击。中华人民共和国成立后，施芝华在广西的明江、镇南、崇左及合浦县担任过县长、县委书记。1958年底，合浦与湛江地委合并后，他调到广东省委工交办公室工作，专门负责工业政策的调查研究，时任处长。1980年，广东省工交办公室改为广东省经济委员会，施芝华任副主任兼党组副书记。1983年8月，他服从组织安排，出来组建广东省委经济工作部，并任部长。1988年，他任广东省人大财经委员会副主任，后来任广东省人大常委会常委、财经委主任。可以说，20世纪80年代至20世纪90年代，施芝华为广东的改革开放、经济发展做出了巨大的贡献。

我在暨南大学读书时，曾慕名到广东省委拜访过他两次，每次都得到他的热情接待。他平易近人，正直善良，精明实干，从他身上我学到了不少宝贵的东西。

1991年，我组织编写《花山儿女》时，由于条件限制，不能亲自去广州采访他，只好委托在广州媒体工作的暨大新闻系师妹陈婉群帮忙。陈婉群（笔名婉君）接受委托后，连同她也是暨大新闻系学友的丈夫郑成桑一起去广东省大人采访施芝华，然后小两口合作写成了《经济改革“弄潮儿”——记广东省原人大常委会常委、财经委主任施芝华》一文，刊登在《花山儿女》一书上。

接着，陈婉群和郑成桑又采访了另一位优秀花山儿女吴素彬。吴素彬是遗传学专家、广州中山医科大学第一附属医院妇产科副研究员。也是宁明县爱店街人，当时已从该院离休10年，如果不是因为我们编写《花山儿女》一书挖掘出她的先进事迹，恐怕家乡很少有人知道她的成就。

陈婉群和郑成桑写的通讯是《让天下父母拥有健康活泼的孩子——记优秀遗传专家吴素彬》。出于暨大同学的友情，他们夫妻俩齐上阵，给予我无私的帮助，至今想起来仍历历在目，感动至深。

同事给力

邓建从武汉大学毕业后分配到广西电台工作，是我的助手，现任广西壮族自治区新闻出版广电局政策法规处（改革办公室）处长（主任）。编写《花山儿女》时，他一人承担了6篇通讯的写作，此外，他还发动自己的大学同班同学罗大泉、於永义帮忙采写了另外4篇稿件，算下来，《花山儿女》的篇章中，全书共50多篇重点介绍文章，出自邓建和他同学之手的，就占了10篇。

邓建不但文笔犀利，而且写的文章很有深度。往往你交一个重点人物的素材给他，即使不是他亲自采访的对象，也能从素材中提炼和挖掘出人物的崇高境界，把人物立起来。比如，我去大连、北京采访回来后因工作较忙，就把军事战略家黄硕风的有关素材交给他，请他执笔写黄硕风。

经他的妙笔生花，很快写出了通讯《综合国力研究美名扬——记著名军事战略专家黄硕风》。此外，他还写了《体坛骄子覃文桂》《智慧，荡涤去心灵和历史的遗憾——记广西民族学院中文系教授吴立德》等，都刊登在《花山儿女》一书上，增加了《花山儿女》的可读性。

邓建是湖南人，当时也没到过宁明花山，这种出于同事的友情支持，真是很给力。

南友力挺

采访优秀花山儿女的南宁作者朋友，除了上述的邓建、秦俭记者等人外，时任广西壮族自治区公安厅国内安全保卫总队副总队长农建明，也抽空帮写了两篇通讯，一篇是《花山赤子　一代英才——追忆中共南宁地委原书记甘怀勋》。

甘怀勋，是宁明县城中镇人。1937年，为了民族的解放事业，他参加了广西学生军，并于1938年2月开赴鄂、豫、皖等抗日前线进行战地服务及宣传工作。1938年，经中共长江局批准，光荣地加入了中国共产党。1939年，他被组织任命为中共立煌市委组织部长。1940年，甘怀勋由中共路东省委派到安徽宋安县任组织部长。同年8月调任中共天长县委书记。其间，他一方面组织革命武装，一方面组织搞好大生产，保障了当地战备粮食的供给。为了指导自己的革命实践，他深入基层了解情况，写出了具有指导革命意义的《开辟根据地，开展群众生活和阶级斗争之我见》。这篇调查报告在《大众日报》发表后，曾一时轰动全国，由于他能正确贯彻执行党的路线和政策，很快就打开了工作局面。淮南路东省委书记刘顺元同志在省委扩大会议上表扬了他，说他的报告写得好，工作能力强，是一位年轻的模范县委书记。当时适逢刘少奇同志到淮南路东省委检查工作，他看了甘怀勋的报告和听了刘顺元同志的介绍后，称赞甘怀勋是“政治成熟早，有理论水平”的干部。

1949年12月，他随大军南下解放广西，任广西平乐行署专员兼中共平乐地委副书记。1955年任中共广西省委秘书长。由于他对革命追求执着，忠心耿耿，成为我党一名成熟的领导干部。1957年，甘怀勋调任中共南宁地委书记。

南宁地区是当时广西幅员最大（管辖15个县），少数民族人数最多的地区，并处于广西壮族自治区首府，又是祖国的西南边疆，也是当时“援越抗美”的前线。他深知自己肩上的担子重，因此，经常深入基层，心系百姓，工作总是身先士卒，呕心沥血。由于革命战争年代落下的病根及长期的工作劳累，甘怀勋积劳成疾，身体越来越差，最后病倒在工作岗位上。

1973年12月15日，甘怀勋不幸英年早逝。他把毕生的精力和才智奉献给了党和人民的事业，他的精神，他的品格，给后人留下了一笔宝贵的精神财富。为了追记这位杰出的花山儿女，我和农建明一起去采访他的妻子田克、女儿甘海鸥，通过她们母女的回忆，我们对甘怀勋不平凡的革命历程有了更深入的了解。令我们感到惊讶的是，甘怀勋革命一生，屡建功业，也写过不少有水平的革命文章，唯独没有媒体报道过他个人的事迹。我们收集到他的经历介绍还是田克手抄整理的素材，可以说，《花山儿女》刊登此文无疑是全面介绍甘怀勋革命一生的通讯，激励了许多读者，因此，是非常有意义的。

此外，农建明还写了另一篇通讯《摘下星星照人间——记广西水电高级工程师罗良》。

广西日报记者李作评和董婉春合作采写了介绍曾任广西壮族自治区妇联主任、广西壮族自治区人大常委会副主任赵明坚同志的通讯，题为《生命，为妇女与儿童燃烧》。赵明坚，这位英姿飒爽的女游击队长，自中华人民共和国成立后，主要从事妇女儿童工作，此文写出了赵明坚革命的一生，特别是从事妇女儿童工作30多年，全心全意为广西妇女儿童服务的典型事迹，令人感动和值得敬佩。

我们编写《花山儿女》一书时，甘幼玶担任广西壮族自治区教委副主任（现改广西壮族自治区教育厅）。他是位学者型的领导，也是一位杰出的花山儿女。此前，他是广西大学物理教授，教学和科研均颇有成就。另外，他编写的《我与杨振宁》一书在国内国际物理界颇有交流和影响。他公务很繁忙，为了宣传他，我带广西电台同事、记者农毅生晚上到他家做了详细的采访，他的通讯收入《花山儿女》中。在南宁举行《花山儿女》首发式时，他高兴地来参加，并发表了热情洋溢的讲话。

甘幼玶很小就离开宁明到外地求学，几十年后他仍乡音未改，还能讲很纯正的宁明壮话。对宁明人很热情，他对家乡有着特殊的感情，家乡在宁明或在南宁搞什么重要活动，邀请到他，他再忙也尽量想办法出席，给家乡人鼓鼓劲，给家乡建设出谋划策。宁明县委、县政府在南宁举办的重要活动，很多次都是通过我联络甘幼玶，因此，我很了解他对家乡的炽热感情。2004年，我们编写《花山之子》一书，他不但为本书作序，还亲自写了篇文章《我是花山的儿子》，充分表达了他对家乡的眷恋和对花山的热爱，为《花山之子》增添了光彩和厚重感，给读者留下了深刻的印象。

郭纯慧，是一位中专学校的语文老师，他喜欢写人物专访、通讯，且常见于报端。他当时很给力，在百忙中抽空帮写了三篇通讯：第一篇是《把健康带给人间——追记著名传染病学专家甘幼强》；第二篇是《歌唱教学齐比翼——记壮族歌唱家、广西艺术学院音乐系教授翁葵》；第三篇是《艺精于勤——记广西知名戏曲演员张永兰》。

作为本书的副主编、时任广西人民广播电台编辑（后任《广西政协报》副总编）的岑路同志为本书的编辑做了不少指导工作。

同学支持

在贵州的花山儿女中，周家旺是成就最突出的。他的成绩单包括：设计了贵州第一个水力机械试验台、第一台水轮机，研制了“玉兰”牌电饭煲……贵州机械工业的前进，凝聚着他的智慧和汗水。

周家旺是宁明县东安乡人。他1964年后就分配到贵州工作，曾任贵州省机电科技情报研究所高级工程师、所长。1981年，已是贵州省机械厅生产技术处副处长的周家旺，接受任命到濒临倒闭的贵州机械厂任技术副厂长。妙手回春的周家旺竟把它救活了。

为了采写到周家旺，我请《贵州日报》铜仁记者站站长、后任该报总编室主任袁昌政帮忙。他是我暨南大学同班同学，尽管他当时工作很忙，但还是抽出时间去采访周家旺，写出了人物通讯《云贵高原创佳绩——记高级工程师周家旺》。家乡的读者看到《花山儿女》一书刊登这篇文章后，都惊奇地说，云贵高原也有这样优秀的花山儿女啊？花山儿女志在四方，确实不得了。

编写《花山儿女》这本书能引发出一连串精彩而感人的故事，这是让我没想到的，也让我感悟到：

遇到一个好人
他打破你的思维
改变你的习惯
成就你的未来

遇到一群好人
他们会
点燃你的激情
觉醒你的自尊
支持你的全部

遇到一件好事
唤醒你的责任
赋予给你使命
成就你的梦想

对贵人要学会感恩，
对团队要学会忠诚，
对事业要学会执着，
你的人生必将成功！

感恩亲人

回顾过往60年，我的人生中一次次爬坡越坎，取得成功，收获精彩，除了国家的培养和个人的努力外，一路上还得到了许多亲人的热情帮助。

特别是我亲生父母罗汉明、刘秀英的厚道、善良、诚实、勤奋、坚韧的品格对我影响很大，因此，我首先要感谢他们对我的养育之恩。感谢继母李少美多年来对我父亲的照顾。

我的岳父郭增杰、岳母欧佩玉都是军人出身，我的妻子郭华、儿子罗熹、儿媳梅刘娟，他们对我都非常理解和支持，使我有更多的时间和精力投入到我的事业当中。我的妹妹罗芳芸、罗小燕，弟弟罗保平、罗绍林，在老家承担了照顾父母的重任，让我在外拼搏更加放心、更加努力。因此，我很感恩亲人们的付出。

在我的成长过程中，给予我关爱的还有与父母同辈的师长亲友们。除了前面提到的钟应潮、苏丹等叔叔外，1969年至1975年这七年间，我和弟妹们随母亲下放农村的时候，得到伯父闭汉贤、黄腻等明江双龙大队不少亲戚的帮助，以及父亲的好友蒙恩溏等关照，帮助我们全家度过了最艰难的时期，让我们深深感受到：人间自有真情在！

令我终生难忘的还有我们家“认”来的两段亲情。一段是我们家和蒙宽荣家的亲情。我母亲是独生女，外婆早逝，她显得孤单，于是，在作为长子的我刚出生不久，母亲就“认”邻居蒙宽荣的母亲韦素兰为干妈。干爸蒙烈明很厚道，是个社员们拥戴的生产队长，经常在街上看到他手持喇叭喊社员们出工，且连任十几年。这就是母亲为我们“认”来的“外婆”“外公”。蒙宽荣是他们的长子，一直是我们的学习榜样。他个子矮小，但精神力量强大，为人厚道，勤奋读书，努力工作。虽然他的学业因为“文化大革命”而严重耽误，但20世纪70~80年代他在南宁铝厂当工人时，克服各种困难，利用工余时间参加工人“七二一”大学的学习，经过严格考试终于获得大学学历，后来成了厂里的技术骨干，为厂里解决了许多技术难题。1988年，因为要解决夫妻两地分居问题，他这个孝子做出牺牲，调回宁明老家工作，同时方便照顾父母和妻儿。蒙宽荣曾任宁明松香厂技术副厂长等企业领导职务，为家乡经济发展尽心尽力。他一直对我们家很好，在他几个妹妹蒙雪青、蒙雪珍、蒙雪华、蒙雪琴中起到了表率作用，他的妹妹们（我们都称为“姨”）对我们也是厚爱有加。尽管那个年代物质贫乏，但我们两家常来常往，相处很融洽。他们一家人六十年如一日对我们一家感情如初，不为别的，就是认准这样一个朴实的道理：既然我们两家有缘成为亲戚，那就认定一辈子吧！

另外一段亲情，就是我们家与杨彩萍“认”来的亲戚。母亲下放农村时，同村女青年杨彩萍来“认”我母亲做“干妈”，当地也有这种风俗习惯。不久，母亲就病了，且病得越来越重，我在明江中学住校读书，周末才能回来，杨彩萍就肩负起大姐的职责和义务，除应付生产队繁重的体力劳动，还常到我家来看我母亲，帮担水打柴、耕种自留地和照顾年幼的弟妹等。母亲去县医院住院一段时间，她也常去陪护，真是尽心尽责。后来，她嫁到邻村去了，又带丈夫黄忠孝来看望和帮助我们，并把这段亲情延续至今，已有46年之久。他们的几个孩子现在也和我们保持着联系和来往。

感悟：上述两段亲情并非以财、以利、以势、以权相交，而是以善为念、以诚相待、以心相交。唯以心相交，方能成其久远。

挚友同行

在我前进的道路上，一路相随，不离不弃的除了亲人，还有许多挚友贵人。

挚友，就是完全抛却了身份、年龄、时空、利益等世俗因素，无所祈求，以诚相待的友人。

什么是贵人？支持帮助你的人，是贵人；和你共进退的人，是贵人；在你需要时陪在身边的人，也是贵人……每个人的人生都不可能独善其身，谁都有需要帮助和指点的时候，当困难和考验来临，我们能勇往直前，坚持到底，贵人的帮助如及时雨般可贵。

我过去在内地媒体工作时，只分管一个部门的事情，其他事情不用考虑，比较清闲自在。自从到香港媒体驻桂机构工作后，事无巨细都要自己盘算了。新闻报道、报纸发行、广告经营、重大活动策划、员工工资、来往交际等，要处理的事项多，难免会遇到许多困难，麻烦不少朋友帮忙，幸好我一路上遇到了许多挚友贵人，有些已在前面的篇章中有所记叙了。

除了已记各位友人，还有一些挚友贵人也是我一路感恩和珍惜的。

我刚从广东回广西工作时，得到了时任广西壮族自治区党委宣传部副部长程贞生（后任广西日报社社长、总编辑）、时任新华社广西分社副社长杜新（后任该社社长、广西壮族自治区政府副秘书长）、时任广西壮族自治区党委对外宣传办公室副主任劳振武、广西记者协会秘书长陈魁元的关心和帮助；广西壮族自治区法学会党组副书记、专职副会长兼秘书长陈锋，广西壮族自治区纪委副厅长级领导朱建华，时任崇左市委常委、统战部部长、现任崇左市人大常委会主任谭燕玲，广西壮族自治区文联副主席钟桂发，广西壮族自治区侨联副主席林振龙，广西壮族自治区高级人民法院赔偿办主任吴中权，广西壮族自治区人力资源和社会保障厅处长黄鹏，广西大学行健学院副院长陈洪涛，时任崇左市边防武警支队政委吕泽华，后勤部长周鹏举（后任广西壮族自治区民委机关党委专职副书记），时任南宁市广播电视局局长韦秉中，时任扶绥县县长谭冠堂，崇左市旅游局局长黄毅，崇左市科技局局长蒋京华，崇左市委党校教授龙思政也给予我帮助和支持；后来又得到家乡宁明县莫一平、韦家杰、蓝锋杰、刘勇、陆伟宁、韩日辉、岑小耿等领导热情支持。

商界的朋友也给予我很大的帮助和支持：

庄明川，一位福建籍企业家。我们是在北海参加一个重要活动时认识的，大家都感到相识恨晚。他在北海已有产业，但还要坚持开发上马罗汉果易拉罐饮料项目，工厂和生产线就设在南宁高新区和桂林永福县的罗汉果产区。尽管他在做新的项目途中遇到不少困难，但还是多次赞助大公报广西办事处的活动。平时我们也是常来常往，多有交流。

曾齐平，也是一位福建籍企业家。他在南宁办有多家企业，也曾开有一家比较上档次的酒店。我们负责发行的《大公报》曾被他的酒店引进，放在包厢里供顾客阅读。我在这里款待过许多重要合作者，总得到很热情的服务。此外，我遇到什么困难，他总是毫不犹豫地给予无私的帮助。

郑兆刚，是一位热心助人的广西商界成功人士，他不仅为我介绍认识了著名国画家宋文治等有影响力的采访对象，在我遇到困难时，他也是鼎力相助。

我不会驾车。作为港媒驻桂负责人，经常会有重要的接待任务，这种时候在用车上免不了要麻烦好朋友。南宁企业家罗文祖、贺州企业家罗坚东、南宁女企业家刘倩倩、桂平市闽籍企业家庄明春、广西电视台陆振诚、南宁蒙山同乡会会长梁新庆、宁明在邕各界人士联谊会会长邓国璋、常务副会长韦瑞环、副会长唐岸、南宁青松照明有限公司总经理秦禾多次在用车上帮我。特别是秦禾总经理，她工作很忙，家中还有老人和小孩需照顾，但在用车上，只要我找到她，她再忙也总是想办法帮忙。到南宁机场接我的报社领导，到钦州采访，给南宁市社会福利院老人们慰问演出，她都亲自或安排司机来帮忙解决用车问题，确实让我非常感动。

茅邵兴，江苏籍企业家，在我们大公报广西办事处举办的活动中，他多次赞助质量上乘的接待用酒，有时还给我们“雪中送炭”，解决办公经费的临时困难。

从北京来南宁发展的刘明曦总经理也多次对我的事业给予支持。

此外，给予过我帮助的朋友还有：罗勇岐、莫兆钦、吴书斌、王援、黄彩立、王俊达、黄文强、黄磊、钟林图、兰树思、刘梦翁、黄元枢、严现、李春、席锦萍、周佩玲、唐祖存、闭汉祥、陈树春、黄恒顶、臧敏（张燕）、杜贵雄、陈宁、于文光、文蔚、黄泳章、黄静、卢晴、温启雄、黄孝英、徐惠仙、甘春莲、张一默、罗富匀、罗永胜、罗建、罗承礼、罗来福、胡绍香、罗古河、庄奕福等。

2007年举办的《大公报》创刊105周年广西座谈会、2012年举办的《大公报》创刊110周年广西座谈会和编辑出版特刊《百年大公看广西》第一、二辑时，都得到了不少各界挚友的大力支持，因在前面的相关篇章中已提及，在此不再复述。

感悟：人的一辈子，最开心的一件事，就是能得到陌生人对你的信任，久而久之成为朋友，并且一直信任你、支持你、选择你；这是用钱都买不到的人格魅力！我在乎人生中随处可见的真诚和感动，我珍惜生命中每一位一起走过的朋友，我感恩已往的岁月里给予我支持和帮助的朋友，君子之交，惺惺相惜，在此，唯有奉献不已、鞠躬尽瘁以报答诸友人。

四

作品选登

News

不仅是机遇而且是一种责任

——访广西壮族自治区主席李兆焯

“西部开发对广西来说，不仅是一种机遇，而且是一种责任，这种责任体现在广西是大西南的出海通道，西部开发对大西南出海通道提出更高要求。”广西壮族自治区主席李兆焯在接受本报记者专访时强调指出。

李兆焯说，西部开发是西部省区一个难得的历史机遇，作为西部省区，广西一定要抓住这个机遇，加快发展。

三大优势不可替代

李兆焯说，中央、国务院历来对广西非常关心，把广西作为西部地区看待。1992年，中央明确提出要充分发挥广西作为大西南出海通道的作用，这就明确地把广西作为西部。广西历来就是西南经济协作的一个成员。研究西南地区协作的首次会议就是在北海召开的。广西作为西部省区，作为西南经济协作区的一个成员，在西部开发中有三个优势：一是广西是西部十二省区中唯一沿海的省区；二是1992年中央明确提出，要充分发挥广西作为大西南出海通道的作用；因此，在广西兴建的一些大型基础设施项目，不仅仅是广西本身，而且是整个西南共建共享，如南昆铁路、通过广西的主要国道高速公路、广西的三个港口等。这些项目位于广西境内，但实际是整个西南的大型项目。再如计划中的龙滩水电站，是国家西电东送工程的重大项目，具有更大范围的区域经济、社会效益。三是广西资源较丰富。热带亚热带动植物、矿产资源、水电资源、海洋资源、旅游资源也是其他省区不可替代的。

更好地发挥通道的作用，服务广西开发，是我们的一种责任。中央提出西部开发以后，广西作为西南大通道的责任更加重大了，对西南大通道的要求也更高了。

把握开发重点

李兆焯说，广西将按中央提出的开发西部的重点进行认真规划、开发和建设。广西在西部开发中摆在首位的就是围绕西南地区出海通道的进一步完善，加大基础设施建设的力度。公路方面，将把广西境内的国道干线进一步建设好，如成都经广西境内至湛江的高速公路、其他重要的国道，包含广西境内的干道，如南宁至梧州、桂林至梧州、南宁至百色、南宁至凭祥、水任至南宁的高速公路；打通广西与周边省区的通道；县乡公路跟主要干道、国道连成网络。铁路方面，积极配合国家在广西境内的国铁建设，同时抓紧完善、配套广西地方铁路的建设。海港方面，要加大北海、钦州、防城三大港的建设力度。三个港口统一规划，合理分工，加强协作，发挥整体功能，共同担负起龙头作用。水运方面，重点做好西江二期整治工作，做好以梧州港为代表的内河港建设。航空港方面，重点是开辟新航线，完善现有机场的各种基础设施，充分发挥航空港的作用。总之，要在广西构建一个服务于大西南乃至整个西部开发的立体性、开放性的交通网络。

同时，要加强广西生态环境的保护和建设，并与资源的合理利用、产业结构的调整很好地结合起来，实现经济发展、生态环境的良性循环。

扩大对外开放

李兆焯认为，广西要抓住西部开发这个机遇，一定要深化改革，按经济规律办事，运用市场经济，以制度创新来推动西部开发的所有工作。西部开发必须研究新的思路、新的办法，采取新的措施，不能沿用老的办法，老的机制和过去传统的开发方法。广西是少数民族省区，对外开放尤其重要。封闭不仅意味着落后，而且意味着自杀。因此，在整个西部开发中，广西一定要全方位扩大对外开放。加强与东部、港澳以及东南亚等国家的联系，要用开放的办法来组织生产要素，吸引外面的资金、技术、人才到广西来安家落户。要把对外开放贯穿于西部开发的整个过程和每个环节之中。

依靠科教兴桂

当谈到科教兴桂这个话题时，李兆焯说，西部省区最大的制约因素是科技、文化及人才的缺乏，因此，要更多地依靠科技进步来进行西部开发。在西部开发的过程中，一定要进一步发挥第一生产力的作用，要更大胆地运用知识经济力量来发展经济。广西在依靠科技进步上将采取以下措施：一是用高新技术改造传统产业；二是以桂林、柳州、南宁、北海这四个城市为重点，发展高新技术产业；三是改革科研和科技体制，把科研人员最大限度地推向市场，要引进外面的科技和人才。

李兆焯说，西部开发是一个复杂的系统工程和长期的历史进程，是国家对边疆少数民族地区的支持，我们要认真贯彻中央、国务院的政策，要争取国家的支持。但关键是要发挥艰苦奋斗、自力更生、开拓奋进的精神，保持好的作风和好的精神状态，扎扎实实地工作，一步一个脚印，这样，广西在西部开发中才会有所作为。广西不仅要通过西部开发来加快广西自身的发展，而且还要同全国各兄弟省区一起为国家的繁荣富强做出应做的贡献。

（刊于2000年4月6日香港《大公报》A版）

笑看风云

——访全国人大外事委员会副主任委员、外交家郑义

秦　俭

2004年，中华人民共和国走过了55年的历史。这一年，郑义离休了。作为一个亲手迎接中华人民共和国成立的老革命，他见证祖国由弱到强；作为一个亲身经历过中华人民共和国外交的老外交家，他见证过中华人民共和国国际地位日益上升的过程。回首往事，他笑了，笑得很自豪。

郑义小时候是个苦孩子。10岁父母双亡，他只好从宁明到凭祥去投靠叔叔。12岁小学毕业时他虽然考上了初中，却因无钱而辍学在家。那是1949年，解放大军势如破竹，国民党政权风雨飘摇，龙州、凭祥地区和许多地方一样，共产党领导的游击队非常活跃，令郑义向往不已。一天半夜，他从家中跑出来，遇到了正在执行任务的游击队，从此，中国人民解放军滇桂黔边纵队左江支队中多了一个年仅13岁的红小鬼。

因为年纪小，组织上没有让他直接参与战斗，而是在宣传队等单位做些文职工作。当时的形势变化很快，郑义也随着组织的安排，到青年干部培训队培训，结业后分在左江支队的《左江报》工作。1949年12月他随部队进入被南下大军解放的龙州，被分配在新成立的龙州地委办公室工作。这一期间，他先后参加龙州地区重点剿匪工作队和试点土改工作队并担任小组长。他在繁忙的工作战斗中迅速成长。1951年春，他被调到广西省政府办公厅工作。尽管从年龄来看他还是一个15岁的少年，但在工作中，已是一个经验相当丰富的干部了。1952年，不满18岁的郑义因出色的工作表现加入了中国

共产党。

1954年，当时的共青团中央书记胡耀邦来南宁做了一次报告，胡耀邦在报告中传达了中央精神，号召共青团员向科学进军，郑义听了深受鼓舞。他给自己制订了一个自修计划，用业余时间自学初中和高中的课程。5年后，郑义考上了广西大学外语系英语专业。

四年的大学时光转瞬即逝，过目不忘的天资和孜孜以求的勤奋令郑义一路顺风，毕业时以全优的成绩分配到中国外交部美澳司工作。

20世纪60年代初，美澳地区还没有一个西方国家与我国建立外交关系。所以郑义所在的美澳司，名义上主管美洲和大洋洲事务，实际上两大洲里与我们有外交关系的只有古巴一个国家。因此郑义的主要工作就是研究这些国家的政治经济情况，写些调研报告，为领导决策提供参考。不久，“文化大革命”开始，外交部工作几乎瘫痪，无奈的郑义只能抽空骑着自行车带着英文书到颐和园偷偷看。他坚信，英文永远都不能丢。

1972年初，尼克松总统访华。中美开始改善关系，美国在北京设联络处，外交部也指定外交学会为负责接待美国官方的窗口，郑义调到那里工作，接待了不少来华访问的美国官方人员。

1974年，郑义调回广西，依然负责他熟悉的外事工作，任广西壮族自治区外事办公室副处长、副主任、主任，1983年后任桂林市委副书记、桂林市市长、广西壮族自治区副主席。这期间，他以东道主的身份接待了尼克松、老布什、卡特以及许多国家元首和政府首脑。他流利的外语、热情的态度、得体的应对给各国贵宾留下了深刻的印象。

1984年，时任美国副总统的老布什访问桂林。郑义与老布什在北京时就有过接触，如今“有朋自远方来，不亦乐乎？”在游漓江时，老布什认为游览是休闲活动，自然穿了休闲装，而他看到郑义却是西装革履，布什是老外交，知道在外交场合着装不对等是个尴尬，马上先表歉意，郑义不慌不忙地答道：“今天游漓江，您穿休闲装是对的，我是东道主，接待您是我的工作，所以我穿了西装，而且按我们中国人的习惯，迎接贵宾要穿得隆重、正式。”一句妙答，令尴尬化成了文化差异，宾主尽欢。老布什称赞说，他接触过许多中国的省级领导官员，没有遇到过像郑义那样能讲一口流利英语的。他还送给郑义一个刻有他名字的领带夹，郑义至今还保存着。

郑义还记得，美国前总统卡特有晨跑的习惯，即使在桂林访问期间也没断过。双方的保安都不敢懈怠，于是卡特在桂林那两天，每天早上都会出现一队一个外国老头领头，后面跟着几个肤色不同的小伙子“晨跑队”……

身为桂林的主官，接待了不少各国的宾客，郑义深感当时桂林旅游设施不足，仅有两家涉外饭店，客人一多，竟然出现了在接待室里男女混合打地铺的现象，有人将此编成顺口溜：“桂林山水甲天下，来到桂林睡地下。”为了改变这种状况，郑义领导市政府出资招标搞桂林城市建设总体规划，并根据规划大建合资宾馆，最后在完成由国务院批准的将桂林定位为“风景游览城市、历史文化名城”的总体规划的同时，建成了桂山饭店等19个合资的涉外饭店，这些饭店当时全部实现盈利。

1990年，郑义调任中华人民共和国驻朝鲜民主主义人民共和国特命全权大使。他到任第三天，朝鲜国家主席金日成就接受他呈递国书，对他十分友好。从业务角度说，朝鲜是郑义不熟悉的国家，他认真调研，勤于观察，在任大使期间，为中朝友谊做了大量工作，对此，舆论认为是“文化大革命”以来两国关系最好的时期。离任时，金日成派专机接郑义到他的疗养地辞行拜会，对他为两国关系所做的工作表示感谢。

1993年，郑义任全国人大常委会副秘书长、香港特别行政区筹委会预备工作委员会副主任、筹委会委员，负责全国人大外事工作以及筹备香港回归的工作。1997年7月1日，香港顺利回归祖国，筹委会顺利完成历史使命。1998年，郑义当选第九届全国人大代表、外事委员会副主任委员，作为国家最高权力机关，人大外事委员会负责立法和监督政府涉外工作，他为此也做出了自己的努力。

国势强，才有外交忙。多次陪国家领导人出访，郑义对此深有体会。他说，以前外国人和我们多谈的是友谊，但现在，几乎所有的欧洲国家都希望我们到他们那里投资，或到我们国家投资。因为在他们眼里，中国是世界上最大的市场，也是最有实力的国家之一。

几十年弹指而过，郑义也度过了几十年的外交生涯。他付出过青春，付出过才智，付出过努力，更付出过许多合家团聚的时光。

看到越来越强大的祖国，郑义说，自己所有的付出都是值得的，无悔的。

（刊于广西民族出版社2004年11月出版的《花山之子》，由罗保华策划选题）

榜样的力量

——追记著名教育家、金属物理学家郑建宣

深切怀念

2003年11月1日，是我国著名教育家、金属物理学家、我国合金相图研究领域的开拓者之一郑建宣先生百年华诞的日子。广西壮族自治区领导甘幼玶、张正岫、吴恒、俞曙霞，全国人大外事委员会副主任委员郑义，广西教育界、科技界的领导和代表及参加在南宁召开的全国合金相图会议的专家、学者、教授共两百多人出席了在广西大学君武馆举行的郑建宣先生诞辰百年纪念大会，深切缅怀郑建宣先生生前对我国、对广西所做出的贡献。这次纪念大会是北京的一批院士、郑老的学生发起，由广西大学主办。全国政协副主席李兆焯、国务院新闻办主任赵启正分别给纪念大会发来了贺词和贺信。

郑建宣先生去世有16年了，他的同事、朋友和学生仍一起聚会隆重地纪念他，这是非常可贵的，也是极少见的。我想，如果不是郑老生前事业辉煌、品格崇高，给人留下难忘的印象，时隔这么久，人们不会再这样深切地怀念他。

为了用郑建宣先生的事迹激励更多的后人，我采访了他的妻子王耀珪和他的儿女。令我感到惊讶的是，郑老的家庭竟然是一个物理研究世家。大女儿郑韵萍退休前在电子工业部第十五研究所任高级工程师；二女儿郑韵芝是广西大学化工系教授；大儿子郑志鹏是中国科学院高能物理研究所所长、研究员、博士生导师，是著名的实验物理学家；小儿子郑志坚是某国防单位的

研究员，也从事物理研究工作；三女儿郑韵兰是广西科技厅的高级工程师，综合计划处原处长，1996年被广西壮族自治区政府授予“广西有突出贡献的技术人员”称号；小女儿郑韵蓉也在广西大学工作。孙子郑阳恒（郑志鹏儿子）也是学物理的，现在美国加州大学洛杉矶分校做博士后。6个子女都在各自岗位上辛勤工作，为社会做出贡献。他们不但学识渊博，而且为人真诚、谦虚。

自幼立志

1903年6月28日，郑建宣出生于广西宁明县南华街一个普通的壮族家庭。在任乡村教师的父亲的言行影响下，天资聪颖的郑建宣从小就与书本结下了不解之缘，明白了科学救国的道理。16岁那年，同他一起长大的当地青年有不少从戎求官去了，而他却一心外出求学，以出色的成绩考上了广西有名的省立第三师范。5年后，又考取了当时只在广西招2名学生的国内著名学府——国立武昌大学。1928年，他以优异的成绩从武昌大学毕业，那时尽管有许多条件较好的单位想高薪聘请他，但他一心只想为家乡建设服务，毅然回到了故土广西。

广西大学当时刚成立不久，郑建宣先生来到该校做助教。一天深夜，他在阅览室埋头备课，被巡夜的马君武校长碰见。马校长曾留学德国，获得化学博士学位。他学贯中西，时人有“南马（马君武）北蔡（蔡元培）”之誉。马校长爱惜人才，亲切地问郑建宣叫什么名字，教什么课，并对这个勤奋工作的年轻助教留下了好印象。以后马君武开始注意起郑建宣这个名字。他从各方面都听到对郑建宣的称赞：备课认真、授课条理清晰、为人热情诚恳、谦虚谨慎。通过长期考察，他认定郑建宣是一个可造就的人才，于是在1933年派他和杭维翰赴英留学。

留学英伦

郑建宣离开妻子和刚出生的大女儿，远渡重洋，赴英伦留学。他选择了曼彻斯特大学，师从诺贝尔物理学奖得主布拉格（W. L. Bragg），学习X光金属物理学。苦读三年，在导师布拉格、副导师布莱德雷的指导下，他完成了两篇论文，获得了硕士学位。布拉格对这两项工作很满意，并许诺他再读一年，完成另一篇论文后就可以取得博士学位。但因与广西大学签约时间已到，又加上家庭困难，郑建宣没有继续读下去，这也是他一直引以为憾的事。他写的这两篇论文后来都在国际著名的杂志上发表，文中公布的铝钴合金结构参数，是世界上第一个测量值。由于方法独特、测量精度高，至今仍被国际金属物理界公认和采用。

据郑志鹏回忆，他父亲郑建宣常常谈起布拉格与其父老布拉格（W. H. Bragg）双双获得诺贝尔物理学奖的佳话。他说，一次父子俩在一起钓鱼，并讨论到用X光衍射方法测量晶体结构时，突然想到一个好主意：通过衍射条纹测晶格距离。于是两人甩掉钓竿，立即奔向实验室做实验。经过不断努力，他们获得了成功，并于1915年双双获诺贝尔物理学奖。

郑建宣说，科学需要灵感，但这种灵感往往基于长期的知识积累，勤奋努力之后的飞跃。他说，布拉格平易近人，没有一点大科学家的架子，对学生在学习、科研方面要求严格，在生活方面则关怀备至。郑建宣在做论文期间，每个月都要向他汇报一次，在科研方法、实验技术等方面得到了他的许多具体指导。在布拉格晚年，还撰写题为《我的中国学生》一文在杂志上发表，对他的3个中国学生郑建宣、余瑞璜和陆学善的勤奋、聪颖、孜孜不倦的求学精神给予很高的评价，并表示了对他们深深的思念之情。

布拉格的3个中国学生没有辜负恩师的期望，他们都把在英国学到的知识和方法，贡献给自己的祖国，成为中国X光学方面的开拓者。

在英国学习三年，对郑建宣的一生影响极大，他有幸遇到了布拉格这样的导师，有机会学习到科学前沿的知识和科学的思想方法，使他在以后的科研、教学中受益无穷。

学成报国

郑建宣对马君武先生深怀崇敬和感激之情。他不但佩服马君武的学问，更折服于他的人格魅力。

郑建宣说：“我一无靠山，二无背景，马校长让我留学，完全是他任人唯贤之举。”他一辈子忘不了马校长的知遇之恩。

郑建宣在曼彻斯特大学留学三年，归国前夕，接到了马校长的一封电报，祝贺他顺利完成学业，并说：“你是广西大学派出去的，回国后应回西大服务。”郑建宣牢记这句话，尽管当时留英同学介绍他到香港及新加坡的大学任教，那里有更优越的工资待遇和生活条件，但他没有动摇，仍然回到了广西大学。回校的当天，马校长来看望他，捏着郑建宣的胳膊说：“哦，长得又白又胖了，这是面包养的。”

洋面包没有留住郑建宣，而“为西大服务”却成了他一生遵循的原则。在中华人民共和国成立前夕，有许多朋友劝他到台湾或香港，他都没有去。而在1952年院系调整时，他去了东北人民大学，1957年受广西省委的委托，他重返广西大学，为广西大学工作达半个世纪。

榜样的力量是无穷的。郑建宣在西大任系、院、校领导，包括任广西壮族自治区政协副主席期间，始终遵循“任人唯贤”的标准培养人才，特别关爱那些勤奋努力、有培养前途的年轻人。如果发现好学生中有经济困难的，他就想方设法让他们通过勤工俭学去度过难关，得以完成学业。他对学生在学业上要求严格，一丝不苟，在生活上则是关怀备至。学生病了，他知道后会叫妻子做些可口的饭菜送去，把学生当成自己子女看待。

在他任广西大学副校长期间，还经常到课堂听年轻教师讲课，并指导他们如何把课授好；晚上常到教室、阅览室、寝室巡视，向学生问寒问暖，了解他们的学习生活情况，直到七旬高龄他还坚持这样做。

难舍东北

1951年，郑建宣去大连工学院进修一年。他正准备返回广西大学时，却遇到全国高校院系调整，广西大学被撤销。他应余瑞璜教授的邀请，到东北人民大学（后改吉林大学）工作，于是举家从桂林迁往长春。

余瑞璜教授雄心勃勃，希望将东北人民大学物理系办得像北京大学物理系一样好。在他周围聚集了一批从全国各地调来的教授，除郑建宣外，还有霍秉权、高鼎三、高迟恩、黄振邦、解俊民等。朱光亚、吴式枢刚留美归国，也加入到这个行列中。

郑建宣的儿子郑志鹏回忆说，他当时上初中，只觉得父亲一天到晚都是忙，白天上课，晚上经常辅导学生到深夜。长春的冬天很冷，最冷时达到零下三十摄氏度。父亲生长在南方，怕冷，每次出去都穿着厚厚的棉袄，戴着一顶大皮帽子和一个大口罩，顶着北风，踏着瑞雪到教室上课或给学生答疑。他除了讲几门课外，还要筹建金属教研室，要新开X光金属物理课，同时要建设实验室。一个人同时要干这么多的事情，难怪他总是忙忙碌碌的，除了吃晚饭时间外，与家人见面、交谈的时间很少。记得一天晚上，夜已很深了，他给父亲开门，发现父亲的眉毛因呼出的水汽结霜变成了白的。郑建宣的努力没有白费，他创建的X光金属实验室得到国内同行的高度评价。葛庭遂院士曾跟郑志鹏说过：“你父亲的实验室很齐全，和我们沈阳金属所有很好的合作关系，我们一起做出了许多高水平的工作。”李薰、郭可信等著名专家对郑建宣的实验室和所做出的科研成果都有很高的评价。

郑建宣喜欢学生，特别是好学生。郑志鹏说：“父亲曾多次和我谈到，有一个学生叫陈佳洱，学习是如何好，品格是如何优秀。陈佳洱虽然常到我家向父亲请教，但我与他一直没有机会见面。一个星期天，我们碰上了，父亲指着一个瘦削但显得十分精明的学生对我说，他就是陈佳洱，你要向他学习。我工作以后，在科研上与陈佳洱有不少来往，发现他不但学问好，而且很谦虚。他在担任北京大学校长、国家自然科学基金会主任等重要职务以后，还始终保持谦虚的本色，称父亲为恩师。除陈佳洱外，父亲的学生中还有宋家树、王世绩等，以后他们都成了中科院院士。”

当谈到郑建宣重返家乡、建设广西大学的往事，郑志鹏回忆说：“1957年，当时的广西省负责人韦国清同志让父亲回广西重建西大。接到高教部的电报后，父亲心情十分矛盾：一方面，他舍不得东北人民大学的同事、学生和他的实验室，但另一方面，他热爱他的家乡，想回去为家乡的教育事业做贡献。当时任东北人民大学校长的匡亚明先生不愿放他，商调的事拖了好久，广西多次催促，高教部连发几封电报敦促。我还记得一天晚上，匡亚明校长到我家，对父亲说：‘郑教授，我们真舍不得放你，顶了几次，但这次看来顶不住了，高教部三道金牌都下来了，东北人民大学只好忍痛割爱。’于是，父亲怀着依依不舍之情，离开了他工作五年之久的东北人民大学。在欢送会上，听着同事、学生们倾诉的惜别之情，他落泪了。”

重建西大

带着筹建广西大学的使命，郑建宣回到阔别六年的家乡。当时校长是韦国清兼任，而实际上的校务工作是由郑建宣负责。韦国清在大事上过问，日常的教学、科研工作都交给了他，对他非常尊重和信任。他和校党委书记黄传林、邓济共事融洽。

郑建宣深知办好一个学校，最重要的事情是聘请好教师。广西大学于1952年被拆散后，教师被分散到华中、华南各院校。为此，他一方面跑高教部，请他们同意调回部分“老西大”；另一方面，他奔波于武汉、长沙、广州各地，说服“老西大”回来。经过不懈的努力，教师队伍的问题基本解决了。时任广西大学物理系系主任杨溪如教授后来回忆说：“我们一批‘老西大’教授之所以愿意回来，很大一部分原因是郑建宣的号召力，大家感到在他下面办事舒心。”

半年多的时间，广西大学从无到有，在南宁的新校址获得了重生。从1958年建校到1966年“文化大革命”，八年时间里，郑建宣和全校师生、员工一起，努力建设这所广西唯一的综合性大学，使广西大学成为一所学科较为齐全，师生力量不断增强，实力不断壮大的地方大学。在极其困难的条件下，他在广西大学创办了金相实验室，六旬高龄仍带着年轻人一起建设实验室，并取得一批又一批的科研成果，引起了国内外同行的关注。特别是20世纪80年代，这个研究室硕果累累，仅在中国科学院的物理报上就发表了20多篇论文，其中有10篇论文摘要被英国《金属》杂志及美国《物理文摘》转载。这个研究室逐步发展成为我国合金相图的研究中心，其中“稀土合金相图及相关系的研究”，其结论可与国际稀土相图相媲美，荣获了1987年国家自然科学奖，为探索开发稀土材料提供了重要依据。

郑建宣不仅关心广西科技事业的发展，而且放眼全国，和我国著名晶体学家陆学善教授等几位热心专家积极筹组中国物理学会相图专业委员会。1981年经过有关部门批准，该学会在南宁成立。他众望所归，被推选为相图专业委员会第一届主任委员。从此，我国从事相图研究的科学工作者便紧紧地联结在了一起，并开展了积极有效的工作，在他的指导和关怀下，我国的相图科研工作得到了长足发展。

郑建宣思想开明，晚年积极支持改革开放。1980年，一批年富力强的中年知识分子选拔到各处室和系行政领导岗位上，他热忱支持，主动退出行政领导岗位，推荐年轻人担任领导职务，鼓励他们不断进取，奋发图强，办好广西大学。

党和人民没有忘记郑建宣这位壮族优秀的儿子，给了他许多荣誉。他不仅是广西壮族自治区政协副主席，还是第二届全国政协委员，民进中央委员，民进广西区委会副主任委员，第三、四、五届全国人大代表，中国物理学会理事，中国物理学会X射线衍射专业委员会顾问。1982年加入中国共产党。

郑建宣对教育、科研事业的执着追求，锲而不舍的精神；待人热情诚恳、胸怀坦荡、实事求是的优秀品质，永远是我们学习的榜样。

（刊于广西民族出版社2004年11月出版的《花山之子》）

为了大地的丰收

——追记著名水利专家甘怀义

在广西水利建设史册中，再清楚不过地记载着一位水利专家“当代治水人物”的卓然功绩，他就是广西大学土木系教授、广西壮族自治区人大常委会原副主任甘怀义。

尽管他离开我们近10年，然而他那种热爱国家，热爱广西，全心全意服务社会的精神永远激励我们奋发向上。

服务社会

甘怀义生前曾对笔者说，他当年报考土木系主要想为国家建公路，修水利，服务社会。正是为了实现这一科学救国的理想，1932年，20岁的甘怀义高中一毕业，就在上海考入广州国立中山大学工学院土木工程系。4年后，他以优异的成绩学成毕业，获得工学士学位。留校任3个月助教后，同年10月，转到广东省东区公路处任技佐，即现在的技术员，负责第一干线惠州到汕头的320公里长的公路养护维修工程。

抗日战争爆发后，甘怀义于1937年10月回到广西，先在南宁高中任数学教师，半年后调到蒙山荔梧公路工程处任技士（相当于现在的工程师），先在室内搞桥涵设计工作，后派出兼任新开—太平段总段长，负责新路线路基工程的修建工作。1938年11月，广州沦陷后，荔梧公路工程停工。1939年4月，他奉命调到桂林广西省建设厅农管处水利组任技士。不久又被派出兼任广西田阳县那坡响水灌溉工程主任，负责修建灌溉面积为12 000亩的那坡响水工程，他仅用8个月就顺利完成了这个工程。到年终考核，他晋升两级，成为四级技正，相当于现在的高级工程师。1941年10月，他被派出兼任广西荔浦县蒲芦河灌溉工程处主任，负责修建灌溉面积为17 000亩的 蒲芦河工程。1944年11月，日军南侵打通湘桂线，荔浦沦陷之后，他率部分员工和全家老少退守茶香渠道，仍负责首段近3000亩的灌溉工作。当时广西省府已迁到百色，他与供职部门失去联系达10个月之久。

1945年8月抗日战争胜利，他率留守员工回到原驻地继续开展管水工作。1946年1月，他奉省府电令调任广西省公路管理局技正，兼省公路局桂林办事处主任，负责抢修桂北地区三大公路干线，为省府迁回桂林做好准备。

1946年5月省府迁回桂林后，为打通桂林与梧州公路交通，决定修复荔浦至濛江公路（300公里），又派他兼荔濛公路工程处主任。1947年5月，荔濛公路基本修通，恢复了当时桂林地区的公路交通。

留美学习

这几年，甘怀义的技术职称已经由六级技士晋升为三级技正，在同辈中跃升为佼佼者。然而，他丝毫不满足。从1941年起，他利用空闲时间复习大学主要课程和英语，1943年4月，通过考试获得了广西省第三届欧美公费留学生资格。后来，因为太平洋战争影响，他未能立即出国。1947年7月，他赴香港办理签证手续出国，同年10月，35岁的甘怀义进入美国西雅图市华盛顿州州立大学研究院学习，主要选修有关水利工程的课程。在这期间，甘怀义和一个丹麦人、一个印度人参加以C.W·赫利斯教授为首的“管流实验”实验小组，一直干了4个学期。1949年7月，甘怀义在C.W·赫利斯教授指导下，所写的毕业论文《中国五大河流洪水频率曲线的研究》通过答辩，获自然科学硕士（M.A.）学位，从而结束了留美学习任务。

回国效力

正在这时，国内解放战争已接近尾声，中华人民共和国诞生在望。当时学校介绍他到邻州一个州立大学的灌溉试验场工作，尽管他对中华人民共和国并不了解，甚至还有些顾虑，但他不甘愿长期留在国外。正当甘怀义在归国问题上犹豫不决之际，他在香港广西银行工作的一位友人，每周都给他寄来一份香港《华商报》，让他了解党和政府建设中国的有关政策，使他消除了思想顾虑，毅然决定立即回国，为中华人民共和国建设效力。

1949年8月初，甘怀义与广西籍何福照一起离开美国乘船回国；8月底抵香港；10月初回到桂林，并应原国立广西大学理工学院院长冯介的推荐，任广西大学土木系教授。随着桂林市的解放，广西大学于1949年12月由桂林市军管会接管，从此，甘怀义投入到了中华人民共和国的建设中。

1950年1月，广西大学复课，他仍任土木系教授，主讲“水工建设与设计”、“土力学与基础工程”、“道路工程”和“工程水文学”4门课程，还率领应届毕业水利组同学到桂林市郊甘棠江灌溉工程处进行勘测设计。这一时期，他发表了《土堤稳定分析方法的研究》一书，比较系统地介绍了美国水电部门运用土力学新理论于土堤稳定分析方法，颇受国内同行好评。

1951年9月，为恢复广西经济建设的需要，甘怀义以教授身份来南宁工作。1953年夏全国高等院校调整，原广西大学撤裁后，他来到广西省水利局。1955年以后，由于水利建设事业发展的需要，“省水利局”升格为“省水利厅”，甘怀义均担任该厅副总工程师，负责部分技术领导工作，主要负责审批全区大中型水利工程设计和施工指导，从1950年到1960年这10年期间，他跑遍全广西所有在建的大中型水库工地，进行现场施工技术指导，忙得连春节也很少在南宁过。

严格把关

在大跃进期间，广西很多大中型水利工程未按基建程序办事草率上马，导致险情环生。当时，经甘怀义研究解决的施工技术问题不少。他的精湛业务和严格把关，深受水利同行们的尊敬。

1958年9月，为培养广西科技人才，经中央同意，广西大学在南宁复校。甘怀义于1960年9月奉调回广西大学土木系任教授兼系副主任，连续6年主讲水建专业的重点课“水土建筑物的设计与施工”。其中1964年2月，他带领水建1960级同学和老师到巴马、东兰两个边远山区县进行现场毕业设计，完成了装机容量3×17 000瓦的巴马县盘中滩水电站和2×475瓦的东兰县隘洞水电站的设计。师生努力一年，施工完毕，两个水电站于1965年冬先后建成投产。

无私奉献

正当甘怀义在水利事业上屡建功业时，十年动乱降临了。批斗和长期监督劳动伴随着他度过艰难的日日夜夜……乌云是挡不住太阳的，雨过总会天晴，1972年5月，甘怀义得以恢复名誉并开始了新的征程。

1973年4月，他提升为广西大学科研生产处副处长，为广西大学开展科研活动出谋献策。

几十年水利生涯，甘怀义总是无私地、默默地奉献自己的青春和才智。经他审批的工程施工计划有1亿方以上的大型水库21处、千万方以上的中型水库150处，这些工程建设投产，为促进广西农业生产的发展起到了不可忽视的作用。

甘怀义不但建成了水利工程，还培养出了许多水利建设人才。他在水利建设上的突出贡献，人们没有忘记，党和政府给了他崇高的政治荣誉。他曾担任两届广西水利学会副理事长和两届广西科协副主席，连续当选为广西壮族自治区第一至第六届人大代表和第二、第三、第五、第六届全国人大代表，1979年，他还当选为广西壮族自治区人大常委会第五、第六届副主任，1980年，他被中央水利部聘请为“水利部珠江水利委员会”顾问，为综合利用开发珠江干流西江担任咨询工作。

实现愿望

甘怀义身居高位，工作十分繁忙，但对生他养他的故乡宁明始终深深地眷恋着，经常关心它的水电建设。1957年，宁明兴建派连河水坝，他亲自参加这一工程的勘测设计和施工指导。1974年建成的宁明海渊鸠鸪水电站，同样洒过他的汗水。1988年5月，宁明县召开“派连河综合利用规划”研讨会议，他到会提出了以驮兰库为龙头，扩建派连水电站的规划方案。这个方案后来被采纳。工程完成后，宁明县可基本上实现农村电气化。也就是这一年春，这位追随革命40年的水利老专家退休了，此时的他别无所求，只向广西壮族自治区党委领导，向党组织表达了自己的夙愿——加入中国共产党。他的愿望终于实现了。

退休后，甘怀义仍然关注着祖国的建设、壮乡的繁荣。他参加了区内几处待建中型水电站的初步设计审查和可行性报告评定会。1992年4月，他以书面形式向广西壮族自治区党委、广西壮族自治区人民政府提了三条建议，继续为广西加快经济发展发挥余热。

（刊于广西民族出版社2004年11月出版的《花山之子》）

离诺贝尔物理学奖最近的广西人——黄克孙

黄克孙是国际知名的理论物理学家，美国麻省理工学院教授。他与诺贝尔物理学奖获得者杨振宁、李政道合作研究玻色子凝聚态及超流问题。以后国际上在这方面有突破性进展，并获诺贝尔物理学奖，获奖者还特别提到黄克孙所作理论上的贡献。他还与诺贝尔物理学奖获得者温伯格（S.Weinberg）合作，对早期宇宙热力学进行有意义的探索，富有成果。他写的统计物理教科书，成为全世界物理界公认的经典教科书。可以说，他是离诺贝尔物理学奖最近的广西人。

黄克孙2016年9月1日在美国去世，享年86岁。得知他去世的消息，作为宁明老乡，我们内心深感悲痛和惋惜。一个如此杰出的物理学家和诗人就这样走了，怀念之情油然而生。2017年9月1日是他逝世一周年的日子，我通过著名实验物理学家郑志鹏的回忆，写下了这篇追忆文章，以示纪念。

偶遇大师

黄克孙、郑志鹏和我都是祖籍广西宁明县。我是1973年初有幸见到黄克孙的。他当时是在美国总统尼克松访华一年之后，访问了阔别35年的中国。其间，他在中国政府有关部门的安排下，回到广西宁明县馗塘村老家看看。他还抽空到馗塘小学参观，当时，我正好在馗塘小学附中复读，和许多同学及乡亲们一起，把这位衣锦还乡的老乡围在中间。由于是第一次如此近距离地和历史事件、历史人物产生了某种交集，我很兴奋。黄克孙教授鼓励我们要努力学习，将来做一个对国家、对社会有用的人。既崇拜又羡慕，我也暗下决心，将来要做一个科学家，即便做不成科学家，我也要好好写一写科学家。

后来的事实是，我虽没有当科学家的天赋，但冥冥中，我还是和科学家这个群体产生了一些连接。特别是20年后，即1992年，我利用为家乡编写大型人物通讯集《花山儿女》的机会，有幸采写了许多位有成就的宁明籍科学家的事迹，但因为黄克孙教授此后没有再来过广西，我一直没有机会采访到他。这是我第一次见到他，也是我最后一次见到他，始终没有收集到他的相关素材，这让我感到非常遗憾。在黄克孙去世一周年的时候，郑志鹏的回忆，弥补和了却了我25年来追踪采访黄克孙的遗憾。

回想起来，那次偶遇黄克孙，是我立志从文的一个重要的起点。这对我以后选择当记者产生了巨大的影响。榜样的力量是无穷的，这种力量成为改变我人生的重要动力。后来，我听郑志鹏教授介绍，黄克孙教授在国际物理界是很有影响力的，还差点获得诺贝尔物理奖。他还对我说：“小罗，你小时候就见过黄克孙，真幸福！”

志鹏回忆

据郑志鹏回忆，20世纪30年代中期，郑志鹏的父亲和黄克孙的父亲一起都在广西大学任教，郑志鹏的父亲在物理系，黄克孙的父亲在英语系教书。他们是同乡、亲戚（表兄弟），又在同一所大学工作，因而来往密切。在交往中郑志鹏的父母发现童年时代的黄克孙就显露出与一般孩子不同的天赋：记忆力强，兴趣广泛，爱思考，爱向大人提同题。一次郑志鹏的父母到黄克孙家做客，发现小克孙在画画，画了一所木屋，下面有一个粗壮的树根。郑志鹏的父亲问他，房子怎么会长树根呢？黄克孙回答：有树根才不会被大风刮倒，这是我理想的房子。大人们为他丰富的想象力所惊叹。黄克孙酷爱看书，而且时不时地向大人提问题，有些问题的深度远超过他的年龄限度。于是小克孙在郑志鹏的父母脑海中留下了极为深刻的印象，以至于以后经常和郑志鹏几兄弟姐妹谈起此事，以启发孩子们的独立思考和想象力。

抗战期间，1938年，黄克孙随父母离开广西去了菲律宾，从此两家的联系中断了。他们走后两年郑志鹏才出生，因而长期无缘与黄克孙见面。但郑志鹏小时就经常听他父母说起黄克孙，知道有个在海外留学，从小就聪明睿智的表兄。郑志鹏和黄克孙初次见面是1978年在汉堡，那时郑志鹏已步入中年，距黄克孙离开中国已整整40年。

郑志鹏也是后来才知道黄克孙出国后的坎坷经历。黄克孙在菲律宾的生活很不稳定，几乎是以半自学方式读完小学、中学。1947年黄克孙来到了美国，进入麻省理工学院（MIT）学习，只用了六年时间就拿到了学士和博士学位。黄克孙的博士研究领域是原子核物理，在完成博士论文的同时他没有忘记另一项爱好——诗词，抽空将英文版的《鲁拜集》101首诗翻译成中文七言绝句诗。1953年黄克孙在普林斯顿高等研究所工作，两年后又回到MIT，不久就当上了教授。

寻根之旅

1973年初，黄克孙回广西家乡访问时打听到郑志鹏的父亲郑建宣仍在广西大学工作，因此黄克孙就向广西大学提出访问郑建宣的请求，黄克孙很幸运没有被广西大学革委会拒绝。那时政策虽稍有松动，但仍处“文化大革命”时期，郑建宣刚从“牛棚”回家，尚属继续接受审查阶段。郑建宣在“文化大革命”前任广西大学副校长，主管教学和科研，因而“文化大革命”一开始就被打倒，被扣上反动学术权威的帽子受到批判。

在这种情况下，广西大学革委会处在一种十分尴尬的局面：没有理由拒绝，但又不放心这位来自美国的不速之客对尚受审查者的访问，因而在访问整个过程，一直有一位“工作人员”“陪同”，始终关注两人的谈话。聪明的黄克孙当然猜到了这位不请自来的“工作人员”的意图，因而在整个谈话中没有涉及“敏感问题”。郑建宣也知道如何应对，心想谈家常总可以吧，于是首先问起了黄克孙出国后的情况以及其父母状况，当得知黄克孙的父亲到了菲律宾后因抗日而受到迫害，全家生活十分坎坷，已于1956年病故，郑建宣听后不胜唏嘘，并回忆了两人同在广西大学工作、生活的往事。随后又问黄克孙现在做什么工作。黄克孙介绍了现在美国麻省理工学院教书和从事理论物理研究的情况。郑建宣向他介绍了包括郑志鹏在内的几个子女的现状。黄克孙则对郑建宣在英国留学，师从诺贝尔物理学奖得主W. L. Bragg的经历很感兴趣。郑建宣回忆了这段经历，还讲到回国后在东北人民大学以及广西大学继续开展金属物理实验的经历。

谈话中郑建宣问黄克孙还会不会讲家乡话。黄克孙说还记得一点，两人还用家乡话交流了几句。黄克孙问起家乡宁明的情况，郑建宣说他也很久没回去了，不太了解。黄说他想回宁明看看，郑建宣问老家还有什么人？黄克孙说只有远亲，但他还是想去看看小时生活过的地方，挺怀念的。郑建宣说是个好主意。黄克孙说，我小时在宁明馗塘镇住过一段时间，留有童年的记忆。不久黄克孙就向中国政府有关部门提出申请并获准，开始了寻根之旅，访问了宁明县飐塘镇。黄克孙先看望了几位亲戚，游览了他所熟悉的地方，还参观了飐塘小学和中学。黄克孙本想访问宁明县更多地方，但由于“文化大革命”期间涉外规定的限制而不能如愿以偿，他只好遗憾地离去了。这竟成了他第一次，也是最后一次寻根之旅。

黄克孙这次访问还是留下了深刻的影响。多年之后，当年飐塘小学、中学学生都已长大成人，其中不乏成功人士，他们还记得黄克孙的这次访问，他们都为家乡出了这位美国著名科学家而自豪，并以此作为奋进的动力。这也许是黄克孙所未曾想到的。

汉堡相见

郑志鹏第一次见到黄克孙是1978年在汉堡，得益于丁肇中的一次安排。

1977年，丁肇中在获得诺贝尔物理学奖之后不久再次访问中国，受到了邓小平的接见。邓小平提出希望他为中国培养科学人才，他满口答应了，说：“第一批先送十人来到我实验室工作、学习。”没想到，郑志鹏有幸成为这十人之一。中国政府十分重视这次“文化大革命”后第一个派出国访问的团队，临行前方毅副总理接见了他们。1978年元旦刚过，他们就来到了汉堡DESY研究中心，丁肇中领导的MarkJ实验室，开始了紧张有序的工作，目的是建造一台称为MarkJ的大型谱仪，寻找新粒子，探索新规律。

一次丁肇中和郑志鹏他们一起做实验，休息时聊天，无意中提到他在MIT的同事黄克孙，郑志鹏就插话说出了他与黄克孙的关系，丁肇中很惊讶，说，我知道你们都是广西人，但没想到你们还是亲戚。

丁肇中先生回MIT后，把郑志鹏是从中国派到他那里学习的十人之一的消息告诉了黄克孙。黄表示想尽早到汉堡去看郑志鹏。丁先生说：“这好办，我有几个MIT的博士生在MarkJ做论文，工作忙不能回来考试，你去汉堡考核他们，顺便去看看郑志鹏，一举两得。”

于是在丁先生的安排下，黄克孙来到了汉堡。黄克孙刚到DESY，丁先生就打电话给郑志鹏，说黄克孙到了，你到我办公室来一下。郑志鹏急忙从实验室赶往丁先生办公室，见到了听他父亲说过多次，久仰的黄克孙。黄克孙热情地和郑志鹏握手，郑志鹏仔细端详这位第一次见面的表兄，他个子不高，有典型的两广人的面相。黄克孙说，听说你在这里，今天终于见面了。郑志鹏说，很高兴见到你，这是我盼望已久的。黄克孙说话很亲切，声音洪亮，普通话讲得很好，没有明显南方口音。黄克孙问到郑志鹏父亲的情况，郑志鹏说他父亲身体还好，已恢复广西大学副校长的工作。第一次见面匆匆谈了几句，黄克孙就有事走了。丁先生对郑志鹏说，晚上给克孙洗尘，你来作陪，到时再聊。

晚上丁先生在一家中餐馆请黄克孙吃饭，郑志鹏和马克斯小姐（当时他的秘书，后来的夫人）也参加了。郑志鹏记得在吃饭时，谈得最多的是广西壮族的问题。丁先生问郑志鹏：你是广西人，是不是壮族？郑志鹏回答说是壮族。他说：那Kerson呢？郑志鹏说，按理说他也应该算是壮族。1958年成立广西壮族自治区，将柳州以南的一大片地区划为壮族地区，该地区使用称之为“土话”的语言。郑志鹏和黄克孙祖籍所在地宁明属于那片地区，因而黄克孙如果在国内也应算是壮族。黄克孙点了点头说：我第一次知道是在1973年访问南宁时，听郑志鹏父亲说的，不过我现在美国，没人关心我在中国的民族成分，而华裔在美国是少数民族。郑志鹏说，我听父亲讲，他以前并不知道有壮族这个说法。1952年费孝通等民族学家到广西一带考察，才发现中国还存在一个有历史渊源，有共同语言、风俗习惯的少数民族，后来报告给周恩来总理，最后得到政府的确认，并在1958年成立了广西壮族自治区。从那以后我父亲才告诉我应属壮族。原来写为“僮”，后改为“壮”。壮族已成为中国最大的少数民族，有一千多万人，主要分布于广西，还少量分布于广东、贵州、云南、湖南等地。

丁先生听后颇感兴趣，不时地提出许多问题，如壮族有没有文字和语言。郑志鹏回答说据我所知古壮族有文字，但失传了，长期以来都使用汉字，语言是有的，就是“壮话”。黄克孙说，我小时在家乡讲的土话，原来就是壮话，上次看望郑志鹏父亲，他还和我用壮话交谈。丁先生又问，壮族有什么独特的风俗习惯，特殊的民族服饰。郑志鹏说历史上可能有，但长期与汉族融合，已不明显了，他只记得壮族过年过节吃几斤重有绿豆馅的大肉粽子，与汉族的粽子很不一样，十分有特色。黄克孙说，他小时很爱吃这种粽子，1973年回乡时又吃到这种粽子。

黄克孙对丁先生的几个学生进行过考试后，回去前，请郑志鹏吃了一顿饭。在饭桌上谈起1973年访问广西大学的情景。黄克孙说见到郑志鹏的父亲很高兴，感到很亲切。虽然总有一人在旁边监视，但不妨碍他们的谈话。郑志鹏说应该感谢黄克孙的那次访问，学校革委会为了顾全面子，访问前将他父母从“文化大革命”期间所住的一间房子，搬回到“文化大革命”前住的四间房子。黄克孙听后哈哈大笑，说我真没想到还会有这个效果。黄克孙还关心地问郑志鹏的工作情况，郑志鹏如实说很忙，一天工作12小时，周六、周日也不得休息，但我们很理解，一来是希望起步晚的MarkJ探测器能及时建成，快出物理成果；另一方面是可以学到很多东西。黄克孙说：这是Samuel（丁的英文名）的一贯雷厉风行的作风，你们要学会适应。黄克孙又问郑志鹏在实验室做什么工作，郑志鹏说丁先生交给我负责MarkJ大面积触发计数器的工作，现正处于制备阶段。黄克孙说，丁肇中对你们这一批来的人比较满意，说你们基础不错，能很快独立工作。临别前，黄克孙一再让郑志鹏写信时代他向郑志鹏父亲问好。

北京重逢

又一次见到黄克孙是在1979年下半年，郑志鹏刚从丁先生那里回到中科院高能物理研究所不久，黄克孙受张文裕所长之邀，利用休假期间到中科院高能物理所给青年学者和研究生讲“粒子物理引论”的课程。这次访问他夫人也随同前来。见面时黄克孙向郑志鹏介绍了这位年轻美丽的意大利籍美国人。她十分热情、开朗。

黄克孙开的课程每周两次，每次两个小时。听课的有三四百人，把大教室挤得满满的。除了高能所的，还有北京内外高校的青年教师和学生。郑志鹏也是听众之一。黄克孙虽是理论物理学家，但讲课时着重物理概念，也有一些数学公式和简单推导，更多的是讲清公式揭示出相应的物理实质，因而黄克孙的讲课深受欢迎，无论是从事实验的还是理论的。每次黄克孙讲完课，总有几个听课者等着向他提问题，他总是耐心回答，答话中不乏幽默和风趣。郑志鹏也是经常提问题者之一。

黄克孙备课认真，为便于复习，他边讲边写讲义。课后发给听众，听者人手一份。讲课内容从夸克模型到四种相互作用，数学表达及物理意义都讲得清清楚楚，包括了粒子物理最新进展，主要内容郑志鹏至今还记得，受益匪浅。郑志鹏在大学期间学的是核物理，黄克孙讲的这门“粒子物理引论”成为郑志鹏进入高能物理的入门导引。此前李政道在北京讲“量子场论”，因郑志鹏在汉堡没能听到，但回国后认真学习了李政道写的量子场论讲义，补习了粒子物理基础理论，再加上在丁肇中那里学到的粒子物理实验的知识和实践，对郑志鹏以后参加北京正负电子对撞机（BEPC）和北京谱仪（BES）的建造和物理分析帮助极大。

这次黄克孙历时几个月的北京之行，使他们有了更多接触的机会。黄克孙在讲课之余，参观了郑志鹏的实验室和办公室，会见了培养赴丁肇中实验室的后备人选的“丁训班”的师生，和大家亲切交谈，并一起合影留念。黄克孙曾几次到郑志鹏办公室聊天，谈话内容广泛。黄克孙问到郑志鹏父亲近况，郑志鹏说父亲身体还健康。郑志鹏问起黄克孙的研究经历。黄克孙先从他的博士论文讲起。论文导师是Weisskopf，题目是有关原子核结构。黄克孙认为早期较有意义的工作是与杨振宁、李政道合作研究玻色子凝聚态及超流问题。最近又和S. Weinberg合作，对早期宇宙热力学进行有意义的探索。黄克孙简单说了一下研究的要点和意义。可惜当时因缺乏宇宙学有关的知识，郑志鹏听后似懂非懂。

在这次谈话中郑志鹏才知道黄克孙很喜欢诗词而且很有造诣。他在当研究生时就把11世纪波斯诗人Omar Khayyam写的著名诗集《鲁拜集》101首四言诗从英文版（Edward Fitzgerald著）翻译成汉语七言绝句诗。郑志鹏问黄克孙，你当研究生念书写论文已很忙，怎么想到去翻译英文诗呢？黄克孙说当读过英文版的《鲁拜集》后产生了一种冲动，就想把这样美的诗介绍给中国人，只要喜欢，时间就挤出来了。郑志鹏问他中文诗词的功底是何时打下的。黄克孙回答，小时就喜欢读诗词，好的就背下来。郑志鹏听后十分佩服他的博学多才。又在一次谈话中郑志鹏问他，你怎么会有如此多的精力把理论物理研究和诗词创作都做好。他回答说，二者没有矛盾，而在想象力方面有异曲同工之处。

若干年之后郑志鹏才知道许多文学家如郭沫若、胡适等在此前都翻译过《鲁拜集》。但都译成白话文，而黄克孙却译成古汉语七言绝句。在几十种不同版本的《鲁拜集》译本中，许多作家对黄克孙的作品情有独钟，认为是翻译的典范之作。文学家钱钟书给予了极高评价：“黄（克孙）先生译诗雅贴比美Fitzgerald原译”。后来郑志鹏看了黄克孙翻译的《鲁拜集》中的若干首，以七言绝句的形式，很押韵，诗意浓浓，以其中第12、13首为例：

A Book of Verses underneath the Bough,
A Jug of Wine,a Loaf of Bread —and Thou
Beside me singing in the Wilderness —
Oh,Wilderness were Paradise now!
一箪疏食一壶浆，
一卷诗书树下凉。

卿为阿侬歌瀚海，

茫茫瀚海即天堂。

Some for the Glories of This World；and some

Sigh for the Prophet's Paradise to come;

Ah,take the Cash,and let the Credit go.

Nor heed the rumble of a distant Drum!

三生事业尽朦胧，

一世浮华总落空。

今日有钱须买醉，

鼓声山外任隆隆。

注：鼓声。喻遥远渺茫事。

黄克孙结束北京的访问返美前，郑志鹏及夫人请黄克孙和他夫人到北京一家著名的粤菜馆吃饭，陪同吃饭的还有郑志鹏的大姐和大姐夫，郑志鹏七岁的儿子也去了。虽然价格不菲（相当于郑志鹏一个月的工资），但菜的质量的确不错，物有所值。黄克孙夫妇吃得很开心，大家交谈愉快，印象深刻。

惺惺相惜

他们再一次见面是在2002年，黄克孙到清华大学参加杨振宁八十寿辰庆典。郑志鹏和黄克孙在报告会上、餐桌上都有见面、交谈，郑志鹏还到黄克孙住的宾馆去看望他。黄克孙仍然是那样精力充沛，说话声音洪亮。除了头发有些斑白，与二十多年前变化不大。记得几次交谈中，黄克孙都问起国内科学的状况和家乡的面貌。郑志鹏向他介绍了自己所了解的情况，谈到了中国高能物理取得的进展，北京正负电子对撞机（BEPC）/北京谱仪（BES）的建成标志着中国有了高能物理实验基地，并在其上获得了精确测量 τ 轻子质量的成果。郑志鹏还告诉黄克孙，广西无论在经济建设还是科技教育方面都发生了巨大变化。广西大学已进入国家重点建设“211工程”行列，有极大的发展前景。郑志鹏还转达了广西大学时任校长邀请他访问的口信。黄克孙回答说，他虽退休，但仍有许多感兴趣的科研课题要做，很忙，访问广西大学之事以后再说吧！郑志鹏将此信息传达给广西大学，并把黄克孙的联系地址告诉了他们。据说广西大学也与黄克孙联系过，但始终未能敲定这位世界级的科学家访问广西大学之事，成为广西科学教育界的一大憾事。

自此以后郑志鹏与黄克孙再也没见过面，联系也不多，有时在电子邮件上拜拜年。但郑志鹏对黄克孙的关注始终没有减少，知道他八十岁后，一直到去世前还不断有新的论文、理论物理著作和诗词著作问世。特别在2012年以后，黄克孙的研究进入又一个高潮。这对一个年过八十的人说来是十分难能可贵的。这一期间黄克孙大部分时间在新加坡度过，得到南洋理工大学高等研究所所长潘国驹教授和南洋理工大学徐冠林教授的支持。黄克孙利用他多年积累的经验，厚积薄发，向当前物理界最热点的问题——暗能量挑战，计算出了大爆炸时的宇宙方程，提出暗能量就是超流场能量的大胆假说，并带领一支以年轻人为主的团队对此课题进行深入研究并取得一批重要成果，发表在国际有影响的杂志上。在2016年黄克孙去世前，世界科学出版社还出版了他的新书：A superfluid Universe，系统总结了国际超流研究的成果，其中包括了他近期的创新成果。

永铸史册

可以说黄克孙的一生是不断思索、不断研究、不断创新的一生。他把创作包括物理和诗词当作一种兴趣，一种爱好，一种自身的需要，一种追求，直到生命最后一刻。用这句诗来形容他，可能最恰当不过了：“春蚕到死丝方尽，蜡炬成灰泪始干”。

黄克孙的一生是辉煌的一生，像他那样才华横溢，跨越科学界和文化界且成就卓著者，历史罕见。他给后人留下了丰厚的遗产，无论是理论物理还是诗词创作，历史将永远记住他。他是我们广西家乡人，是中国人，是世人的骄傲。黄克孙的名字将永铸史册之上。

他站在国际高能物理最高讲坛上

——记著名实验物理学家郑志鹏

美国康奈尔大学。

1993年8月，来自世界各国近千名高能物理学家及代表（包括几名诺贝尔物理学奖得主）云集这里参加国际轻子光子大会。

一位来自中国的科学家代表中国在大会上作了北京正负电子对撞机和北京谱仪的学术报告。报告人流利的表达、严谨的思维和颇有见地的论述，赢得了热烈的掌声，他就是郑志鹏。

郑志鹏站在国际高能物理最高讲坛上已不止这一次。为了增进国际对中国高能物理界的了解，1990年夏天，在新加坡召开的国际高能物理大会上，郑志鹏就代表中国及所有拥有这同一能区探测器的国家，作粲粒子的学术报告，引起很大反响。大会执行主席、1976年度诺贝尔物理学奖获得者、美国斯坦福直线加速器研究中心（BLAC）所长里克特（B.Richter）对报告给予了很高的评价。由于在北京谱仪上所取得的丰硕物理成果赢得了国际高能物理界的重视，1995年国际轻子光子大会在北京召开，郑志鹏任大会组织委员会主席。此外，郑志鹏还多次参加了其他国际性的学术会议。

郑志鹏，1940年6月出生，祖籍广西宁明，是壮族优秀的儿子，是中华人民共和国培养出来的科学家。我曾慕名赴北京专访过他。虽然他已是大科学家，但还是那么平易近人，那么谦虚。谈及事业上的成功，郑志鹏总是说，这一切都离不开国家对自己的培养。

郑志鹏1963年毕业于中国科技大学近代物理系，后分配到中国科学院原子能研究所工作，1973年转到中科院高能物理研究所工作至今。幸运的是，郑志鹏刚步入科研的殿堂，就得到我国著名的第一代实验物理学家赵忠尧、张文裕的言传身教。1963年至1975年，他在赵忠尧、叶铭汉指导下利用2.5兆电子伏质子静电加速器进行核反应实验研究，受到了很多的培养和训练。

1978年，科学的春天到来不久，郑志鹏被丁肇中教授选中，得以前往著名的德国汉堡同步加速器实验室工作。在丁肇中小组中，他受到了极严格的科学家训练，动手能力得到长足进步。尤其重要的是，他了解到了高能物理发展的前沿是什么，中国与之差距在哪里，我们应该如何赶上。其间，他完成了大面积闪烁体计数器的制造，参与了胶子喷注发现的工作，即胶子存在的证据。这项工作获1995年欧洲物理奖。早在20世纪70年代初期，理论工作者就预见了胶子的存在，但这是首次被实验证实。

这台触发计数器的时间精度为400皮秒，堪称世界先进水平。这样高精度探测器的研制，需要融探测器物理、电子学、光学等学科的精湛技艺和扎实的理论研究于一体。丁肇中教授对中国学者负责研制的探测器感到由衷的高兴。

郑志鹏1979年6月回国不久，负责北京谱仪飞行时间计数器的研制，他和同事们把时间精度又提高了一倍，达200皮秒。

光速，是尽人皆知的物理量。它快得惊人，光在1秒钟内就能飞行30公里，然而1秒钟时间之短暂，又常常被人们漠视忽略。那么，光运行6厘米距离所需的200皮秒时间更不足挂齿了，这样的时间尺度，恐怕普通人连想都不敢想，可是郑志鹏研制的飞行时间计数器却能准确无误地将它测量出来。

用这样的时间尺度去研究微观世界，探索原子的内部，进而发现更新颖、更奇特的粒子，推动科学事业的发展，将发挥不容替代的作用。探测器作为微观粒子世界的先进鉴别手段，已成为当代实验物理发展的重要标志。

1985年至1986年，郑志鹏作为访问学者应邀到日本高能物理研究所（KEK）对AMY探测器进行合作研究，负责大面积触发计数器的设计和制造，指标达到设计要求，获得AMY合作组好评。

1986年至1990年，郑志鹏负责北京正负电子对撞机北京谱仪的安装、调试和运作。北京谱仪是一项大型科研工程，它包括漂移室、飞行时间计数器、簇射计数器、τ子计数器、亮度监测器和大型螺线管磁场线圈，电子学读出信号有2万多道。

党和国家领导人十分重视这项工程，邓小平同志1984年出席了北京正负电子对撞机的奠基仪式。在郑志鹏的主持下，北京谱仪安装顺利、调试成功，从1989年开始运行到1996年为止，获得了许多高质量的数据以及得到一批重要物理结果。实践证明，北京谱仪性能优良，是世界上先进的高能物理实验装置之一。正负电子对撞机和北京谱仪的成功，获得了1989年中科院科技进步奖和1990年国家科技进步奖，他是获奖者之一。1988年10月，因北京正负电子对撞机的成功研制，他得到了邓小平同志的接见。1990年，他被授予“国家有贡献中青年科学家”荣誉。

在科研上屡屡取得重大成果后，郑志鹏没有骄傲自满，而是把邓小平等党和国家领导人的关怀当作前进的力量，把成绩当作新的起点，继续带领同事们去攻克一道又一道科研难题，攀登一个又一个科学高峰。

1991年至1992年，郑志鹏主持了在北京谱仪上进行τ轻子质量精密测量的工作（注：τ是希腊字母）。他与合作者在国际上首次采用扫描法来测量τ轻子质量，在数据获取和拟合方面采用了许多新方法，因而将测量精度提高了十倍，修正了过去实验的偏差，验证了粒子物理中一项十分基本的理论——轻子普适性理论，解决了困惑几年之久的疑难问题，被列为1992年最重要的高能物理实验之一。诺贝尔物理学奖得主、教授李政道称：“这一结果是近几年高能物理实验中最重要的结果之一。”该项目获得1994年中科院自然科学一等奖，1995年获得国家自然科学二等奖，他是主要获奖者之一。

1995年起，郑志鹏参加了强子反应截面的精确测量，为此他获得了2003年度中国科学院科技成就奖。

作为中科院高能物理研究所所长和国家自然科学基金粲——τ物理重大项目主持人，郑志鹏组织和推动了在北京谱仪上取得的一批重要的物理成果，并在国际高能物理相关领域占领了一席之地。除了τ轻子质量测量外，还有Ds物理、τ物理和τ（2s）物理都受到了国内外的好评，先后获得中科院和国家奖励。

1998年至2001年，郑志鹏先后应邀到美国夏威夷大学、斯坦福电子直线加速器研究中心（SLAC）、日本高能物理研究所（KEK）、德国同步加速器研究中心（DESY）进行合作研究，获得了一系列物理成果。

至今为止，郑志鹏撰写或与别人合作的论文共140篇，著作三部。他还参加了宋健主编的“现代科学技术基础知识”的撰写工作，该书获得1996年全国科技信息系统优秀成果一等奖。

郑志鹏现任中国科学院高能物理研究所研究员、博士生导师、中国科学院高能物理研究所所长、中国物理学会高能物理分会副理事长、《高能物理与核物理》学报主编。曾任中国物理学会副理事长，核电站和探测技术分会理事长，IUPAP成员，亚洲未来加速器委员副主席、主席。

郑志鹏屡创科研奇迹，其成功的奥秘在哪？

“靠创新和勤奋，靠对事业锲而不舍的追求精神。”郑志鹏坦言。

郑志鹏爱上物理研究主要是受父亲郑建宣的影响。郑建宣是我国著名金属物理学家。郑志鹏回忆说，在长春上中学时，父亲曾带他参观过东北人民大学物理系实验室，看到这么多仪器，演示出各种各样有趣的物理规律和现象，使他下定学习物理、搞科研的决心。以后他和弟弟郑志坚都从事于物理研究工作，无疑是受到父亲熏陶的结果。

郑志鹏热爱祖国、热爱广西的精神同样也是受到父亲郑建宣的影响。当年，他被选送到诺贝尔物理学奖得主、德国丁肇中教授的实验室工作。父亲写信要求他勤奋工作，虚心向丁肇中先生学习，多学习些本领回国效力。

1994年12月，郑志鹏到南宁出差，广西壮族自治区党委领导接见他，并征求他的意见，是否考虑兼任广西大学的校长，促进“211工程”申报工作。当时他很犹豫，因为作为中科院高能物理研究所所长责任就很重，当时又正处在北京正负电子对撞机能否出世界一流水平物理成果，中国高能物理发展下一步如何迈进的重要关头，自己再接一个广西大学校长的任务，能否承担得起？

最后，郑志鹏还是接受了这一任命，是父亲郑建宣热爱家乡、热爱西大的精神，鼓起了他的勇气。他还记得父亲生前就一直为把广西大学列入全国重点大学而奔走，最终未能如愿以偿。而这次争取广西大学进入“211工程”是一个多么难得的机遇啊！他应该为此效力，完成父亲未完成的遗愿。两年来，他与马继汇、吴恒等校领导配合默契，以申报“211工程”作为工作的重中之重，并认真落实。在校领导和全体师生员工的努力下，1996年10月，他们终于迎来了广西大学“211工程”申请评审通过的这一天。

明江悠长，花山神奇，民族之魂，世界经典。驰名中外的花山，记录了壮族先祖的文化，记录了壮族先祖对未来的美好寄托。郑志鹏，这位杰出的花山之子，不仅是宁明故乡的骄傲，更是广西和壮族的骄傲。

我们为他自豪，为他祝福！

（刊于广西民族出版社2004年11月出版的《花山之子》，本文参考杨永田相关文章）

为了西大美好的未来

——访著名实验物理学家、广西大学原校长郑志鹏

2017年9月，教育部、财政部、国家发展改革委印发《关于公布世界一流大学和一流学科建设高校及建设学科名单的通知》，公布42所世界一流大学和95所一流学科建设高校及建设学科名单。广西唯一的一所高校——广西大学入选，同时，广西大学“土木工程”学科入选“双一流”建设学科。喜讯传来，作为曾经带领广西大学迈入“211工程”的老校长郑志鹏，此时此刻，他和广西大学的历届师生一样感到无比高兴，无比自豪！他们期盼已久的广西大学美好的愿景终于实现了！

郑志鹏是我国著名实验物理学家、中国科学院高能物理研究所原所长，是我国高能物理研究的领军人物，他在兼任广西大学校长两年多时间里，不负众望，领导全校职工迈入了“211工程”，为广西大学的发展打下了坚实的基础。

郑志鹏为人谦虚低调，淡泊名利，我认识他二十几年了，且常有联系，但他一直没有跟我详细谈起这段经历，也没有公开在媒体报道过。2018年12月份，是广西大学建校90周年，也是广西大学“211工程”预审通过20周年，郑志鹏接广西大学校友会的通知，专门写了《广西大学“211工程”建设初期的回顾》。我认真拜读了这篇回忆文章并为郑志鹏热爱广西家乡，尽心尽力，为成功申报广西大学“211工程”所做出的突出贡献而感动，现将他这段难忘的经历向读者们介绍。

书记接见

1994年秋天，郑志鹏访问广西大学的一天，受到广西壮族自治区党委副书记马庆生、丁廷模的接见。这两位副书记向他介绍了广西近期的发展以及广西壮族自治区党委加大建设广西大学的决心。他们说，国家教委(现称教育部)为了提高高校的办学水平，拟在21世纪初，在全国选取100所左右的高校进行重点建设，简称“211工程”。广西壮族自治区党委研究，为了实现“科教兴桂”的方针，必须大力加强广西的教育，决定办好广西大学并支持广西大学申请进入“211工程”，以此推动全区的教育事业。因此广西大学校长人选很重要，我们反复考虑认为你来担任最合适。

郑志鹏此前没有任何思想准备，他说：“我现在担任中科院高能物理所所长任务很重，当前最重要的任务是尽快让北京正负电子对撞机出成果，估计中科院不会放我。”丁廷模说：“你能不能兼任？高能所工作不耽误，西大这边把把大方向。”郑志鹏说：“能否两样都做好，我没有把握，况且我对教育不熟悉。”马庆生说：“你不是现在还兼任着西大副校长吗，应该说对教育不外行。而你的科研背景以及有多年在国外学习、工作的经历对促进西大科研与学科建设是有优势的。”郑志鹏回答说：“兼任副校长我没做太多事情，只是在讲学、带研究生方面做了些事，而兼任校长就不同了，又加上‘211工程’的重任，责任大不一样。关于兼任校长这样大的事情，我还需征求中科院的意见。”两位副书记十分理解他的心情，说；“希望你能认真考虑我们的意见，我们也会与中科院那边联系。”

从广西壮族自治区党委出来后，郑志鹏一直在思考任务接还是不接。如果从家乡的角度考虑，依托“211工程”把广西大学建成重点大学是一个千载难逢的机遇。记得父亲郑建宣(曾任广西大学常务副校长多年，又担任过两届全国人大代表)生前曾与甘怀义(广西大学教授、全国人大代表)代表广西教育界在全国人大多次提出“教育部应足够重视，大力支持，将广西唯一的一所综合性大学广西大学建设成全国重点大学”的提案，但一直没有落实。而这次争取进入“211工程”是一个绝好的契机，我理应为家乡教育出力。但一想到兼职的责任太重，怕搞不好，两边都耽误了，因而内心十分矛盾。

院长支持

一回到北京，郑志鹏立即打电话给中科院院长周光召报告了此事，并希望他能安排时间面谈。周院长第二天就抽空接见了他，周光召说："我已接到广西区党委的电话，他们的态度很诚恳，十分期待你兼任广西大学校长，领导全校师生参加'211工程'建设。从支援地方教育角度我无法拒绝。但是高能所的事情你也必须抓好，北京正负电子对撞机是邓小平同志亲自抓的项目。对撞机建成后必须要尽快得到世界一流的物理成果，这是你当所长最重要也是最迫切的任务。总之两样工作都很重要，希望你能勇敢地把重担挑起来。"

从周光召院长谈话的口气看，事情已基本定调了，商量余地很小。郑志鹏回答说："我怕能力有限，兼任不好，误了大事。"周光召说："我看不是能力问题，是信心问题。你没试过，怎么知道能力不行。首先要有信心，然后要有解决问题的办法。你要学会弹钢琴的工作方法，提高工作效率，调动两边领导班子的积极性，我相信你会两头兼顾好的。"

周光召院长的鼓励给郑志鹏增加了勇气，他说的"弹钢琴"的办法给了郑志鹏启示。于是郑志鹏不好再推托，便承诺了下来，答应"试一试"。周院长很高兴地说："你能顾全大局很好，在不耽误高能所工作的同时，为家乡的高校建设做贡献，很有意义。"他话题一转说："这样两头跑你会很辛苦，要注意身体。有什么困难来找我。"

从周光召院长办公室出来，郑志鹏想，两边组织都对我这样关心和信任，我没有理由不干好。于是郑志鹏很快给广西区党委两位副书记写了信，表示同意兼任广西大学校长，团结全校师生一起把广西大学建设更好，争取尽早进入"211工程"。

接受任务

1995年2月，郑志鹏被正式任命为广西大学校长，他从北京飞到南宁，参加广西壮族自治区党委组织部部长召开的全校干部大会。在宣读了对郑志鹏的任命后，郑志鹏简单地表了个态，他说，我愿意和全校师生员工一起努力奋斗，争取在两年内，使学校水平有一个大的变化，争取达到国家教委对"211工程"大学基本要求，通过预审。我在中科院工作多年，对高校教育不熟悉，对广西大学情况也了解不多。因此我要一面工作一面学习。

在头几个月，郑志鹏以了解情况为主，向校领导班子其他成员了解情况，跑了几个系和处室，也访问了侯德彭、陈光旨两位老校长，从他们那里知道了广西大学自改革开放以来发展的脉络，深受启迪。还访问了几位资深教授，他们都深切地说："志鹏，'211工程'是一个难得的机会，你们要抓紧啊，使西大面貌有一个大的变化。"郑志鹏回答说："一定的，我们绝不辜负老一辈的嘱托。"

广西壮族自治区党委为广西大学配备了得力的党政领导班子，由郑志鹏担任校长，马继汇担任校党委书记，吴恒担任常务副校长。郑志鹏虽频繁地来往于北京和南宁之间，但终究不能常驻西大。不在广西大学时学校日常行政大事则由吴恒负责。他经常和郑志鹏通电话，商量、沟通。他的工作态度和方法很快取得了郑志鹏的认可。他和其他校领导成员的关系也处理得很好，很快在师生员工中树立了威信。

郑志鹏认真听取不同意见，在校务会上充分发扬民主精神，有问题就讨论、商议，一旦确定下来的事情必须坚决执行，定期检查执行情况。想方设法调动全校师生、员工的积极性，按"211工程"标准要求，将广西大学的教学、科研、学科建设、人才培养，管理水平提高到一个新的层面。

在几次校务会上，大家一起认真分析广西大学的优势和不足。看到优势，可以增长信心，鼓舞士气。同时更要看到不足，找到与"211工程"要求的差距，并制定出相应的措施。

校务会成为党政领导班子协商、沟通、统一思想的重要场所。郑志鹏不在广西大学期间召开的校务会都将会议纪要传真给他，他会及时将意见传真过来。遇有重大问题则与马继汇书记，吴恒常务副校长电话商议。

全校开了几次动员会，校领导反复强调这次争取进入"211工程"，成为全国重点大学是广西大学历史的机遇，希望全校师生员工动员起来，以此为动力，用实际行动迎接这一挑战。这与全校师生期盼多年的心愿产生了强烈的共鸣，把大家潜藏内部的能量一下子激发出来，变成了巨大的力量。在以后一年多的时间里，全校教职员工和同学们思想高度统一，精神焕然一新，热情空前高涨。

校领导班子很重要的一个任务是在吃透国家教委关于"211工程"建设文件的基础上尽快确定好广西大学的发展定位。他们经过几次讨论后并听取了广西壮族自治区党委和人民政府意见后，最后确定为：广西大学应建成一所水平较高的地方综合性大学，要为广西培养所需的高层次人才，为广西经济建设和社会发展服务，成为解决广西重大相关科技问题的基地。定位明确了，"211工程"建设的目标就清楚了。以后根据已有的基础和广西壮族自治区发展的需求，综合考虑应用和基础两个层面，他们提出了水工结构、生化工程、制糖工程等八个重点建设学科。并在教学改革与建设，包括教学、科研、师资队伍、人才培养、管理体制、党建等方面取得较大进展。

为了促进刚起步的广西大学计算机网络中心的工作，郑志鹏利用高能物理所是全国第一个开通互联网的优势，让广西大学成为继中科院、清华大学、北京大学之后最早使用这一通道的学校之一，为教师的通信和学术交流获得先机。

为了加快博士、硕士研究生点的建设，郑志鹏借助高能所博士研究生学位点，为广西大学物理系培养了三名粒子物理学博士研究生。这三名博士生毕业后都成为学术骨干。其中陈少敏现在已是高能实验物理的领军人物。

郑志鹏还力促广西大学物理系加入北京谱仪国际合作组，使他们在参加国际先进水平的研究行列中得到锻炼。

广西壮族自治区党委和广西壮族自治区人民政府的领导对学校申请“211工程”非常关心，经常到校进行指导。广西壮族自治区人民政府副主席李振潜和广西壮族自治区教委主任李林更是常来检查、指导工作，和校领导班子一起制定各种措施，使广西大学尽快建设成为211重点大学。同时广西壮族自治区加大了经费投入，对各种政策也都给予适当的倾斜。

为了得到国家教委的支持，郑志鹏和几位副校长经常向广西壮族自治区教委、国家教委领导汇报西大在争取进入“211工程”中取得的进展，并听取他们的指导意见，得到了国家教委主任朱开轩和分管“211工程”的教委副主任韦钰的大力支持。

1996年下半年，国家教委决定要派专家到西大进行“211工程”预审。在等待国家教委准备对广西大学申报“211工程”进行评审时，郑志鹏的心情是既兴奋又紧张。为了迎接国家教委的评审，他们做了充分的准备。首先是文件准备，按国家教委规定的格式准备好各种文件，同时各学院、系、学科则准备各种展览，汇报教学、科研、人才培养方面取得的成绩和未来发展状况。郑志鹏和校领导班子成员预先参观了这些展览并提出改进意见。

郑志鹏的任务是准备好在预审会上代表学校向专家们汇报的主题报告。要从这么多素材中整理出40分钟的报告，既要全面又要简练、重点突出，绝非易事。

国家教委派出了以“211工程”办公室主任赵沁平为首的指导小组，广西壮族自治区组成了以李振潜副主席为组长，教委主任李林等为副组长的领导小组，国家教委组成了以中国科学院院士、华中理工大学校长杨叔子为组长，江西省教委副主任、南昌大学党委书记周绍森为副组长的预审专家组。成员一共有十位，有两位中国工程院院士，一位中科院院士，其余的都是国内知名大学的校(院)长或书记，还有时任广西农学院院长的唐纪良教授。专家小组很有权威性和代表性。

经过预审大会和预审专家对广西大学的全面考察，以及专家组评议，他们对广西大学近年来取得的进展充分肯定，对广西大学提出的定位以及“211工程”建设目标和措施都给予认同。对广西大学的弱项，如科研、研究生教育、师资队伍等都提出许多中肯的改进建议。

专家组最后宣读评审意见，主要内容为：

1.广西大学有着悠久的历史，特别在改革开放以来得到了很大发展。广西壮族自治区决定大力支持广西大学进入国家“211工程”建设，国家教委适时批准预审意义重大。

2.广西大学在深化改革、加快建设上取得了显著成绩。

3.在申办“211工程”过程中，广西大学在整体建设、重点学科建设、公共服务体系、教师队伍整体素质方面取得了显著进展。所提出的“211工程”总体目标是切合实际的，符合国家“211工程”建设要求。

4.对学校“211工程”建设提出：应加快广西大学与广西农学院合并，深化教学改革，加强学科建设，注重对区域经济和海洋经济发展有前导作用的新兴学科的建设等建议。

综上所述，专家组一致建议通过广西大学“211工程”部门预审，并建议尽快对广西大学“211工程”建设进行立项。

广西大学“211工程”预审正式通过，郑志鹏和校领导班子激动的心情难以形容，他们感到两年的努力没有白费。

通过“211工程”预审对广西大学来说是载入史册的大喜事，是继广西大学创建、重建以后又一次飞跃，给他们带来了新的机遇。大家都在展望广西大学新的未来。

郑志鹏回京后打电话给周光召院长报告这一消息，周光召院长高兴地说：“你任务完成得很好，对家乡教育做出自己应有的贡献，高能所的工作也没耽误。但现在对撞机的升级改造任务下达了，任务很重，你可专心投入高能所的工作了。”

1997年年初，李振潜副主席到北京看望郑志鹏说，广西壮族自治区党委和政府决定广西大学与农学院合并，问他能否继续兼任合并后的广西大学校长。郑志鹏说“211工程”申报任务完成了，现在两个学校合并后会有很多事情要做，而中科院希望他把主要精力放在高能所。因此他不打算兼任合并后的广西大学校长。李振潜副主席表示理解他的决定。1997年3月，广西大学与农学院合并为新的广西大学，广西壮族自治区任命唐纪良为校长。不久，吴恒提升为广西壮族自治区政府副主席。李振潜副主席再次到北京看郑志鹏，一再感谢他为广西大学所做的工作，并给他送来一张由广西壮族自治区政府签发的嘉奖证书，感谢他在申报广西大学“211工程”过程中所做的贡献。郑志鹏说，不必客气，我是广西人，父母姐妹都在西大工作过，我曾在西大附小、附中读过书，对西大感情不一般。为西大做点事，理所应当。

虽然郑志鹏不再担任广西大学校长职务，但他对广西大学的关切从来没有停止过。他始终不忘那段和广西大学同事，和全体师生一起努力拼搏的岁月。他和原校领导班子成员始终保持联系，经常访问广西大学，主要到物理学院，咨询研究生培养、博士点建设、北京谱仪合作等事情，也给师生们讲讲物理学的新进展。

郑志鹏见证了广西大学“211工程”立项建设的过程，对广西大学成为国家“211工程”大学以来发生的巨大变化感到高兴，变化中凝结了几代校领导和师生员工们的心血。近两年又高兴地看到广西大学成为中西部高校提升综合实力计划的建设高校之一，规模、水平等方面都上了一个新的档次，面貌焕然一新。

广西大学新的变化和欣欣向荣的大好形势，让郑志鹏心潮澎湃。而今他想起30年前预审专家组曾提出将广西大学建成南疆、东南亚地区一所著名大学的目标来，感到现实离此目标已经越来越近了。成为国内著名大学是几代西大人的梦，梦想将很快会变成现实。

大家都说我是战士歌唱家

——访著名男高音歌唱家蒋大为

战士盼望已久的歌唱家蒋大为终于带着优美的歌声，满载着深情厚谊，来到了广西边防前线，来到了战士中间。

蒋大为是今年11月12日随国家民委副主任黄光学等率领全国少数民族慰问团来我区边防前线慰问的。

战士们虽然常在广播、电视和录音磁带上听到蒋大为的歌声，“看”过蒋大为演唱，但没有机会直接一睹蒋大为的风采，听说蒋大为要来广西边防慰问，个个喜出望外。不少战士老早就准备好笔记本和照相机，等蒋大为来了请他签名和照相留念。

在边防，蒋大为一天演几场，每场都唱七八首歌，但战士们仍使劲鼓掌。这位曾在部队生活六年多的歌唱家理解战士们的心情，更崇敬战士们为保卫祖国、保卫四化建设所做出的巨大贡献，他不管多累，总是多唱几首，尽量满足战士们的要求。慰问期间，中央电视台几次来电催他去拍片，北京“长城魂演唱会”也急着要他去“救场”，但他怎能离开热爱自己的战士呢！

多年的演唱实践，使蒋大为形成了独特的演唱风格。不论男女老少都喜欢听他唱歌。我问蒋大为有何绝招，他说：“想演唱好一首歌，必须做到‘情’‘味’‘声’三者融为一体，光有好的声音不行，还要有‘情’才能打动人心，有‘味’才能吸引更多的听众。”

蒋大为曾先后四次来过广西。一次是到桂林演出，一次是来广西电影厂拍片，第三次是1979年对越自卫反击作战胜利后，随中央民族歌舞团来我区靖西、那坡、隆林一带慰问边防部队，并深入体验生活，创作了战士喜爱的《骏马奔驰保边疆》这首歌曲。这次来是第四次了。蒋大为告诉我，团里的同志听说要来广西边防前线慰问，都争着来，只是名额有限，不能来这么多人。

蒋大为是我国著名的男高音歌唱家，又是中央民族歌舞团团长，他演唱的《红牡丹》《青松岭》《残雪》《要问我们想什么》《沙漠宝窟》《西游记》《秋海棠》等几十支电影、电视主题歌广为流传。他演唱的《在那桃花盛开的地方》《骏马奔驰保边疆》《三峡人家》等大量歌曲，曾先后多次在全国得奖。他先后出访过日本、泰国、新加坡、朝鲜、法国等国家和香港、澳门等地区。他的演唱受到了国内外高度赞扬和评价，但他还是那样谦虚谨慎、平易近人，跟演员一起有说有笑，每到一个地方演出，他不仅亲自联系演出事宜，还自己动手搬道具和装台，战士、群众请他签名、照相或辅导唱歌，他都尽量满足他们的要求。

蒋大为这次赴我区防城、崇左、宁明、凭祥、龙州、靖西、那坡边防前线慰问演出虽然只有20天时间，但他的歌声永远留在了战士们的心中。

（刊于1987年12月21日至12月27日《广西广播电视报》）

孔雀南疆飞

——记白族青年舞蹈家杨丽萍

去年深秋刚过，你就随全国少数民族慰问团从北京飞到了广西边防前线。你抖动羽冠，轻柔矫健，时而森林漫步，时而溪边戏水，时而展翅飞翔，真像一只美丽、善良、聪慧的金孔雀，难怪人们交口称赞你是“真正的孔雀公主”“孔雀皇后”。

你给战士们带来了看家节目傣族独舞《雀之灵》。你的表演内涵、细腻，舞姿优美，造型生动。特别是你在表演中运用各种手势把孔雀的造型表现得栩栩如生，许多战士都情不自禁地伸出五指，学你的动作。我问你：“取得这样的成功满意了吧？”你说：“我国优秀的民族舞蹈太少了，我要继续探索。”虽然你摘取了我国的舞蹈皇冠，但知道你名字的人还不多。

“跳舞不如唱歌出名，你不后悔当初的选择吗？”

“不，我就喜欢舞蹈。”

是呀，你怎么会后悔呢？为了实现这个梦，你12岁就进西双版纳州歌舞团，开始了艺术生涯，自己背着行李爬大山，穿林莽，走村串寨演出文艺节目。为了实现这个梦，你每天重复上千次的压腿、旋转、腾跳、空翻、劈叉。贫寒的家境使你从小就养成这样的性格：要超过别人。这个梦终于实现了。20岁时，你参加云南省文艺会演，在《召树电与婻木婼娜》舞剧中，扮演的孔雀公主获得表演一等奖。演出队到国外演出，你又一次征服了观众。1982年，中央民族歌舞团几经周折，才能把你调去，从此你有了更广阔的舞台，开始筹办独舞晚会，自编、自导、自演……

傣族舞太成熟了，它的规范不亚于芭蕾舞，加上我国著名舞蹈家刀美兰表演的孔雀舞已达到一个高峰，对于你，一个二十多岁的舞蹈家来说，要突破它并非易事。然而你用心、用汗、用血创作的《雀之灵》，无论在思想上和形式上都大大突破了传统舞蹈的逻辑形式。1986年，你在全国第二届舞蹈比赛中自编自演的《雀之灵》获得了第一名，创作一等奖。《雀之灵》还获得了菲律宾舞蹈节最高荣誉奖，被人们誉为百看不厌的佳作。你作为中国舞蹈家协会理事、菲律宾国家民间舞蹈协会终身会员，去年，你不仅被天津出版的《艺术家》杂志评为中国文艺界“十大神秘人物”之一，还发表了《梦想的魅力》《过去、现在、将来》《我愿系着土风升华》等诗歌，同样受到读者的青睐。你先后出访过新加坡、菲律宾、泰国、缅甸、朝鲜等国家和香港等地区。

成功一个接一个，荣誉追逐着你，而你却远远地躲开了。你不善言辞，不喜欢热闹场合和社交活动，即使偶尔参加了，也只是安安静静地坐在一边，于是“冷美人”又成了你另一个名字。你到防城县慰问时，演员们纷纷和战士一起照相，而你却双手插在裙兜，站在一旁，连部队摄影师的镜头也难对准你。“杨丽萍太清高啦。”不了解你的人误会了。然而就是你这样一位“清高”的姑娘，到烈士陵园凭吊时，在给烈士墓献上雪白的藏族哈达后，又到山坡上采来了一束束美丽的野花。因为你知道那些为国捐躯的战士有许多跟你是同龄人，有的甚至比你还要年轻。慰问期间，一天要转战好几个地方，演出几场，许多人担心身材纤细的你吃不消，但你每次演出总是那样精神饱满，一丝不苟，把对战士们的所有感情融进了《雀之灵》的每一个动作。

你途经我区11个边防县、市，行程两千余公里，所到之处均受到观众的热烈欢迎、衷心喜爱。临行依依，一位部队首长说：“杨丽萍同志，你这次飞来我们广西边防掉了不少羽毛啊！”而你倒答得干脆：“没事，回去很快就长好的。”我问你：“广西三十大庆时还来吗？”你笑了笑，点点头，然后张开了翅膀。

飞吧，金孔雀，祝愿你，飞得更高更远。

（刊于1988年4月18日《广西广播电视报》）

托起民族之魂

——评大型人物通讯集《花山儿女》

刘静兰

广西第一本以一个县众多当代英才的人生足迹为表述对象的大型人物通讯集《花山儿女》带着花山独特的神韵，出现在广大读者面前，让人一翻开扉页，便会感到有一股强劲的爱国主义之风正迎面吹来。

到过广西宁明的人都知道这里山清水秀，景色迷人，而参观过宁明花山的中外游客更为花山壁画无声的千古绝唱所折服。的确，宁明物华天宝，她不仅以不朽的民族智慧孕育出有“千古之谜”盛誉的花山壁画，而且这里还人杰地灵，雄才辈出。《花山儿女》正是以书中迭现的骄子们的每一个脚印、每一次拼搏、每一点成功，展示了主人公高度的民族责任感和爱国主义精神……

那以矫健的身姿搏击世界科技碧空的著名科学家黄克孙，他的根便深深扎在宁明的花山脚下。那曾站在国际高能物理的最高讲坛上做粲粒子物理学术报告的我国第三代实验物理学家、中国科学院高能物理研究所所长郑志鹏，那扶摇于军事科学天地的军事战略家黄硕风，那致力于广西水利事业的当代南国“大禹”甘怀义，中国驻朝鲜原大使郑义，广西壮族自治区人大常委会原副主任赵明坚，中国第一艘万吨远洋货轮设计者、造船专家陈信隆，我国第一位壮族女市场学家甘碧群，我国第一位经济贸易博士罗龙，旅美著名画家周氏兄弟，船舶机械专家陈邕麟，电力工程专家甘澄泽博士，水电工程“爆破大王”苏宏英……

在这些优秀的花山儿女们身上闪烁着一个夺目的共性：他们从花山下走来，灿烂的民族文化伴随着不屈的民族精神滋润了他们闪光的足迹，他们突出的业绩为祖国争了光，为民族添了彩。他们不愧为花山的骄子，无愧于这块富饶与贫瘠交织，智慧与愚昧并存的红色土地。

难怪在《花山儿女》出版座谈会上，与会代表对这本书给予如此高的评价：《花山儿女》从正面突出地、集中地宣传了杰出的花山儿女们，让人读后受到启迪，《花山儿女》展示了这么多英才，他们的业绩十分感人，读后令人振奋；《花山儿女》的出版作用至少有两个：一是教育年轻人，二是振奋人们的精神……

读毕全书，掩卷静思，凝视着《花山儿女》封面上那独具特色的花山壁画，使我不禁产生出这样的联想：英雄的花山儿女不正像壁画上这些稳扎马步、双臂上举的人物造型一样，正用自己有力的双手托起一个伟大的民族之魂吗？

（刊于1994年2月18日《南宁晚报》）

南珠追梦人——石子聪

十年前在北海采访中我认识了为重振南珠呕心沥血，锲而不舍的石子聪。他现任北海珍珠总商会副会长、广西北海源隆南珠集团总裁。他1981年就开始养珠事业。20世纪80年代，广西南珠产业一度陷入低谷，但他并没有放弃珍珠事业，而是创办公司专门研究彩色珍珠的养殖技术，终于在1995年研发出了彩色珍珠。

经数十年的拼搏攻关，石子聪研究开发出了彩色珍珠培育技术，其公司采用高新生物技术从珍珠中提取的天然牛磺酸含量达到95%以上，其技术达到国际先进水平，并获得国家发明专利。同时，彩珠项目也被列为国家“星火计划”，并获得广西区科技进步一等奖。它改变了几千年来珍珠单一白色的历史，实现了人类在贝壳中培育出彩色珍珠的梦想。

然而，石子聪在前进的道路上遇到了重重困难。面临养殖环境受限、病虫害、种质资源退化等问题，南珠养殖跌入低谷。

2017年4月19日至21日，习近平总书记来到北海、南宁等地考察调研。习总书记一下飞机就考察了两个地方，一是合浦县汉代文化博物馆，二是铁山港公用码头。习总书记到北海考察，要求北海市打造好向海经济，写好新世纪海上丝绸之路新篇章，极大地鼓舞了北海市的干部群众。北海市委、市政府很快做出了振兴南珠产业，发展向海经济的决定。

作为北海合浦人和南珠研发的领头羊，石子聪终于迎来了天时、地利、人和振兴南珠的良机。他精神振奋，积极参与“一带一路”建设。2017年9月在南宁举行的第十四届中国—东盟博览会上，北海市政府举办了“振兴南珠产业，打造向海经济”主旨论坛。石子聪与印度尼西亚BG集团签订了项目合作协议，拟双方合作发展彩珠，共同开拓国际市场。东博会期间，印度尼西亚驻广州总领事琇翡女士又率28名代表团成员赴北海高新区、海洋产业园和石子聪集团旗下的源隆珍珠公司考察，双方又签订了两个合同。

我相信，石子聪在“一带一路”建设中，发展彩珠会更加大有作为。

花山好男儿　妙笔著文章

——记宁明籍《大公报》高级记者罗保华

李　翔

创刊于1902年的香港《大公报》，是中国，也是世界迄今为止历史最悠久，寿命最长的中文报纸。该报现在内地设有34个办事处，驻广西办事处就是其中一个。驻广西办事处主任罗保华祖籍宁明县明江镇，是我们此次要采访的驻邕宁明籍知名人物之一。

1958年12月出生的罗保华，是在明江河畔的双龙大队读小学，在明江中学读初中和高中。1975年高中毕业后，罗保华到驮龙公社红新大队（现为城中镇怀利村）插队，在这里一干就是两年多。在那段艰苦的日子里，他白天参加劳动，晚上在煤油灯下“爬格子”，自己慢慢摸索新闻写作的“秘诀”。功夫不负有心人。他的文章陆续在报纸和电台上刊播，而且一发不可收拾，渐渐地在县里出名起来。后来，县里选派他参加了南宁地区举办的农民通讯员培训班，在那里，他的新闻写作水平突飞猛进，写新闻报道逐渐成了他的一个特长。

1977年，广西人民广播电台到宁明县招考记者，罗保华在众多考生中脱颖而出，以第一名的成绩考上了广西人民广播电台。其间，他到暨南大学新闻系学习深造。毕业后，他继续干新闻老本行。从事新闻工作35年来，他见证和记录了广西改革开放和经济社会发展，采写了无数的新闻报道，为广西经济社会发展的鼓与呼做了大量工作。一批新闻作品荣获国家级或省级好新闻奖。

1997年香港回归后，罗保华开始从事外宣工作。先后任香港《文汇报》高级记者、驻广西联络处负责人，现任香港大公报广西办事处主任、高级记者。他善于用香港的角度和国际的视野来包装宣传广西，组织和自采并在香港媒体刊发的广西新闻稿件达2000多篇（幅、条），是目前报道广西最多的香港媒体记者，为广西在港澳和海外的宣传推介，特别是对外开放及招商引资的宣传做出了突出的贡献，促进了桂港两地深化交流合作，架起了广西与港澳台及海外华人世界沟通的桥梁，不断扩大广西的国际影响力，为广西的对外开放、经济社会发展创造了有力的舆论氛围，受到广西各级党政领导和各界人士的广泛认可。特别是其主编的大型特辑《百年大公看广西》第一辑、第二辑分别得到了广西壮族自治区党委书记、广西壮族自治区人大常委会主任郭声琨，广西壮族自治区主席马飚的批示感谢，也得到了广西各界人士的广泛好评。

罗保华还重视对年轻记者和实习记者的传帮带，亲自带了来自广西大学新闻传播学院等新闻院系的几十名实习记者，其中有三十几名新闻硕士、二十几名新闻本科生，使他们在新闻素养上得到了提升。是带实习记者最多、最有成效的港媒驻桂负责人。

罗保华从一名插队的知青，一名农民通讯员，成长为百年大报的资深记者，这不能不说是一个奇迹。他对新闻工作有着执着追求，他用他的笔记录着身边的人，宣传身边的事，三十多年笔耕不辍。“尽管这些年跟我一起搞新闻的同事很多改行从政了或者做别的了，但是我还能坚持下来，这是出于对新闻事业的热爱和执着的追求。我认为，不管是干哪一行，关键是有一种持之以恒的精神，如果我没有坚持下来的决心，也就很难走到今天。”罗保华说。

罗保华非常热爱自己的家乡，除多次对家乡做有影响的新闻报道外，多年来力所能及为家乡做好事、办实事。1992年春节，他组织在邕宁明籍艺术家和演员回家乡汇报演出，深受家乡人欢迎；1992年，他参与编写大型人物通讯集《花山儿女》，激励家乡年轻人奋发向上，增进了宁明人之间的相互了解；2004年，他主编大型人物通讯集《花山之子》，并和著名高能物理学家、中国科学院高能物理研究所原所长郑志鹏等宁明籍名人回家乡为干部群众和学校师生作巡回报告，用《花山之子》中的典型人物、典型事迹教育和激励大家；2008年宁明县遭受特大洪灾，他发起和组织驻邕宁明籍各界人士为家乡捐款，鼓励全县干部群众抗洪救灾重建家园；2010年，他和广西壮族自治区法学会党组副书记、专职副会长兼秘书长陈锋一起协助宁明县委、县政府在南宁举行“宁明科学发展座谈会”，邀请宁明籍在邕部分领导和专家学者为家乡的科学发展献计献策；2004年以来，每逢县委、县政府在南宁举行宁明各界人士座谈会，他都担任组织者和主要联络员，尽力为家乡服务。

“因为我是土生土长的宁明人，是家乡哺育了我。我是喝明江水长大的，是从花山脚下走出来的，所以我对家乡有一份非常难忘的、难以割舍的感情。”罗保华说。

受花山文化熏陶的罗保华多才多艺，从事新闻工作之余，还爱好唱歌，热爱民族音乐，曾师从广西男中音歌唱家黄绍填先生；与蒋大为等歌唱家也是交往甚密。在全国和海外新闻界同行的重要活动中曾多次表演独唱，被称为“广西新闻界的歌唱家”。主要演唱的曲目是：《呼伦贝尔大草原》《天边》《牧歌》《山歌好比春江水》《只有山歌敬亲人》《乌苏里船歌》等。

其实早在农村插队期间，罗保华就是个活跃的文艺青年，他和其他知青一起成立了红新大队知青文艺宣传队，并被选为队长，还担任主唱。1977年，罗保华带领他的文艺队参加了南宁地区的文艺表演，并获得优秀奖，深受各界好评。

2012年，在南宁举行的香港《大公报》成立110周年庆典上，罗保华以一曲《多谢了》折服了在场所有的人，给活动增添不少喜庆。“我唱歌这个爱好是在宁明中学读书的时候保持下来的，我的嗓子为什么那么好，是因为当年偷喝了家乡明江水那点最好的水。”罗保华幽默地说。

广西主动融入泛珠三角

加强经济联合协作

建设中的中国—东盟自由贸易区（即CAFTA）、《内地与香港关于建立更紧密经贸关系的安排》（即CEPA）和西部大开发给地处中国—东盟经济圈和泛珠三角经济圈的广西，提供了重大发展机遇。

近日，广西壮族自治区高层首次公开表态，广西在全面实施开放带动战略扩大开放中，首先将加强与广东的经济联合与协作，主动接受粤港澳的经济辐射，自觉融入泛珠江三角洲经济圈。同时，加强与东南亚各国的交流与合作，发挥好广西作为中国—东盟自由贸易区前沿地带的作用，以中国—东盟博览会为契机，促进广西的对外开放，并公布与泛珠三角洲经济圈首倡者广东的具体合作计划。广西壮族自治区党委副书记、广西壮族自治区常务副主席王万宾表示，两广此次紧密合作，也标志着泛珠三角区域经济圈真正启动。

高层访粤全面合作

2月22日，广西壮族自治区党委书记曹伯纯、广西壮族自治区主席陆兵率52人的广西党政代表团访粤，进行为期7天的考察。代表团赴广州、东莞、深圳、珠海、佛山等地考察。访问期间，两广签署了关于全面加强两地合作的一系列协议。广西还带去百多个较好的项目，投资额265亿元人民币，涉机电、有色金属、医药、建材、农产品深加工、旅游、房地产等18个行业，并提出50家企业与广东企业对接重组，涉30亿资产。

五个联手互补互利

广西壮族自治区经济委员会主任冯祖华说，两广的经贸合作，将在五个联手上下功夫，即联手推进市场开拓、联手推进产业对接、联手推进资源开发、联手盘活存量资产、联手发展现代流通业。近期内着力推进以下合作项目：一是广西在南宁市中国—东盟经济园区中，以最优惠的条件提供1万亩土地，由广东组织企业建立广东工业园，投资建设一批以东盟为主要目标市场的工业项目；二是建立广东街。广西提供最优惠的政策在南宁市的商业旺区合作新建或改造一条具有广东特色的、主要经营广东商品和服务业的广东街；三是筹建广东大厦。广西以最优惠的政策，支持广东在南宁市区筹建广东大厦，使之成为两广经贸合作的综合服务中心和标志性建筑；四是互相支持重点会展。广西将组团参加今年5月在广州举办的首届泛珠三角地区经贸合作洽谈会，广东将组团参加今年11月在南宁举行的首届中国—东盟博览会。为了使两广经贸合作落到实处，双方将实施建立协调机构、建立商会等保证措施。

承接辐射产业对接

广西壮族自治区招商局局长张振东介绍，2003年两广经贸合作在原有的基础上取得了较大的发展。2003年1月至11月，广东与广西合作项目371项，签订合作资金187.3亿元，实施项目310项，广东到位资金21.5亿元，对加快广西经济发展，促进贫困地区脱贫致富发挥了重要作用。比邻粤港澳，区位优势突出的玉林、梧州、贺州，已成为广西承接粤港澳经济辐射的平台，实现了与珠江三角洲产业对接。

高速通道两年打通

两广交界地方的交通瓶颈影响着经贸发展。至今广西、广东两地间的5个高速公路接点竟然还没有一个能对接得上。广西区交通厅和广东省交通厅最近签订了《广东省与广西壮族自治区关于省际公路规划与建设的备忘录》。据悉，两广高层表示，两年内广西与广东联手打通所有省级高速通道，促进两广的全面合作。发达的交通网络，必然为广西兴起繁荣的物流业奠定坚实基础。

（刊于2004年2月27日香港《文汇报》B版）

北部湾蓄势待发

广西壮族自治区借中国与东盟自由贸易区的合作，正致力于将北部湾（广西）经济区打造成泛北部湾经济合作的重要基点和前沿，广西壮族自治区党委书记刘奇葆强调，加快北部湾（广西）经济区的开放和开发，符合中国与东盟的区域合作战略。

罗保华　黄裕勇

中国东盟交通枢纽

地处中国与东盟交汇地带的广西北部湾，随着中国—东盟自由贸易区建设进程的不断推进，正成为中国与东盟双向沟通的交通枢纽。

全新交通　四通八达

广西的新功能和新定位，决定了这里的交通地图将发生重大的变化。作为中国第一条通往东盟的高速通道，南宁至友谊关高速公路已建成通车投入使用一年多；以南宁为中心的“一环六射”高速公路网路，将把广东、海南、广西和香港、澳门同越南的广宁、海防等沿海地区连接起来；南宁和北海机场将通过改造升级扩能，开通更多通往东盟各国的国际航线；铁道部决定，把广西境内的铁路局由柳州搬迁到南宁，并在5年内投资1000亿元全面升级广西铁路网。假以时日，南宁到广州的铁路旅程仅需3小时，从南宁到北京由现在30多小时缩短到9小时，由南宁到新加坡仅需新建300—500公里路段便可使3900公里干线全线通连。这一切，都已在快速运作中。

目前，一个通连国内外的公路、铁路、海路和航空高速的立体运输网已形成。南宁机场、北海机场可直飞中国30个主要城市以及新加坡、吉隆坡、曼谷等东盟枢纽空港；防城港、北海、钦州3个港口的海轮可通航70多个国家和地区的220多个港口；四大铁路直通京广线等中国铁路大动脉，湘桂线连通东盟，投资约300亿元的从南宁到湖南衡阳高速铁路正在加速推进；贯通广西北部湾四个城市的七条高速公路连通广东、湖南和云南，直达东盟。据了解，至2006年底，广西高速公路总里程达1540公里。2007年，广西又投资180亿元大搞交通，使广西的交通更加发达。

三大港口各有分工

该经济区的发展，港口的规划和建设是重点，目前，广西港口仍以传统的装卸、储存、转运为主，功能单一、雷同。在学者和专家的建议下，《广西壮族自治区海港口布局规划》（简称规划）通过国家交通部、广西壮族自治区政府等相关部门的审查。规划对三大港口的功能定位做出分工，鼓励政府对港口进行科学规划与建设，以避免重复建设导致的无序竞争。

规划提出，未来防城港将以大宗散货运输为主，加快集装箱运输，将成为国家跨区域综合运输大通道的出海口，成为综合性港口。

钦州港被定位为以临海工业开发服务为主的区域性重要港口。

北海港则定位为以商贸和旅游服务为主，兼有临港工业功能的地区性重要港口。

据介绍，为了提高沿海港口的综合竞争力，正在筹建的广西北部湾国际港务集团有限公司，将建立新的运营机制，引进新的战略投资者，目标是用5年的时间把防城港、钦州、北海建设成为超亿吨的现代化组合港。

整体规划产业布局

整个北部湾（广西）经济区都从形成泛北部湾经济合作的枢纽和基点出发进行整体性规划谋划。南宁市正以打造区域性国际城市为目标，向南规划建设175平方公里的五象新区，打造一个新南宁；北海将逐步把廉州湾与铁山港湾联合起来，形成“一带两湾”城市发展新格局；钦州将加快中心城区建设和临港新区建设，开辟城市建设和临港工业两大“主战场”；防城港市则把行政中心搬迁出旧城区，让港口建设和临港工业拥有更大的发展空间；玉林要在“十一五”期间形成100万城区人口和100平方公里建成区的城市规模；崇左正依托南（宁）友（谊关）高速公路和南宁国际机场，发展城镇带和通道经济。

按照《中国沿海港口布局规划》，广西钦州、北海、防城港3个港口被列入西南沿海地区港口群，防城港还被标注为全国24个主要港口之一。但在广西的地方规划中，对三大港口的布局，又各有各的特色和侧重。

对防城港，规划提出，广西沿海将以防城港企沙半岛西岸、南部岸段为主，布局千万吨级的大型钢铁基地，以及配套的运输铁矿石、钢铁、煤炭等的专业码头；建设高起点、高档次、高技术含量的大型钢铁联合企业，形成以钢铁为核心的产业集群。

钦州则将建成规模化的电力以及石化工业基地。目前，中国石油、广西石化千万吨煤油项目已在钦州启动，项目规模为年1000万吨炼油能力，总投资约153亿元，并依托炼油业，发展石油化工深加工工业，带动其他相关行业发展，形成石化产业链。北海将布局浆纸一体化，农产品加工、生物制药等临港制造业集群，发展高新技术为主导的临海工业，努力成为国家级出口加工区。

桂港合作拓展物流

中国与东盟的合作，北部湾（广西）经济区的腾飞，带动了广西物流业的快速发展，广西的官员和国内的一些物流专家认为，香港物流业发达，桂港物流合作有广阔的空间。

物流专家认为，目前，广西与东盟国家之间已经基本构建了包括铁路、公路、航空、港口在内的比较完善的物流设施网络。网络虽然已基本形成，但与中国—东盟自贸区的经济发展相比，物流还显得比较滞后。物流运输渠道不畅，导致货物流动的规模总量较小，物流供给和需求都相当有限。

在中国—东盟自由贸易区中，广西的三大港口——北海、钦州、防城港是贸易区的重要港口。

一旦资源得到有效的整合，联合湛江，接受香港物流产业转移，形成的物流群将在西南物流独占鳌头。作为广西首府的南宁，已着手建设南宁国际物流产业园区。该区占地面积约18平方公里，分为保税物流园区、出口加工区、商贸物流区、普通物流区等七大功能区，区位优势显著，目前已有部分大型物流项目落户园区。

自从国务院西部开发办等国家部委2006年7月在广西南宁举办首届环北部

湾经济区论坛后，北部湾（广西）经济区开始进入人们的视野，广西借着与东盟合作的交会点这一地缘优势，站在国家区域的发展战略高度，做出了加快北部湾（广西）经济区全面开放开发的重大战略决策，使沿海地区在广西实施开放带动的整体战略中充分发挥“龙头”作用，带动广西的对外开放，将北部湾沿海地区建设成广西的经济新高地，努力使沿海发展成为新的一极。因此，有权威人士认为，“十一五”期间，广西把开放、开发的发展重点定在了北部湾。

在中国经济的分布里，北有渤海湾，东有珠三角、长三角，不少有识之士认为：北部湾有自己独特的区位优势和资源优势，极有可能成为中国经济增长的新的一极。

借助优势扩大开放

土地面积4万余平方公里的北部湾（广西）经济区由南宁、北海、钦州、防城港、玉林、崇左6座城市组成，拥有北部湾顶端约1600公里的海岸线，是中国与东盟之间唯一既有陆地接壤又有海上通道的经济板块。

刘奇葆在接受记者采访时说，北部湾（广西）经济区这一区域拥有丰富的港口资源、海洋资源和矿产资源，开发前景极为广阔。《国家西部大开发“十一五”规划纲要》已把北部湾（广西）经济区列为西部大开发3个率先发展的重点地区之一。泛北部湾经济合作包括中国、越南以及隔海相邻的马来西亚、新加坡、印尼、菲律宾和文莱等国的相关地区。推进泛北部湾经济合作，旨在把它作为中国—东盟自由贸易区一个新的次区域合作，推进中国与东盟次区域合作从单一的“陆上合作”走向相互呼应的“海陆合作”。

刘奇葆称，北部湾（广西）经济区是泛北部湾经济合作的重要基点和前沿，加快北部湾（广西）经济区的开放开发，符合中国周边外交和区域合作战略，国家对此高度重视。时任国家主席胡锦涛和总理温家宝充分肯定了推进泛北部湾经济合作和广西沿海开放开发的重大举措，要求广西把发展放在第一位，进一步扩大开放，发挥沿海优势，广西沿海发展应该成为新的一极，要把北部湾（广西）经济区的开放开发与泛北部湾经济合作结合起来，努力把广西打造成为中国与东盟的区域性物流基地、商贸基地、加工制造基地和信息交流中心，带动广西乃至整个西南地区的对外开放和经济发展。同时，推进泛北部湾经济合作的新构想也得到了相关东盟国家的广泛认同和积极响应。

打好基础稳步发展

广西壮族自治区副主席、北部湾（广西）经济区管委会主任陈武告诉记者，目前，加快北部湾（广西）经济区开放开发的条件和时机已经成熟；广西基础设施条件明显改善，港口发展具备相当的规模，沿海重大产业项目建设取得突破性进展，而且中国—东盟合作的平台已经搭建，合作氛围越来越好。在这种有利形势下，广西各级各界同心协力抓好北部湾（广西）经济区的建设工作；成立北部湾（广西）经济区管理机构；以交通为重点，加快基础设施建设；加快沿海工业布局，增强经济区发展支撑能力；以资源整合为手段，推进港口一体化发展；以项目建设为中心，扎实推进经济区加快发展；以博览会和论坛为平台，推动泛北部湾区域经济合作。

经过多年的积累，开发开放北部湾有了现实的基础。历时两年、总投资近60亿元的第一期沿海基础设施建设大会战已近尾声；2006年7月，总投资58.4亿元的第二期大会战又打响，沿海交通、供水、码头等基础设施得到极大改善。2006年，北部湾三市港口货物吞吐量达到近40万吨，基本形成港口群。南宁、北海、钦州、防城港，加上玉林、崇左，以“4+2”的形式，作为一体化发展，十几个规划即将出炉，广西北部湾开发投资有限公司、广西北部湾国际港务集团即将挂牌成立，北部湾银行产业发展基金等也已着手操作。

（刊于2007年1月26日香港《大公报》A版）

到广西投资发展是最佳时期

——香港知名人士在广西考察纪实

周文涛　罗保华

2003年11月中旬，由中央人民政府驻香港联络办公室副主任邹哲开，全国工商联副主席、香港恒通资源集团有限公司董事局主席施子清等人率领的香港知名人士广西访问团一行60余人到广西考察。广西壮族自治区领导曹伯纯、陆兵、马庆生、刘奇葆、李纪恒、车荣福、张文学、姜兴和、章崇任等分别会见访问团一行，宾主纵论合作前景。经过一个星期的考察，香港客人们敏锐地感觉到，经过改革开放20多年的努力，广西基础设施、城市建设、工业发展等各方面都取得了很大的成就，广西还拥有很多独特的优势，而且目前正处于经济迅速发展的新时期，港桂交流与合作前景非常广阔。

对外开放意识浓厚　加快发展愿望迫切

到桂考察的这批香港知名人士大都为名商巨贾，在短短的几天时间里，他们不顾舟车劳顿，走南宁，访北海，看柳州，游桂林，重点考察了南宁国际会展中心、南宁三中、北海银河科技、柳钢、漓江等单位或景点。

“广西的开放意识非常强。”刚考察了南宁，全国政协委员、香港宣威集团有限公司董事长浦江就对记者说。此前不久，他带领40多名港商去某省考察，两相比较，觉得广西的开放意识更浓厚，加快发展的愿望更迫切。他从广西壮族自治区党委统战部一位随行人员那里得到了答案。随行人员告诉浦董事长，广西近年来十分重视外省企业入桂发展，到广西考察的企业家都受到广西壮族自治区领导的高度重视。2003年以来，广西壮族自治区党委书记曹伯纯、广西壮族自治区代主席陆兵分别会见了刘永好、欧广昌、代雨东等多名企业家。与此同时，广西政策也越来越开放，只要国家未明令禁止的领域和行业，均可以对外资、民资开放。这些政策和措施吸引了大批外省民营企业和上市公司纷纷到广西投资，据不完全统计，仅“百企入桂”活动开展两年来，就吸纳外来资金约150亿元。

令赴桂考察的香港企业家们感叹的是，广西上下狠抓经济发展的意识很强，劲头很足。全国政协委员、香港肇丰针织有限公司董事长方铿说，几天来，他接触到的无论是区市领导，还是普通工作人员，谈论最多的是如何引进资金，如何加强合作，介绍最多的也是广西的建设项目，像龙滩水电站实现截流、桂西氧化铝工程启动、林浆纸项目开工等一系列重大工程项目的建设，表明广西已经进入高速发展时期。香港企业家们认为，只要广西保持目前这个发展势头，较短时间内实现强区富民就大有希望。

迎来大好发展机遇　创造一流投资环境

王文儒是香港一家大型纺织公司的“掌门人”，同时是湖北省政协常委。考察了桂海高速公路和南宁、桂林等地后，他连声赞叹：“想不到广西有这么多、这么好的高速公路，有这么漂亮的城市群，说明广西经济发展有了长足的进步。”

近年来，广西抓住国家实施积极的财政政策和西部大开发等历史机遇，集中精力、埋头苦干，打造出了全区四通八达的交通网络和便捷的西南出海大通道。全区在公路、水运方面共投入了417亿元。7年来，新增公路里程1.5万多公里。高速公路从无到有，目前已接近1000公里。还实现了县县通二级公路，乡乡通柏油路，村村通公路的目标。水运方面，既有内河运输线，也有海洋运输线。沿海铁山、钦州、防城港三港口共有万吨级以上泊位20个。2002年，三大港的总吞吐量为1600万吨。铁路航空方面也规划了新线路或场点。

作为香港基建集团老总的吴汉良最关心的是广西的电力。工作人员告诉他，广西水力资源非常丰富，仅红水河上就规划了10个梯级电站。其中龙滩、乐滩、平班等水电站和百色水力枢纽、长州水力枢纽等一批水电站正在大规模建设中，北海、钦州、合山、田东等一批火电厂也已经开工建设。吴汉良认为广西的思路十分对头，交通、能源是经济的基础，打好基础，经济发展就能加快。

一路的考察，港商们议论得最多的是广西的发展机遇和投资环境。谭锦球是香港颂谦集团老总，老家在广西。得知南宁成为中国—东盟博览会永久性会址后，他兴奋不已。当听说浙江一些商人已在凭祥、东兴等地“安营扎寨”，广东也有20多家物流企业正在广西边境地区考察时，他笑言，广西遇到了很好的发展机遇，有远见的企业家也抓住机遇来广西。当港商们了解到广西政府职能比以前有了很大的转变，许多市县设立了行政服务中心，服务更加规范、收费更加规范等情况后，他们由衷地感叹：广西无论是硬环境还是软环境将变得越来越好。

粤港澳资本西进　广西将成重要腹地

深圳市政协常委、香港欧亚集团有限公司董事、总经理文伙泰是大忙人。几天来，除了随团行动，他还有“自留地”：每到一城，他都要与当地旅游部门联系，收集旅游资源、游客各时期的数量变化、游客的结构等信息。他打算条件成熟时在广西投资旅游运输业，组建旅游车队，做成广西这个西部旅游大省的一个品牌。他向记者透露了初步设想：旅游车队将连接两广和香港、海南地区，每天都有多个快班由香港直达南宁。

何志强律师也对这次广西行寄予厚望，他是香港律师公会理事，简家聪律师行合伙人。考察期间，他喜欢打听广西司法实践中的情况。由于内地与香港、澳门的《关于建立更紧密关系的安排》协议2004年1月1日开始实施，粤港澳将连成一个发展规模大、发展快的大珠江三角区域，这一个大区域需要一个良好的经济发展地，因此，他认为，随着中国—东盟博览会每年在南宁举行，粤港澳大批的资本将进入广西。他也希望届时与广西有更多合作。

与文伙泰、何志强的做法不同，香港中华厂商联合会副会长林学甫更愿意发挥另一个作用——桂港合作的桥梁。他说，香港中华厂商会有200多个会员，他可以利用自己的影响力，推介广西，引导会员们在交通、旅游、制糖、制药、房地产、机械制造、铝产品加工等优势行业投资。

在访问团，有文伙泰、何志强、林学甫这样的想法，或采取他们这种做法的人不少。港商们大都认为，投资广西，是时候了。粤港澳资本西进广西，是顺应潮流之类。就香港外出资本的情况来看，绝大部分为制造业，其中资源密集型、劳动密集型产业占相当比例，这类产业从资源缺乏、劳动力成本渐渐变高的珠三角地区转移到西部，是必然的。而广西处于西南、华南、东南亚的结合部，资源、市场、劳动力成本均有优势，是接纳粤港澳资本的理想场所。访问团一成员告诉记者，他有个做饮料业的港商朋友，由于使用的技术没有优势，在国内的销售量日趋萎缩。后来，他听从朋友的劝告，带了样品来到广西凭祥市浦寨边贸点，没想到越南商人很喜欢。他的企业也因此走出了困境。

（刊于2003年12月20日《广西日报》头版头条）

南宁阔步走在中国东盟合作发展的前沿

在中国东盟合作发展的过程中，南宁渠道的作用已为世人熟知。中国—东盟自由贸易区的建成使南宁站在新的起点上，迎来了一个充分发挥东盟效应的发展时代。

总部经济提升南宁经济辐射能力

站在中国—东盟自由贸易区正式建成的机遇潮头，2010年，南宁市决策层因势利导，果断出台了《关于加快总部经济发展的决定》和《南宁市人民政府关于支持和鼓励总部发展的暂行规定》，明确提出了要把南宁打造成区域性的国际总部基地的发展目标。

按照规定，从2010年开始，南宁市每年安排总部经济发展专项资金，主要用于奖励国内外企业在本市设立总部，辅助总部企业在本市购买、租赁总部自用办公用房，培养引进高层次人才等方面。2011年到2015年，每年安排不低于1亿专项资金支持总部经济发展。

南宁发展总部经济的近期目标也已经确定：经过5年左右的努力，总部经济的规模明显扩大，发展水平明显提高，争取每年引进1—2家综合型总部企业、3—5家职能型总部企业落户南宁市，争取尽快培育一批总部企业进入全国500强、行业500强；总部经济占全市经济增长的贡献率稳步提高，发展环境明显改善，持续发展能力明显增强，南宁市作为总部经济集聚区初具规模，在全国及中国—东盟自由贸易区中具有一定知名度，建设区域性国际总部基地取得明显成效。目前，入驻南宁的具有总部经济特征的总部企业约70家，总部经济雏形已初步形成。

打造中国—东盟国际物流基地

南宁保税物流中心位于南宁市新规划的五象新区西南端。该保税物流中心规划总面积53.55公顷，是中国—东盟国际物流基地的核心及首期建设项目。中心的一期建设已于2010年7月正式运营，封关面积为29.29公顷。

南宁保税物流中心建设创造了我国保税物流体系建设的三个第一：从获批到预验收仅用了288天，时间最短；建设过程中2.6天建造一层楼，速度最快；建成后，成为我国西南地区最大的无水港。而推动着中心建设快马加鞭的则是其背后强大的区位优势和市场前景：运作后的南宁保税物流中心将立足广西，辐射周边省市，面向东盟国家，提供生产资料和生活资料的运输、储运、搬运、包装、流通、加工、配送、信息处理等物流服务。真正成为全球供应链中物流、信息流、资金流的重要节点。

未来，南宁保税物流中心将以向综合保税区转型为目标，继续完善功能建设，叠加国际集装箱中转、仓储、拆拼、加工、金融、展示等多种功能，实现与天津、上海等沿海港口和西南、中南、华南等地海关特殊监管区的联动和无缝对接，建设成为联系西南地区和东盟国家新型的、多功能的核心无水港。并在此基础上，规划打造一个面积为29平方公里的中国—东盟国际物流基地，使之成为南宁加快建设区域性国际城市和广西首善之区的强大推进器。

数字南宁引领自贸信息时代

按照2008年国务院批准实施的《广西北部湾经济区发展规划》，南宁将承担起中国与东盟区域性信息交流中心的建设任务。

近年来，南宁市积极建设数字南宁，已经为建设中国—东盟综合信息门户平台打下了良好的基础。南宁相继获得了全国数字化城市管理试点城市、中国城市信息化管理创新奖等荣誉，2008年、2010年连续两届荣获中国城市信息化50强称号，城市信息化总体水平位居全国前20名。

目前，南宁市建成了全市统一的电子政务网络平台、公安专网、社会治安监控网等政府公共信息与网络平台，已有400多家企业建立企业网站开展电子商务应用，面向东盟服务的南宁大宗商品交易平台建成开通并取得良好的业绩。此外，2011年落成的2500多平方米的南宁市信息化综合服务大楼，将成为面向北部湾经济区和东盟国家的区域性网络中心、数据中心、交换中心、管理中心和信息服务中心。

根据《南宁市区域性信息交流中心建设规划》，南宁拟于2015年建成中国—东盟区域性信息交流中心。而多家世界知名IT企业的入驻将为这一计划打下产业基础的强心针。2011年，富士康集团落户南宁高新区；中国联通南宁国际信息产业园计划建设的国际局、综合通信枢纽、国际云计算中心、国际信息呼叫中心等，将大幅提升南宁与东盟间的话音、数据通信、互联网等业务的服务能力和服务品质。

新区水城　托起国际化南宁

在中国—东盟自由贸易区正式建成之后，国家、广西仍将高度重视发挥南宁在中国—东盟合作中的作用。建设一个更为国际化的城市既是南宁的目标，也是南宁的使命。未来，五象新区和中国水城的打造将成为南宁推介区域性国际城市建设的重要推手。

打造五象新区，是南宁市实施“城市建设重点向南发展”发展战略的核心举措。未来数年，这里将承担起南宁人再造一个新南宁的希望。

五象新区北起邕江，南至那马，西起良凤江，东至邕宁老城区和八尺江，总规划175平方公里。按照规划设想，五象新区核心区是一个功能复合的城市中心区，也是一个以文化体育、行政办公为主，集居住、物流、休闲、娱乐为一体的综合性城市新区，更是一个融入自然的生态城市典范。2010年，五象新区开发建设以拓展新区功能为重点，全年完成固定资产投资69.44亿元，已经初步形成三横三从的路网格局。

南宁古称邕州，邕便是指城郭四方有水，环抱而成池的意思。在中国—东盟合作发展过程中打响了国际声誉的南宁，如今正把发展的目光投向身边流淌了千年的邕江水系，准备打造全新的名片——中国水城。

2009年起，南宁编制了《广西南宁市中国水城规划建设指导意见》等5个规划。从现在起至2020年，南宁将对市区18条内河及10多个湖泊进行综合整治，建设水畅、水清、岸缘、景美的中国水城，构成青山为屏、邕江为带、内河为脉、山水相衡、景在城中、城在景中的立体景观。

目前，中国水城规划中的民歌湖、南湖隧道已投入使用；民歌湖一竹排江、明月湖（心圩江）、相思湖、青秀湖四大河湖主题公园基本建成，中国水城核心景观已初露端倪。2011年，南宁市计划投入36.83亿元，全面推进城市水环境综合整治，努力营造两江八湖美景，实现中国水城建设新突破。

南宁至新加坡交通通道基本贯通

中国—东盟自贸区建成运作一年来，中国和东盟的各方面合作进展顺利。其中，南宁至新加坡交通通道已经基本贯通，为南宁至新加坡经济走廊的发展打下了坚实的基础。

中国南宁—新加坡经济通道是以南宁、河内、万象、金边、曼谷、吉隆坡、新加坡等沿线大城市为依托，以铁路、公路、水运、航空为载体和纽带，以人流、物流、信息流、资金流为基础，开展区域内投资贸易和经济合作，构建产业群、城镇群、便利化通行体系以及边境经济合作区，形成优势互补、区域分工、联动开发、共同发展的跨国经济通道。

目前南宁至新加坡公路通道已基本贯通。广西已开行南宁至越南的国际列车，修通了南宁至友谊关高速公路，同时获批到越南的国际道路运输线路24条，其中10条已开通。防城至东兴、百色至靖西、靖西至那坡等与东盟国家相邻的高速公路正在加快建设。铁路方面，除越南胡志明市至柬埔寨金边路段及金边至柬泰边境亚兰的部分路段外，南宁至新加坡的铁路运输已经全部开通，百色田东至靖西直达中越边境龙邦口岸的与越南对接的第二条铁路也正加紧建设。

（刊于2011年8月20日香港《大公报》A版）

广西：巧打东盟牌收获正当期

中国—东盟博览会以及中国—东盟商务与投资峰会是提升中国经济、政治影响力的重要平台，也是深化中国—东盟合作交流的重要平台。《中国与东盟全面经济合作框架协议》签订10年以来，作为中国—东盟自由贸易区建设的推进器，两会为促进中国—东盟全面交流合作发挥了重要的作用，主办地广西积极承担国家赋予的重要使命，把握机遇，巧打东盟牌，如今已经渐入收获季节。

罗保华　陶杰

历史的选择：《中国与东盟全面经济合作框架协议》签订十年回眸

东盟10国与中国交往历史悠久。进入20世纪末，随着经济全球化和区域经济一体化的加速，推进中国与东盟的交往合作是双方的共同需要，2002年《中国与东盟全面经济合作框架协议》的签订，启动了中国—东盟自由贸易区的建设进程。十年过去了，虽然偶历风雨，但铁一样的事实说明，加强中国与东盟间的全面经济合作是历史发展的必然选择。

20世纪90年代，中国与东盟的关系迅速发展，双边贸易额不断上升。随着双方关系历史上最好时期的到来，中国与东盟双边友好合作的步伐也在加快：1997年12月，中国与东盟最高领导人首次会晤，确立了中国与东盟建立面向21世纪的睦邻互信伙伴关系；2000年11月，在新加坡举行的第四次中国—东盟领导人会议上，时任国务院总理朱镕基首次提出了建立中国—东盟自由贸易区的构想。2002年11月4日，在柬埔寨首都金边举行的第六次东盟与中国领导人会议上，朱镕基和东盟10国领导人签署了《中国与东盟全面经济合作框架协议》，总体确定了中国—东盟自由贸易区的基本框架，宣布2010年建成中国—东盟自由贸易区，自贸区进程正式启动。这标志着中国与东盟的经贸合作进入一个新的历史阶段。

随着中国与东盟10国签署的《货物贸易协议》《争端解决机制协议》和《服务贸易协议》等自贸区框架下的一揽子法律协议的施行以及2010年中国—东盟自由贸易区的正式启动，2011年，中国—东盟双边贸易额达到创纪录的3628.5亿美元，比十年前增长了5.6倍，年均增长率超过20%。10年来，双边贸易发展迅速。中国已连续三年成为东盟的第一贸易伙伴，东盟超过日本，成为中国第三大贸易伙伴。今年前7个月，双边贸易额2205.7亿美元，同比增长9%，高于中国贸易总体增速。中国对东盟的投资也保持快速增长，东盟已成为中国企业海外投资的重要目的地。近年来，中方还通过设立中国—东盟投资合作基金、优惠信贷等多种形式，向东盟提供资金支持。截至2012年6月底，中国与东盟双向投资累计近930亿美元。

实践证明，当初《中国与东盟全面经济合作框架协议》设定的目标符合中国和东盟双方利益，有力地加快了双方贸易和投资自由化进程，拓展了经贸合作的广度和深度。

九载办盛会万商汇集　八桂成通衢联动八方

年已经举办到第九个年头的中国—东盟博览会、中国—东盟商务与投资峰会务实促进了中国东盟双方贸易、服务、投资等多领域合作，推动了中国—东盟自由贸易区的建设，同时也对主办地广西的经济社会发展产生了巨大的推动作用，使得广西跃居国家对东盟开放合作战略的前沿，成为区域合作的一个重要交会点。

博览会具有直接效应

九年来，每年固定在广西南宁举办的中国—东盟博览会和中国—东盟商务与投资峰会两会，积极围绕中国东盟合作和自贸区建设，建立了11国共办三级架构、主题国机制、魅力之城等一系列工作机制，南宁国际民歌艺术节也日渐成为促进中国东盟文化交流的国际盛典。

作为中国—东盟博览会的举办地和距离东盟最近的国内省区之一，广西占据近水楼台先得月的优势，更凭借独特的区位优势、丰富的资源优势、叠加的政策优势、良好的经济发展势头，成为历届博览会投资合作的最大受益者。据专家测算，每年中国—东盟博览会直接贸易投资额便拉动广西1.9%~2.4%GDP增长。八届博览会广西共签订国际合作项目739个，总投资额339.46亿美元。其中，广西对东盟投资项目140个，总投资额28.56亿美元；东盟对广西投资项目101个，总投资额54.92亿美元。

过去的八届中国—东盟博览会、中国—东盟商务与投资峰会，以一份又一份惊喜和收获回报了勤劳的广西人。

博览会推动广西区情发生深刻变化

伴随着中国—东盟博览会的成长，主办地——广西正以自信的气度、开放的胸襟、国际化的视野走出中国、走进东盟、走向世界；昔日的边陲之地，也一跃成为连接多区域的国际大通道、交流大桥梁、合作大平台。随着中国—东盟自由贸易区的深入推进，广西区情发生了一系列深刻变化，其中最突出的就是广西成为中国对东盟开放合作的前沿和窗口。

广西最为突出的优势在于区位，对内，她背靠大西南，毗邻粤港澳，地处我国华南、西南和东盟三大经济团结合部，良性互动东中西；对外，她是我国与东盟之间唯一既有陆地接壤又有海上通道的区域，一湾相挽十一国。借力中国—东盟博览会、北部湾开发上升为国家战略、中国—东盟自贸区建设等一系列东风，广西抓住区域合作机遇，深度整合港口、资源、环境、政策等优势，进一步扩大对外开放和互利合作，形成了开放发展的崭新格局。

自从博览会落户广西以来，广西每年都组织庞大的经贸代表团出访东盟各国。东盟各国也每年组团来广西参加博览会。双方建立了互访机制，各领域交流不断深化。越南、柬埔寨、泰国、老挝、缅甸5个国家相继在南宁设立了领事机制，东盟10国、日本、韩国及中国香港、澳门则在南宁建立了商务联络部。

在中国—东盟自由贸易区域建设的牵引下，广西也正由交通路网的神经末梢，加速向国际枢纽转变：有一廊连七国之称的南宁—新加坡经济走廊建设取得初步成效。广西已开通到东盟国家的9条国际航线和南宁至越南的国际列车，开工3条与东盟国家相连的高速公路和与越南对接的第二条铁路，广西通往周边地区的海陆空国际大通道已经成形，作为我国对东盟开放合作前沿阵地的北部湾经济区内正在形成一小时交通圈。随着基础设施建设的逐步完善，一个以港口为龙头，以陆路和空港为大通道，以保税物流体系和物流园区为关键节点，以快速通关为保障，服务和辐射多区域的新资源配置中心正在广西日渐成形。

2011年，广西地区生产总值、全社会固定资产投资、规模以上工业生产总值等7项经济指标首破万亿元人民币实现了历史性的突破，而东盟因素则在其中发挥了至关重要的作用，当年，广西与东盟的贸易额达到95.6亿美元，东盟已连续13年成为广西最大的贸易伙伴；广西与东盟各国已互为重要客源地，广西接待的外国旅游者中40%以上是东盟游客。按照规划，预计2015年广西经济总量超过2万亿元，广西将加快构建国际区域经济合作新高地，打造沿海经济发展新一极，为促进中国—东盟双边合作发挥更大作用。

中国东盟经贸合作友好往来的纽带与助推器

作为全面落实、体现《中国—东盟全面经济合作框架协议》的重要平台，中国—东盟博览会于2004年开始在广西南宁固定举办，至今已经举办了八届。有人会担心，中国—东盟自贸区启动后，中国—东盟博览会的载体功能将会被弱化，然而，数据显示，博览会举办以来，中国—与东盟10国签订的项目总投资额已由首届博览会的13.43亿美元，上升至第八届博览会的35.7亿美元，投资总额增长了2.66倍，全国共计有26个省（区）市先后在博览会签约亮相，随着中国—东盟博览会知名度的不断提升，越来越多的中国和东盟企业慕名而至，借助这一重要载体和平台，在这里寻找商机、洽谈合作。

超越经贸意义的亚太盛会

11国搭台，19亿人唱戏，70亿人喝彩，中国—东盟博览会从产生之日起，就以中国和东盟11国共同举办、11国领导人共同推动为制度基础，以《中国与东盟全面经济合作框架协议》为法律依据，实践着我国与邻为善、以邻为伴的周边外交方针，集政治、外交、经贸和人文为一体，在实践过程中摸索出了以政治外交带动经贸以及多领域合作，以经贸带动教育和文化合作的举办模式，突破了一般性商贸展会的内涵，发挥着中国与东盟在政治、经济、文化的互利合作的平台作用，取得了令人瞩目的显著成效。

自2004年首届博览会举办以来，共有42位中国和东盟国家领导人、1500多位部长级贵宾出席博览会。共有31.6万名客商参会；贸易成交额116.9亿美元，签约国际项目投资额491.72亿美元，签约国内合作项目投资4759.02亿元。博览会期间，各国领导人、中国有关部委领导、东盟国家政府相关部门领导增进了解与互信，加深了双边睦邻友好，达成合作发展共识，通过了一系列以南宁共识、南宁倡议命名的会议文件，务实地推动了中国与东盟多领域交流与合作。

与此同时，博览会充分强调文化参与，注重经贸活动与文化交流相结合，推介洽谈与研讨咨询相结合，使文化交流、文化产业合作成为博览会的正常职能，促进了中国与东盟间文化要素的双向互动。与博览会同期举办的中国—东盟商务与投资峰会和南宁国际民歌艺术节，安排一系列丰富多彩的文化艺术活动，增进了中国与东盟之间的友谊，凭借着中国与东盟地缘相邻、文化相通的有利因素，拓展了双边在文化产业、旅游产业、影视产业、演出娱乐产业、音像出版产业、文学艺术产业等领域的合作空间。

中国—东盟商务与投资峰会经过八届的实践，为加强中国与东盟的战略伙伴关系，促进中国—东盟自由贸易区的如期建成，深化区域内双边及多边的经贸合作，发挥了不可替代的作用。

港资闪耀博览会

香港作为亚太乃至世界重要的金融和贸易中心，港资、港企历来都是每一届中国—东盟博览会的高光群体。自首届中国—东盟博览会举办以来，香港政界商界就一直积极支持和参与博览会。作为博览会的协办单位之一，每届博览会香港贸发局均会布置约300平方米的香港展厅综合展示香港的投资、旅游、服务贸易等方面内容。自2004年首届中国—东盟博览会以来，港商通过博览会平台共投资广西320个项目，总投资141.8亿美元。香港已成为连续八届博览会最大的投资来源地区。

近年来，随着国际金融危机的蔓延，国内外经济发展环境发生了深刻的变化。东部沿海地区制造业腾笼换鸟转型升级的步伐不断加快，包括港资企业在内，不少制造业逐渐向西部地区和东盟地区寻找转移发展的空间。中国—东盟博览会举办地广西南宁，尤其是其北部湾经济区毗邻粤港澳、面向东盟，以其区位及资源等优势，正吸引越来越多在中国东部投资兴办的港资企业产业转移于此，并享受中国—东盟自贸区降税优惠，将产品销往东盟市场，同时也通过中国—东盟博览会逐步向东盟国家转移生产。

分析人士认为，香港与东盟的合作具有很强的互补性，而中国—东盟博览会设置的内容符合香港与东盟开展各方面合作的需求。香港可以通过中国—东盟博览会平台，以中国—东盟自贸区零关税和推进泛珠三角区域经济合作为契机，促进香港与东盟各国的货物贸易、投资合作、服务贸易以及文化交流，积极推进香港特区政府与东盟各国政府部门之间、行业协会之间、企业之间的多层次合作关系，在中国与东盟的“10+1”合作中获得金融业、制造业、旅游业、服务业等优势领域的合作商机。

（刊于2012年9月20日香港《大公报》A版）

中国—东盟自贸区建成　产业转移更多国际空间

中国—东盟自由贸易区自2010年1月1日正式启动以来，中国与东盟贸易进出两旺，经贸合作发展迅速。目前，中国已从东盟的第六大贸易伙伴上升为第三大贸易伙伴，东盟则从中国的第五大贸易伙伴上升为第四大贸易伙伴。自贸区建成将给中国沿海地区正在进行的产业转移提供更多国际空间。

谈到自贸区的发展成效，广西社科院一位副院长在接受本报记者访问时称，首先是实现货物贸易零关税。其次，在经济增长方面起着重要的推动作用。尽管金融危机的影响已逐步消去，但仍需要采取很多措施来进一步促进经济的稳步发展，而自贸区的启动，在扩大贸易，尤其是扩大跟东盟的贸易方面，取得很大成效。此外，自贸区的成立对中国旅游业、投资业方面也有较大的促进作用。

自由贸易慎防变成双刃剑

这位副院长表示，2010年是中国—东盟自贸区建成的第一年，中国与东盟6个老成员国，即文莱、菲律宾、印度尼西亚、马来西亚、泰国和新加坡都有超过90%的产品实行零关税，中国对东盟平均关税将降至0.1%。东盟六个老成员对中国的平均关税将降0.6%。还有4个新成员国，即越南、老挝、柬埔寨和缅甸也将在2015年实现90%零关税的目标。

在这位副院长看来，自由贸易是一把双刃剑。在扩大出口的同时，对本国的部分产业造成了冲击，如农产品生产、轻工业、纺织业、制造业等和东盟国家的产业存在雷同，不可避免遭受影响。这就要求中国企业采用多种方式应对竞争，改进工艺、应用新技术、提高生产率、降低成本、增强竞争力。总的来说，自贸区的成立是利大于弊，机会大于挑战。

事实上，中国—东盟自由贸易区的建成，不仅为双边的贸易货物量提供持续增长的政策助力，而且将提供中国诸多产业转移至东南亚地区的历史机遇。暨南大学东南亚研究所副所长张振江亦指出，自贸区建成将给中国沿海地区正在进行的产业转移提供国际空间。中国企业在中国—东盟自贸区中的一国设厂，其产品可销往无关税的其他10个国家。

截至今年底，中国与东盟相互投资额已超过600亿美元。据中国商务部官员介绍，商务部已批准成立10个境外经贸合作区，其中3个设在东南亚地区，分别在印尼、越南和柬埔寨3国，这表明东南亚地区是中国企业走出去战略的重点地区。

广东赴东盟开展能源

专家指出，当前中国对东盟直接投资，较多集中在机电和能源领域，自贸区提供的国际转移良机还未得到充分利用，对东盟的经贸投资领域还有较大空间可待拓宽。中国企业在东盟设立生产基地、开展加工制造为主的生产性投资仍然偏少，应大力推动电子信息业、汽车零部件、交通设备、轻纺工业、食品加工业等，加强在东盟投资布局。

而广东省政府为了促进企业赴东盟投资，已出台了《关于加快实施“走出去”战略的若干意见》，从财政、金融、信保等方面加大扶持，为企业赴东盟等国家和地区投资提供保障，广东企业投资区域覆盖东盟10国，涉及家电、电子、轻工、纺织、电信、物流、采矿、农业等多个行业，特别是赴东盟开展能源、资源合作不断取得新的突破。截至去年底，广东累计在东盟设立企业177家，协议投资10.8亿美元。

目前，广东省在中国—东盟贸易额中占四分之一以上。据广州海关资料显示，今年首五个月，广东对东盟进出口贸易额为307.4亿美元，比去年同期增长46.5%。广东出口六成以上为机电产品，钢材和成品油出口倍增；进口也以机电产品占主导，而煤等资源性物资高速增长。

广东省政府官员认为，广东与东盟合作的良好势头和显著成效，为进一步推进双方各领域的交流合作打下坚实基础，同时，为广东提供了广阔的消费市场，提供了产业承接和转移的空间，有利于进一步加快广东经济发展方式的转变，推动产业结构的转型升级。

东盟为港第三大贸易伙伴

至于香港方面，东盟也是香港的第三大贸易伙伴，2009年香港与东盟的贸易占香港年贸易总量的10%左右。2010年第一季度，香港与东盟的双边贸易额已达到1440亿港元，比去年同期增长39.6%，高于同期香港与亚洲地区的整体双边贸易额36.7%的增幅。

桂水陆两路推动服务自贸区

广西对中国—东盟自贸区的如期建成起到推动者作用。广西高层领导表示，要加快把广西建设成国际区域经济合作新高地、中国沿海经济发展新一极；建设成中国—东盟区域性物流基地、商贸基地、加工制造基地和信息交流中心；建设成连接多区域的国际通道、交流桥梁、合作平台，积极推进和服务自贸区发展。

广西是中国唯一与东盟国家既有陆地接壤又有海上通道的省区，是中国对东盟开放合作的前沿和窗口。

广西高层领导表示，今年广西要以自贸区建成为契机，充分发挥在中国与东盟交流合作中的独特区位优势，大力推进广西北部湾经济区开放开发，推进钦州保税港区、南宁保税物流中心、凭祥综合保税区、北海出口加工区发展，推进边境经济合作区、跨境经济合作区、境外经济合作区、中国—东盟国际商务区、中国—东盟经济园区建设，为双方企业开展投资合作创造更加良好的环境和条件。

2004年到2008年，广西与东盟的贸易总额增长3倍，广西在东盟的协议投资额增长26倍，东盟在广西的实际投资额增长4.38倍，双方在农业、教育、交通、旅游、文化、科技、卫生等领域的交流合作卓有成效地开展。

而自2004年以来，广西政府已成功举办6届中国—东盟博览会、商务与投资峰会，还成功举办4届泛北部湾经济合作论坛。过去10年来，广西始终积极参与和推进中国—东盟自贸区建设，完善通往东盟的海陆空国际大通道，推进大湄公河次区域合作、泛北部湾经济合作、中越两廊一圈合作、南宁新（加坡）经济走廊建设等。

崇左：彰显大平台功效

广西崇左市市长黄克接受记者采访时说，崇左在广西与东盟之间拥有近水楼台先得月的区位优势，自贸区的建成，在零关税、免配额的政策下，崇左迎来很多机遇。目前崇左市正努力打造成中国—东盟区域合作大平台。他预计待至“十二五”（2011至2015年）期末，崇左市的边境贸易额将达到1140亿元（人民币，下同）。

崇左市去年的外贸进出口总额及增幅、出口总额及增幅，均在广西排名第一，其中，进出口贸易总额达到28.6亿美元。

黄克介绍，崇左作为中国通往东盟最便捷的前沿门户城市，也是中国与越南边境线上口岸最多的地级市，自贸区的建成十分有利于崇左扩大对东盟的进出口。

他又分析称，去年崇左着力提高了边境13个边民互市点的基数设施建设。今后崇左将与东盟国家进行跨境经济合作，就中越两国边境跨境经济区建设而言，一部分平台在越南谅山，一部分平台在中国凭祥，这样双方的贸易来往更加自由和方便，吸引更多的商贸。

此外，崇左还要积极构筑大物流体系，进一步把凭祥综合保税区建设好，将其打造成为广西对外贸易的新平台。

他相信，随着广西凭祥综合保税区将于今年年底封关作业，中国与东盟最大的物流园也建在凭祥，预料届时每天通关的车辆将达500多辆。而边境贸易正是崇左最大的特色贸易方式，2003年崇左市边境贸易额是14亿元，至2009年已升至174亿元，按该速度相信到“十二五”期末，崇左市的边境贸易额将达到1140亿元。

（刊于2010年7月11日香港《大公报》B版）

保华逐梦路崎岖

缪永忠

保华逐梦路崎岖，
半是阳光半是雨；
花山儿郎有大志，
传媒深耕苦自知。

*（作者：原广州军区作家，罗保华暨南大学同班同学。）

念奴娇·花山儿郎

——赞大公报广西办事处主任、高级记者罗保华

袁 烽

花山神韵，明江孕育了，骄子儿郎。“文革”期间多苦难，家训影响深长。试笔学堂，知青岁月，汗水煮文章。卧薪尝胆，美男儿自当强。 雨后和煦春风，上天不负，终遇好时光。老记人生圆夙愿，南国电波激扬。研砚邕城，芬芳八桂，香港墨飘香。寒来暑往，奋行逐梦前方。

（注：此调用平韵格。作者：南宁三中高级语文老师、语文写作组组长、南宁市中学语文教育学会会长、广西词作家、在“唱响中国——2017第二届大型音乐活动”中，歌曲作品《好儿女当兵来》荣获“中国歌曲创作金牌作词”荣誉称号）

后　记

我的自传《逐梦奋行》经过自己一年的努力，在热心朋友的支持和帮助下，终于在2018年3月由漓江出版社出版发行了，并于2020年10月再版。令人欣慰的是，新闻界和出版界的朋友告诉我，这本书是目前广西新闻界中第一本公开发行的自传体书籍，很有意义。

说实在话，要在一年多时间里总结自己的六十载人生，特别是把其中有意义的事情讲述出来，让广大读者能够从中得到一些启迪，并非易事。这一年多，我一面忙于事业，一面利用工余时间写作，努力把这本自传做成精品，以对得起读者，对得起自己，对得起帮助自己的亲朋好友们。

全国人大常委会原副秘书长郑义欣然为本书题写了序言；宁明籍著名科学家、中科院高能物理研究所原所长、广西大学原校长郑志鹏多次过问本书的出版情况。虽说是写自己的回忆文章，但我不是孤军奋战，而是有一个编辑小组在帮忙，他们是南宁三中中学高级教师、广西词作家袁烽，香港大公报广西办原主任助理兼采编部主任陶杰，还有漓江出版社责任编辑。他们认真编辑、严格把关，保证了书稿的质量。袁烽老师还专门为我写了一首诗词《念奴娇·花山儿郎》。

原广州军区作家、我暨南大学同班同学缪永忠为本书的谋篇布局提出了很好的建议，并为我写了一首诗。

感谢商界朋友邓国璋、陈天湖、罗小业、罗明建、黄爱、陈洪波、农侬、杨梅芳、江群莲、黄柯竣、王泽能、农良、曾齐平、石子聪、庄奕福、农小毅、黄文能、冯诗斌、罗静、陈红、莫昭升、姚进荣等朋友对出版本书的鼎力相助。

本书既是我的奋斗篇，同时也是我的感恩篇。我选择的这条道路比较难走，前行路上，得到了许多亲朋好友和贵人的无私帮助和热情支持，我要感恩的人比较多，但篇幅有限，未能一一致谢，敬请谅解。

最后我用《论感恩》这段话与大家共勉：

一个懂得感恩的人，才是天底下最富有的人；感恩是一种处世哲学，是一种生活态度，是一种优秀品质，是一种道德情操；感恩是一份美好感情，是一种健康心态，是一种良知，是一种动力；人有了感恩之心，生命就会得到滋润，并时时闪烁着纯净的光芒！

再次感谢大家！

2020年10月（再版）